专案组②
山村疑案

李林海 著

百花洲文艺出版社
BAIHUAZHOU LITERATURE AND ART PRESS

图书在版编目 (CIP) 数据

专案组 . 2, 山村疑案 / 李林海著 . — 南昌 : 百花洲文艺出版社 , 2023.12
ISBN 978-7-5500-5271-0

Ⅰ . ①专… Ⅱ . ①李… Ⅲ . ①长篇小说 – 中国 – 当代 Ⅳ . ① I247.5

中国国家版本馆 CIP 数据核字 (2023) 第 170953 号

ZHUAN' AN ZU.2 , SHANCUN YI' AN

专案组 . 2, 山村疑案

李林海　著

出 版 人	陈　波
责任编辑	周　晓
封面设计	温　霞
出版发行	百花洲文艺出版社
社　　址	南昌市红谷滩区世贸路 898 号博能中心 Ⅰ 期 A 座 20 楼
邮　　编	330038
经　　销	全国新华书店
印　　刷	江西润达印务有限公司
开　　本	720 mm × 1000 mm　　1/16
印　　张	18
版　　次	2023 年 12 月第 1 版
印　　次	2023 年 12 月第 1 次印刷
字　　数	300 千字
书　　号	ISBN 978-7-5500-5271-0
定　　价	39.80 元

赣版权登字 05-2023-420
邮购联系　0791-86895108
网　　址　http://www.bhzwy.com
图书若有印装错误，影响阅读，可向承印厂联系调换。

目 录

一　案发无征兆　／001

二　无期的承诺　／008

三　凶案现场　／012

四　死者家属　／021

五　寻找失踪婴儿　／028

六　第一次案情分析会　／038

七　四个关系人　／059

八　奇怪的邻居　／068

九　酸楚的回忆　／086

十　不明的自杀动机　／108

十一　戏痴　／115

十二　谁是嫌疑人　／124

十三　复仇者　／134

十四　解救　／146

十五　不同症状的精神病　／160

十六　隐形情人　／171

十七　又一个失踪者　／186

十八　神秘的兄嫂　／196

十九　私生子　／212

二十　老宅隐情　／237

二十一　交锋　／247

二十二　真相　／266

二十三　尾声　／282

一 案发无征兆

宁池县苍山乡苍山下村，是一个古老的小山村，全村只有三十多户人家，人口不足三百。男性村民中，除了田寡妇的儿子姓田以外，其他的全部姓王。田寡妇的儿子之所以姓田，是因为她的男人病死后，把儿子改成跟她姓田了。

村庄建筑以古宅为主，青砖灰瓦，古朴幽深。除了村长家以外，只有两三户人家因为家里有壮汉在外地打工，积攒了一些钱，才勉强盖起了新楼房。由于新盖的房子都是清一色的红砖混凝土房，所以特别显眼，分布在这片古宅之中，就有了鹤立鸡群的感觉。

村子里，古树参天，巷陌幽暗。

村子前，有一条蜿蜒的小河缓缓流过。河水碧波荡漾，柳叶青翠。远远看去，宛如一条饮水歇息的青龙一般，故取名"青龙河"。

青龙河上，一座古老的石拱桥横跨两岸。这是村里人走出苍山的必经之路。

青龙河的水清澈见底，站在石拱桥上往下看，能清楚地看到蛰居在河里的螃蟹。

王怀仁是个勤快的人，每天清早都会肩荷锄头、手提竹篓到田间地头去干活，风雨无阻，雷打不动。

早上六点多钟，太阳刚刚升起，王怀仁便如往常一样，扛着锄头，哼着采茶戏曲，兴冲冲地要去地里干活。

俗话说：十个男人九个骚，一个不骚会挨刀。王怀仁也不例外。

当经过邻居王包发家门口时，王怀仁就习惯性地放慢了脚步，偷偷地斜着眼睛往屋里瞧。

自从王包发把一个如花似玉的姑娘娶回家后，王怀仁就有了这个毛病。这不，当走到王包发家的屋子边时，他的脚就有些不听使唤地慢慢悠悠起来了，心里面就有了一种莫名的躁动，禁不住地就要偷偷拿眼往屋里瞧。

你说他瞧啥呢？

还能瞧啥——当然是瞧屋子里那漂亮的女主人杨菊兰啰！

"咦！今天是怎么啦？太阳都快晒到屁股了，这心中的女神怎么还没有开门？"

此时，王包发的家里房门紧闭，无声无息。里面既无炊烟，亦无人声。除了偶尔传出一两声鸡鸣猪叫声外，便是一片死寂。

王怀仁感到非常奇怪。因为他心里有数：平日里，王包发的母亲胡美英一般都起床比较早，经常都是天刚亮就起床。起床后，胡美英一般都是先到鸡窝旁把鸡放出来，然后再到住房旁边的厨房里去做早饭；她儿媳妇虽然起床要晚一些，但起床后一般都会穿着睡衣，懒散地坐在门口对着手里的一面镜子梳理头发。可今天不知怎么的，王包发家里明明是有人的，这会儿却安静得出奇，寂若无人一般。

难道是胡老太婆睡过了头？

不对！就算是胡老太婆睡过了头，还有王家那漂亮的媳妇呀，她也应该起床呀。否则的话，不是要耽误孩子去上辅导课了吗？

王怀仁越想越觉得不对劲，便走上前去推门，却发现门是从里面锁上的。

于是，他开始敲门，一边敲一边叫唤："屋里有人吗？菊兰妹子在家吗……胡老太太在家吗？"可叫了半天，屋里也没有人回应，倒是惊动了附近的村民。

村民们不知道发生了什么事情，都纷纷围拢过来。

王怀仁和几个村民绕着王包发家的房子转了一圈，发现猪圈里的猪没有喂，鸡窝里的鸡没有放，厨房里的炉灶也还没有生火。

看到这种情况后，村民们聚在一起一合计，便一致认为王包发的家里肯定是出什么事了。

在王怀仁的号召下，大家齐心协力、一起动手，你一拳我一脚的，慌忙之中，把房门给砸开了。

村民们一窝蜂似的拥进屋，却发现里面躺着三具尸体。

经过仔细辨认，确认三具尸体分别是王包发的母亲胡美英、王包发的妻子杨菊兰和女儿王梓琪。胡美英的脖子上缠了一根电线，但身上还算干净，杨菊兰和王梓琪的尸体则已血肉模糊、脑浆迸裂。

现场血污满地，惨不忍睹，令人惊悚。

看到这种场面，村民们吓得失声大叫："我的妈呀！""我的天呀！"惊慌失措地往屋外挤。

一瞬间，现场便充斥着一片唏嘘声。

王怀仁在屋子里转了一圈，突然大声喊道："大家都回来！都回来！王包发家里应该还有一个婴儿呀，婴儿呢？婴儿到哪里去了？婴儿不见了！大家快帮忙找找。"

经他这么一嚷嚷，村民们又蜂拥而入，赶紧翻箱倒柜，到处搜索，一起动手寻找失踪的婴儿。

村民们把屋里翻了个底朝天，结果连婴儿的影子都没有找到，倒是把现场的物证给彻底破坏了。

王怀仁打电话向派出所报警后，又匆匆忙忙跑到村长王水生家里去报告。

王村长不在家。据他妻子说，因为天气炎热，楼房里温度更高，所以王水生晚上一般都住在村西头的老宅子里。那里更凉快一些。

于是，王怀仁又急急忙忙地赶到村西头王水生家的老宅子去叫门。

"村长，快开门！村长，快开门！出大事了。"

王水生被急促的叫门声吵醒了。他一边打着哈欠，一边起来开门。

"出什么大事了？一大早就在这里大呼小叫的。"

"不得了！啧啧！不得了！啧啧！村长，要命喽！啧啧啧！真是要了命喽！啧啧……"王怀仁一边感叹，一边摇头，身体因紧张而有些瑟瑟发抖，说话也有点语无伦次。

"嗨！嗨！谁要命了？谁要命了？"可能是因为好梦被人突然打断的缘故吧，王村长显得很不耐烦，对着王怀仁大声呵斥道，"我说你这个'小蟊贼'，哪里来这么多废话？有屁就快放！没屁就滚蛋！"

王怀仁被训斥了几句，不敢再发表感叹了，赶紧把王包发家里发生的事情一五一十地向王村长汇报。还没等他说完，王村长拔腿就往王包发家奔去。王怀仁也只好紧追其后。

王村长赶到王包发家里时，看到许多村民仍然拥挤在王包发家的大门口和厅堂里，便冲进屋去，一边把大家往外赶，一边毫不客气地大声呵斥道："搞什么鬼呀！有什么好看的？把现场都给破坏了！赶紧滚出去，保护好现场！"

听到村长严厉的驱赶声，村民们一边往外走，一边嘟囔着说："我们又不是故意的，我们这不是在帮忙寻找失踪的婴儿嘛……"

王水生把所有人驱赶出屋子，然后安排人去叫村委会的其他干部来，又安排人到王包发邻居家搬来几条长板凳，亲自动手，将长板凳拦在王包发家的门口，用以阻挡无关人员再次进入现场。

王水生既是苍山村村委会的主任，又是苍山下自然村的村长。四十来岁，当过兵，是一名退伍军人。他个子中等、体形适中、性格沉稳、精明干练，给人的感觉是不苟言笑、头脑冷静，处理事情严谨稳重，在群众中的威望非常高。

王水生一边忙碌着，一边问王怀仁。

"你是离王包发家最近的邻居，应该知道他家里昨天发生过什么异常的事吧？比如争吵呀，打架呀，这类事情。"

"没有呀，据我观察，跟平常没有什么两样。"王怀仁回答得非常干脆。

"有来过什么可疑的人吗？"

"可疑的人……我好像也没有看见过。"王怀仁略一思索，摇了摇头回答。

"这就奇怪了，事先没有一点征兆，好端端的，怎么就出了这么大的事？"王水生像是在自言自语地说道。

正在这时，一个三十多岁的女人跑过来，二话不说，掀开拦在门口的板凳就冲进屋，仅仅只是扫了一眼两具血肉模糊的尸体，便大叫了一声"我的妈呀！"身子一软，就昏厥过去了。

大家定睛一看，原来是胡美英的大儿媳妇彭招娣。

见彭招娣昏倒在地，王水生急忙走过去，招呼王怀仁一起将她抬出屋子，把她轻轻地搁放在屋外的一棵大樟树底下的石板上，然后手忙脚乱地用大拇指掐住她的人中。约莫过了两分钟，彭招娣突然"哇"的一声，喷吐出一口粗气，苏醒过来了。

彭招娣挣扎着坐了起来，看了看大家，便开始号啕大哭。她一边哭一边抽噎着说："是什么人这么恶啊？这是造的什么孽啊？老天爷呀，你要睁开眼睛看看啦……"

这时，匆匆忙忙赶来的妇女主任李冬香在了解了案情后，一边抚摸着彭招娣的肩和背，一边安慰道："天灾人祸，谁也无法预料。这人死不能复生，你要节哀顺变，不要哭坏了自己的身体……"

李冬香是苍山村村委会的妇女主任，也是苍山下村的村民。她个子虽然不高，但小巧玲珑；长相虽然不美，但经久耐看。特别是性格温和、人缘好，平日里总是一副乐呵呵的样子，一会儿关心东家长，一会儿又关心西家短，亲热地与群众打成一片，踏踏实实为老百姓服务。因此，深受老百姓的爱戴与拥护。

还是王水生比较镇定，毕竟他是村委会主任，又是村长，见过一些世面。他认真地对彭招娣说："王家大媳妇，你先别忙着哭。从现在的情况来看，这大的和小的肯定是已经没得救了，就不知道那老的是不是还活着。我们去帮她把脖子上的电线给解下来，看看还有没有得救，如果能救活过来，通过她就能知道这里究竟发生了什么。"

李冬香在旁边也直点头，说道："对对，还是王主任想得周到。如果胡老太婆真能救活，她一定知道是谁干的！"

彭招娣听他们这么一说，觉得有道理，便停止了哭泣，抹了一把眼泪和鼻涕，跟着王水生又返回到屋里去了。

王水生和彭招娣两人小心翼翼地来到老太婆的住房，一起动手，哆哆嗦嗦地把缠在胡美英脖子上的电线解了下来。仔细一看，原来是电风扇的电源线。王水生用手背探了探老太婆的鼻孔，已经没有气息了，再摸了摸她的脉搏，也没有脉象了。

王水生想起在部队里学过的战地急救术，便双掌朝胡老太婆的胸部按去。然而，当他的手掌接触到她的肌肤时，发现那已经是一具冰冷的尸体了。

很显然，人已经死了。

两人从屋里出来，王水生朝大家摇了摇头，说："胡老太婆也已经归西了！"说完，又好像突然想起了什么似的，说："有谁报警了吗？"

王怀仁从人群中挤过来回答说："我已经给派出所打了电话了。"

王水生点了点头，皱眉思索了一会儿，便对妇女主任李冬香说："出了这么大的事，我们是不是应该向乡党委、政府的主要领导报告呢？"

李冬香点了点头，不假思索地说："那是肯定的。否则，将来追究起责任来，我们无法交代呀。"

王水生伸手去摸衣服口袋，却发现手机忘了带。于是，他又匆匆忙忙地跑回家去拿手机。

临走时，他还不忘叮嘱李冬香和其他几位村干部一定要保护好现场，同时，还要派人到村口去迎接派出所的同志。

二　无期的承诺

刑警队长文斌刚刚把老婆孩子送回家，就接到了队里干警韩珂玉打来的电话。

"嗨！队长，玩失踪哩？"

"玩失踪？谁跟你玩失踪？莫名其妙！"

韩珂玉惊讶地叫道："咦！这就奇怪了？！"

"奇怪？奇什么怪？"

"发生了这么大的案子，竟然在现场看不到你忙碌的身影，也听不到你调兵遣将的声音，你说奇怪不奇怪？"韩珂玉感到一头雾水，心里着实不理解。

"什么？大案子？开什么玩笑！"文斌毫不客气地训斥道，"我看你是裤裆里面拉二胡——扯淡！我说你们这些人呀，就是犯贱，过不得舒坦日子，只要手上没有案子了，心里面就闷得慌！"

"不是……不是开玩笑，真……真的是发生了大案！"韩珂玉被文斌骂得有点稀里糊涂，心里有些急了。

"如果真的发生了大案，我会不知道？指挥中心一定会第一时间通知我的。"

文斌还是不相信。

"对呀，所以我说奇怪嘛。你看，明明是苍山乡苍山下村发生了一起灭门惨案，我们都接到冯江局长的指令赶过来了，反而你这个刑警队长却在家里，好像没事一般。"

"什么？灭门惨案？快说！究竟是怎么一回事。"文斌的嗓门儿骤然加大，表情也随之严肃起来。

"我也是刚刚赶到现场，还没有来得及进到中心现场察看，不知道里面的情况究竟如何。但听进去过的村民介绍说，屋子里有三具血淋淋的尸体，据说还有一个一岁大的婴儿不见了。"

"啊！有这样的事？"文斌感到非常震惊。

"千真万确！"韩珂玉拍着胸脯说。

"我们现在有哪些同志在现场？"

"目前刑警大队就来了吴队副、陈亮和我。苍山乡派出所的同志比我们先到一步。技术人员正在赶来的路上。听说冯局长也在来的路上。"

"哦，好，你们保护好现场，我马上赶过去！"

挂断电话，文斌略一思索，便摇了摇头，叹息了一声，自言自语地说："唉！这个冯局长呀，真是一片苦心，出了这么大的事情，怎么能为了照顾我的家庭就打破规矩，故意不让指挥中心通知我呢？"

文斌一转身，发现妻子苏梦雅就站在身后，便苦涩地对她笑了笑，说："刚把你接回来，本来想着要在你面前好好地表现表现，尽一份做丈夫的责任，可犯罪分子就是不给我这个机会啊！"

"什么都不要说了。案子这么大，人命关天，你快去吧！"苏梦雅从沙发上拿起文斌的公文包，递给他说。

三个多月前，苏梦雅因对文斌的工作性质不理解，对他只顾工作、不顾家庭的做派不满，赌气离家外出打工，结果在广州被骗，陷入了一个暴力传销组织窝点。在那里，苏梦雅亲身感受到了犯罪组织的阴险狡诈，零距离地目睹了犯罪分子的残暴恶行。于是，她蓦然醒悟，终于明白了一个道理：这个社会需要足够多的像文斌一样为法治社会而奋不顾身的优秀斗士。特别是在女刑警辛丹青冒着生命危险，把她从魔窟里解救出来，使她得以死里逃生后，她就更加能够理解刑警这份职业了，也更加能够理解作为刑警队长的丈夫为何日夜在外奔波而顾不上家了。

文斌接过包，"嘿嘿"地笑了笑，说："谢谢老婆！别看这案子大得吓人，其实没有什么了不起的。因为案子越大，侦破的条件反而会越好。你等着吧，我这一去一定是马到成功、手到擒来，用不了两三天就会回来。等我回来后一定给你包饺子吃。"

苏梦雅是东北人，文斌知道她特别爱吃饺子。

"家里的事你就放心吧，别再耽搁时间了，快去吧。"苏梦雅娇嗔地瞪了他一眼。

苏梦雅心里非常清楚，结婚这么多年，像这种善意的谎言，文斌在她面前说得太多了。只不过以前她听到时，心里会烦躁和郁闷，今天当她再次听到时，心里不仅不感到烦恼，反而有一丝甜蜜和骄傲。

文斌正要出门，八岁的女儿萧萧跑过来说："爸爸，你放心吧，我会照顾好妈妈的。"

文斌摸了摸女儿的头，微笑着说："真是爸爸的好女儿！我们家里呀，一共有三个人，你、妈妈和我。我们三人呢，就像是三足鼎的三足，缺一不可，少了谁都不行。懂吗？"见女儿点了点头，他接着说："所以呀，你要照顾好妈妈，要听妈妈的话，别惹妈妈生气。等爸爸忙完了，回来给你做'地扒鸡'吃。"

"真的吗？"

"必须的！"文斌嘴里这么说着，心里面却在内疚："这恐怕又是一个无期的承诺吧！"

"请队长放心，刑警文萧保证完成任务！"女儿举掌齐眉学着警察敬礼，一本正经地说。

苏梦雅被这父女俩逗得"扑哧"一声，笑了。

文斌驾车一路疾驰，半路上就超过了冯江的车子。当他赶到苍山下村时，派出所所长鲁大明早已在村口等候。

鲁大明是苍山乡派出所所长，四十来岁。中等身材，方脸，短发，络腮胡。由于他习惯把衣服袖子和裤脚边卷起来，加上做起事来大刀阔斧、风风火火的样子，因此，同事们就给他取了一个"撸（鲁）袖子"的雅号。

三 凶案现场

"嗨！'撸袖子'所长，情况怎么样了？"

文斌，这位因长期坚持搏击训练而体格健硕、动作敏捷的刑警队长跳下车，和迎上来的鲁大明所长握了握手，便急切地问。

"情况很糟糕啊！死亡三人，失踪一人。失踪的还是一个年仅一岁大的男婴。"鲁大明比画着说。

"现场保护情况如何？"

"唉！情况也不妙啊！"鲁大明摇摇头说，"我早晨七点过五分接到报案后，就立即带人赶过来了。我们一到现场就迅速地采取了保护措施。但是，很遗憾，在我们到达之前，由于死者亲属和邻居急于寻找那个失踪的婴儿，他们在现场进进出出，随意走动，到处乱翻，导致现场被彻底破坏了。"

"村干部都干什么去了，难道他们连保护现场这种基本的常识都不懂吗？"文斌态度有点生硬地说。

"唉！凶案现场是邻居们发现的，等村干部赶来时，现场就已经这样了。"鲁大明所长解释道。

"哦，是这样呀。"文斌脸上的表情逐渐凝重起来。

"怎么就你一个人？"鲁大明见文斌单枪匹马地赶来，有些奇怪地问道。

"冯局长带领技术人员已经在赶来的路上，估计快要到了。你打电话调个干警过来吧，安排他在村口等候大部队，你带我先去现场。"

"好的。"

鲁大明打电话把民警李辉从犯罪现场调过来，交代他在村口等候冯江和其他侦技人员，然后领着文斌，匆匆忙忙地奔向犯罪现场。

从村口走路去现场，需要四五分钟。鲁大明一边在前面带路，一边简明扼要地向文斌介绍着案件发现的经过。

"是一个叫王怀仁的村民觉得死者家里情况异常，后在村民的协助下破门而入，发现里面躺着三具尸体。于是就向派出所报了案。"

"这户人家一共有几口人？"

"一共有五口人。男主人叫王包发，长期在外地打工。家里还有他的母亲胡美英、妻子杨菊兰、女儿王梓琪和儿子王梓珏。"

"失踪的便是王梓珏啰？"

"对。"

"王包发在村里还有其他的亲戚吗？"

"有一个哥哥叫王全发，今年三十六岁，也是长期在外地打工。嫂子彭招娣，今年三十四岁，家庭主妇。王全发一家虽然也是住在本村，但位于村子的西头。"

文斌到达现场后，习惯性地看了一眼手机上的日期和时间：2016年8月28日，上午10点10分。

韩珂玉站在王包发的家门口，看到文斌来了，急忙迎上去。

"老大，你总算来了，你要是再不来的话，我们都不知道下一步该怎么办了。"

一见韩珂玉，文斌佯装生气道："好你个臭小子，诚心要气死我。发生了这么大的案子，既不早点给我打电话，也不晓得开车到家里来接我。你是眼里没有我这个队长呢？还是压根儿就不信任我这个人？"

"哎呦！老大，我冤枉呀！我还以为你早就来了呢，可谁知道到了现场一看，竟然没有看到你。我想这不应该呀，这么大的案件，怎么能少了你这个主帅呢？！于是就给你打了电话。"

"好了，好了，啥都别说了，快干活吧！"鲁大明在旁边催促道。看得出，此时此刻，他的心情非常沉重、焦虑，可以说是心急如焚吧。

"没事儿，逗你玩呢。"文斌拍了拍韩珂玉的肩膀，说，"吴队副他们呢？"

"吴队副和陈亮正在找案件发现人王怀仁做调查。"韩珂玉指了指旁边的一栋老房子说。

"那我们开工吧！"文斌习惯性地右手挥了挥，说。

"好嘞！"

韩珂玉从公文包里拿出一套勘查现场用的一次性鞋套、手套和头套递给文斌。文斌穿戴好后，小心翼翼地进入了中心现场。

中心现场有三个受害者。其中两个是头部重创，另一个外表没有明显的创伤，只是颈部有一条环形勒痕。两个有重创的人中，一人是伤在头顶部，弄得脑浆迸裂；一人是伤在头脸部，搞得面目全非。文斌逐个进行了查看，确认三人都已死亡。他扫视了一遍现场，便按原路出来。

正在这时，副县长、公安局局长冯江带领侦查技术人员陆续地赶到了苍山下村。

辛丹青是去广州接苏梦雅刚回来的，在高铁站请求参战被批准后，搭冯江局长的车子直接赶来了。

还没等车完全停稳，辛丹青就急不可耐地跳下了车，向在此等候的民警李辉问清楚现场方位后，便小跑着冲过去。冯江望着她远去的背影，摇了摇头，微笑着自言自语道："这丫头，左心房装着案子，右心房装着师兄。真是一对金童玉女啊！"

快到现场时，辛丹青远远地看到韩珂玉，便一边挥手，一边兴奋地喊："师兄，我回来了。"

韩珂玉先是一愣，见辛丹青正微笑着向他挥手，顿时，几天来为她担忧的心总算彻底放下了。于是他右手叉腰，左手竖起大拇指高高举起，脸上露出了灿烂的笑容。

冯江是市公安局空降下来的干部。他年纪虽然轻，但侦查工作经验非常丰富。在担任市局经济犯罪侦查支队支队长期间，他组织指挥全市经侦部门，先后开展了"猎狐""春雷""长缨"等多个专项行动，侦破了一大批有影响力的大要案件，抓获了一大批重大经济犯罪嫌疑人。为打击经济犯罪、整治经济秩序做出了卓越的贡献。

一见面，冯江就把文斌拉到一旁，一脸严肃地沉声问道："我要你回家把家里的事情处理好，你怎么又跑到这里来了？"

"嘿嘿！谢谢局长！嘿嘿！家里的事情已经处理好了。"文斌有些不好意思地笑着回答。

"真的吗？"冯江有点怀疑，但语气缓和了许多。

"真的！"

"那就好，这我就放心了。"冯江点着头说。

冯江习惯性地捋了捋熨烫得有棱有角的制服，招呼文斌、鲁大明走到现场附近的一棵大樟树底下，三人简单地碰了个头，互通了有关信息。然后，冯江便掏出手机走到旁边，分别给县委书记和设区市公安局局长打电话，报告有关案情。

文斌把大家召集到大樟树底下，紧急布置工作。

"鲁大明、辛丹青？"

"到！"鲁大明和辛丹青同时应答。

"你们俩负责现场调查和访问工作。"

"是！"

"韩珂玉、陈亮？"

"到！"

"你们负责找与案件或与死者有关联的人员进行走访调查，顺便采集周围的电子数据。"

"是！"

"吴队副？"

"在！"吴良义沙哑着声音回答。

"请你组织人员查找失踪的婴儿。"

"明白！"

"现场勘查工作就由我来指挥，请钟天、陈旭东、吕玫和郭弘具体操作。"

"是！"法医钟天、陈旭东、吕玫和痕检工程师郭弘异口同声地回答。

安排完工作，文斌习惯性地右手一挥，大声地说："开工！"

考虑到就目前的情况来看，不能排除婴儿被偷盗或者被拐卖的可能性，因此，完全有必要采取相应的应急措施。

"局长，我有一个想法。"文斌快步走到冯江身边说。

"你说。"冯江一脸严肃的表情。

"如果婴儿是被偷盗或被拐卖的话，从作案时间来估算，我们还是有条件开展围追堵截的。因此，我建议一方面组织发动乡镇干部、民兵和村民，对村庄及周边的山林展开彻底搜索，全力寻找藏匿失踪婴儿的窝点；另一方面，调遣巡警和附近派出所的警力，对有关的交通要道和车站进行设关堵卡、封锁检查。你看如何？"

"我们想到一块儿去了。"说完，冯江就给指挥中心打电话，进行工作部署。

犯罪现场位于苍山下村的村北头，是一栋砖混结构楼房。看样子，该栋楼房原本设计是要盖两层以上的，可能是由于资金不足的原因吧，只盖到了第一层便停下来了，以至于房子的平顶上还留下了一些零零碎碎的红砖块、钢材等其他建筑材料。

房屋前后各有两扇木框玻璃窗户，但无异常。后门是从里面用插销给闩上的。

前门已损坏，门上的一把牛头锁锁舌被强力从锁眼里拉出，锁芯弹落在地上。

文斌带领技术人员穿戴好一次性勘查服，搭建好通行踏板，然后依次进入中心现场。

房子面积比较大，但结构并不复杂。坐北朝南，共有五间。中间是大厅，东西各有两个房间。女主人杨菊兰带着女儿睡在东头靠南的房间，靠北的一间是男主人王包发打工回来时睡的房间；胡美英带着孙子睡在西头靠北的房间，隔壁是杂物间。厨房位于楼房的西头墙外，是临时搭建的一间简易棚屋。

女主人杨菊兰的卧室里有一张沙发床，床头边有一个五斗柜，柜子上有一台电视机和一部手机。手机处于关机状态。进门靠墙左边有一个壁柜。

杨菊兰上身穿着一件白底暗紫色花点睡衣，下身穿了一条黑色性感三角短裤，仰卧在床上。面部有几处开放性创口，已是血肉模糊，面目全非了。靠近沙发床的墙壁上，有喷溅型血迹，床上有大量的流状型血迹，已形成血泊。小女孩王梓琪八九岁的样子，穿着一件黄色汗衫和一条花色短裤，光着脚丫坐在地上，蜷缩着斜靠在床脚边。头顶部有几处开放性创口，一些脑浆从创口中迸裂出来。右手臂外侧有一处抵抗伤。屁股底下有一摊呈血泊状的血迹。

在胡美英的卧室里，也有一张简易沙发床，床的旁边靠墙有一个大衣柜。

胡美英的尸体斜靠在床头，似乎是正准备坐起来的时候，突然遭到袭击的。

在胡美英睡的床旁边，有一张竹制婴儿床，上面挂了一顶白色的丝织蚊帐。但床上并无婴儿。

法医钟天和陈旭东对尸体分别进行了初步的检验。

很明显，杨菊兰和王梓琪均是被人砍击头部致死。胡美英外表没有创伤，但颈部有一条环形索沟，应当系他人用绳索勒颈，造成机械性窒息死亡。

根据创口的大小规格和特征，法医推断作案凶器为锐器，并且具有一定的重量。分析可能是类似于有柄的砍柴刀一类的工具。但在现场并没有找到相对应的工具。而凶手用来勒胡美英脖子的绳索不是别的什么东西，正是床头柜上的电风扇的电源线。

初步检验完后，文斌安排几名法医将尸体运往殡仪馆法医解剖室，作进一步的解剖检验。

经过尸体解剖和毒物检验，进一步证实了三名受害人的死因。同时，也排除了受害人生前有服毒或被性侵等情况。

文斌和郭弘反复对现场进行了勘验，发现地面上遍布着杂乱无章的各种各样的鞋印。鞋印相互交叠、相互破坏，已失去了比对鉴定价值。现场房门锁已被严重破坏，估计是村民们破门而入时所致。在现场的房门和衣柜门上，虽然提取到了数十枚指纹，但经过比对，这些指纹除了死者胡美英、杨菊兰的外，其余的都是那些参与帮助寻找失踪婴儿的村民所留下的。

杨菊兰的手机被强制性关机，上面未发现指纹，也未提取到生物检材。很显然，手机被人擦拭过。

在杨菊兰睡的房间里，物品有明显的翻动痕迹。床头柜、五斗柜抽屉全部呈半开状，里面的物品非常凌乱，还有一些物品遗落在抽屉外，有胸罩、卫生巾、避孕套等。衣柜门也是半开的，里面的衣物被翻得乱七八糟，有些衣服还掉落在地上。其他房间里的物品翻动不明显，看不出有什么异常。

由于凶杀现场位于较为偏远的山区，天网工程的覆盖面尚未到达这里，因此，也就无监控视频数据可调取了。尽管如此，侦查技术人员还是设法调取了该区域范围内的移动电子数据，以供下一步综合研判用。

现场调查访问组分成了三个小组。第一组由鲁大明带队，以犯罪现场为中心，向四周辐射，逐户逐人地走访调查；第二组由韩珂玉带队，负责找与案件或受害人有关联的人员调查；第三组由辛丹青带队，负责找当地的基层村干部开展民风、民俗和民情、社情等方面的调查。

据村民们介绍：王包发今年三十三岁，性格温和，为人厚道。由于他肩负着养家糊口和盖新楼房的重任，所以除了过年会回来以外，其他时间基本上都是在沿海地区打工。王包发的妻子杨菊兰是黔西人，今年三十一岁。他们是在打工时认识的，相恋没多久就结了婚。生了孩子后，杨菊兰便留在了家里，做起了全职家庭妇女。杨菊兰面容姣好，身材高挑，性格开朗，是远近闻名的美村妇。王包发的母亲叫胡美英，今年六十二岁，属于聋哑残疾人。自从十年前老伴病故后，胡美英就一直与小儿子王包发一家人一起生活。王包发的女儿叫王梓琪，今年才八岁，在读小学二年级。去年八月份，杨菊兰又生下了第二胎，是个男孩，取名叫王梓珏，现在才一岁大。

邻居反映，昨天，也就是 8 月 27 日，杨菊兰和同村的几个妇女相约，一起去了乡镇上逛集市。这几个妇女分别是李冬香、邹虹和陆翠萍。

李冬香是村委会妇女主任，陆翠萍是村里采茶戏戏班子里的女主角，邹虹是杨菊兰的闺蜜。她们都是本村的村民。

她们三人证实，8 月 27 日上午九点多钟，杨菊兰和她们相约一起去集镇上玩。于是，她们一路上有说有笑地步行到了苍山乡集镇。她们先是逛了超市，尔后又逛集市。由于集市正值高峰期，赶集的人特别多，人来人往、熙熙攘攘的，走着走着，她们几个人就走散了。后来，她们都是各自回的家，基本上都是在中午十二点左右回到家的。至于杨菊兰是什么时候回去的，三个人都说不清楚。

辛丹青带人找到了村委会的干部。据他们介绍，由于当地最高最有名的山叫"苍山"，所以取名为"苍山乡"。而该村庄又坐落于苍山脚下，故取名为"苍山下村"。

苍山下村是个小村庄。村长王水生介绍说，这里民风淳朴，民俗守旧。在过去的岁月里，村民们过着日出而作、日落而息的生活，平平淡淡，安居乐业，社会治安一向平稳。近几年，有一些青壮年外出打工，见多了世面，开阔了眼界，他们不仅为村里带来了外面花花世界的各种信息，同时，也带来了更加活跃的思维。于是乎，手机开始普及了，交流开始复杂了，生活开始讲究了，心态开始改变了，行为开始'摩登'了。在古韵、传统的背后，悄悄地涌动起了一股超前的、淡淡的现代气息。

韩珂玉和李辉分别找了案件发现人王怀仁和胡美英的大儿媳妇彭招娣进行调查。

据王怀仁讲，他于早晨六点半钟左右出门去地里干活，发现王包发家里有点异常。七点钟左右和村民们破门而入，发现了凶案。尔后就向派出所报了案。

据彭招娣讲，头天傍晚她还去过王包发的家里，到晚上九十点钟才离开。当时，弟媳妇和侄女正在吃晚饭，一岁大的侄子坐在婴儿车里，手里把玩着一把口琴，婆婆正在给他喂饭。她坐了一会儿，还和杨菊兰聊了一会儿天。走时，婆婆抱着侄子已经进房里睡去了。今天早晨七点多钟，听到村民们在议论，说是王包发家出了事，于是就赶过去看看。后来，为了探明婆婆是否还有生命迹象，看看婆婆是否还有救活的可能，于是在村干部的安排下，和王水生村长一起进屋去把缠在婆婆脖子上的电线解下来了。但终究人还是没有救活。

韩珂玉根据村民提供的电话号码，联系上了死者的家属王包发。

得知家里出了大事，王包发心急如焚，立即向施工队队长请了假，匆匆忙忙地起程往回赶。但估计最快也要到晚上九十点钟才能到家。

四　死者家属

文斌和韩珂玉在高全市高铁站接到王包发时，已经是晚上十点多钟了。

一见面，王包发便号啕大哭。哭声悲恸，撕心裂肺。一边哭一边嚷嚷："我要回家！快带我回家！我要见我的家人！"情绪表现得异常激动。

无奈之下，文斌只好据实相告了。

文斌告诉他，他母亲、妻子和女儿的尸体都已经被送到殡仪馆去了，他的家作为凶案现场，现在也已经被暂时封闭起来了。这个时候回去，不仅毫无意义，还会给调查工作带来干扰。请他务必听从公安人员的安排。

文斌的话音刚落，王包发的哭声戛然而止，他眨了眨泪眼，突然问："你刚才说到了我母亲、老婆和女儿，但没有说到我儿子。我儿子呢？他的情况怎么样？"

"你儿子目前尚未找到。但我们已经组建了几百人的临时搜救队伍，等明天天一亮，就开始全面搜索。"文斌如实地回答。

"也就是说，我儿子现在是活不见人，死不见尸啰？"

"从目前的情况来看，差不多就是这样。"韩珂玉在旁边插话道。

听到韩珂玉这样说，王包发双腿一软，便瘫坐在地上，哽咽着说："我的天啦！我苦命的儿啊！我前世作了什么孽啊……"

文斌和韩珂玉急忙把他架起来，搀扶到警车上，并不停地做着劝说和安慰工作。

在干警的努力劝说下，王包发终于表示愿意听从警察的安排。

王包发虽然长相一般，但虎背熊腰、体格健硕。晒得黝黑的肌肤显得非常健康，发达的胸肌和臂膀充满了张力。

此时，王包发看上去虽然有些疲惫和憔悴，但仍然能从他身上看到他在建筑工地上如龙似虎般的影子。"这是一个既有力量，又能吃苦的老实男人。难怪漂亮的杨菊兰会心甘情愿地嫁给他做老婆。"文斌心里这样想。

文斌陪王包发到殡仪馆看了一眼三名死者的遗容，然后便把他安排到了公安局办案中心。这样一来，既可以确保他的安全，又有利于向他了解有关他的家庭情况。

一路上，王包发不停地哭泣。一会儿捶胸顿足，恨天怨地；一会儿抓头撑脸，自怨自艾。文斌和韩珂玉一边给他做着劝解、疏导和安慰工作，一边仔细地观察着他的表情。

见王包发情绪稍有稳定，韩珂玉便不动声色地给文斌发了一条微信：

"老大，此人有悔恨与自责之情绪。你怎么看？"

"依我看，更多的是悲恸与伤痛。"文斌也不动声色地回了一条信息。

到了办案中心后，文斌得知王包发为了赶路，已经两餐没有进食了，于是又派人去帮他买来吃的。

可能是因为实在太饿了吧，王包发三口两口地就把一盒炒扎粉吃光了。然后用手背揩了一下嘴唇，便扑通一声跪在地上，又开始声泪俱下了。

文斌赶忙将他扶起来，说："别这样，别这样。你一定要冷静。有什么话咱们坐下来慢慢说。"

"文警官，你们一定要为我做主啊！"王包发坐下来后，抹了一把眼泪，擤了一把鼻涕，哽咽着说。

"那是当然。不过还是要请你先冷静下来，因为有些情况我们需要向你了解。"文斌一边给他递矿泉水，一边说。

王包发接过矿泉水，看了一眼文斌和韩珂玉，无声地点了点头。

文斌点了一支烟，吸了两口，然后透过烟雾盯着王包发的眼睛开始提问。

"你最后一次离开家是什么时候？"

"是元宵节过后的第二天……"王包发话还没有说完，便又啜泣起来，眼前不禁浮现了当时的情景——

春节前，王包发带着给家人的过年礼物，高高兴兴地回家过年。杨菊兰抱着才五个月大的儿子，到村东头汽车站来接他。

夫妻俩相见，显得十分亲热。

"兰兰，快让我抱抱我们的儿子。"王包发满脸喜悦，伸手要接还未见过面的儿子。

"嗯，孩子正睡呢，你可别惊着他喽！"杨菊兰低头看了看怀里的孩子说，然后有些犹豫地把孩子交到王包发手上。

王包发接过孩子，先是在他额头上亲了一口，然后仔细地端详了一会儿，说："像你。五官、脸型都像你。"

"像我有什么不好？"说完，就从王包发手里接过了孩子。

"嘿嘿！好，像你好，像你就长得好看。"说完，王包发一手拖着行李箱，一手揽着杨菊兰的腰，亲亲热热地往家里走。

看得出，王包发是非常疼爱妻子的。

母亲胡美英见儿子回来，非常高兴，兴奋得不停地用哑语表达喜悦之情。之后，她一边麻利地从蒸笼里把热气腾腾的菜肴端上桌，一边比画着招呼一家人吃饭。

吃过晚饭后，胡美英早早地就把孙女王梓琪哄上了床，又把孙子的婴儿床拖到自己房间，用奶瓶泡好牛奶，放在热水中保温。为儿子儿媳妇提供一个完全自由的空间。

一年未见面，夫妻俩自然是干柴烈火一般，一点就着。两人急不可耐地钻进被窝，也顾不得那些可有可无的细节，就直奔主题。

一番云雨过后，杨菊兰意犹未尽地躺在王包发的怀里，柔声说："过两天就大年三十了，孩子过年的新衣裳都还没有买哩。"

"嗯，买是一定要买的，只是要节省着买。"王包发过惯了苦日子，勤俭节约是他的本性。

"为什么？我们不是存了几万块钱吗？"杨菊兰娇嗔地说。

"那存的可是盖房子的钱呢。"王包发在她的脸上亲了一口，继续说，"我不是每个月都寄了五百块钱回来吗，除了购买一些生活必需品以外，应该还够买衣服的吧？"

"嗤！哪够呀？除了粮食和蔬菜不用去买，其他什么东西都得去买。你真是不当家不知油盐酱醋贵呀！"

"油盐酱醋有那么贵吗？"

"嗯，除了油盐酱醋，我就不要买点其他的东西吗？"

"还要买什么东西？"

"妇女同志专用的东西呀，还有化妆品啥的。另外，我总得要逛个街、赶个集，捯饬捯饬头发吧。"杨菊兰有些嗔怪地说。

"哦！……"听到这里，王包发若有所思，不再吱声。

欢娱嫌夜短，寂寞恨日长。在一家人团团圆圆的欢乐、祥和气氛里，一晃眼的工夫，年就过完了。

王包发又要离家别子，重新踏上南下打工之旅了。

元宵节的那天，王包发因舍不得花钱买汤圆，便用自己家里做的年糕来代替，一家人坐在一起，高高兴兴地吃了顿年糕，企盼着来年幸福节节高。

饭桌上，女人说儿子还没有取名字呢。男人说早就想好了，就叫王梓珏吧。

女人又问为什么取这个名字。男人说是在工地上请一个懂阴阳八卦的先生取的。先生说"珏"是双璧合一的意思，预示着我们将来还会生一个儿子。

第二天，杨菊兰帮丈夫收拾着行李，胡美英坐在旁边默默地看着，不时地擦一擦眼泪。

"这一走，又几时回来？"杨菊兰一边收拾东西一边说。

"年底吧。"王包发一边逗着怀里的儿子，一边回答。

"中途不能回来吗？"

"中途请假回来是要扣工钱的哩。"

"唉！这何时是个头呀？"杨菊兰轻叹一声说。

"快了，我估算了一下，再干到年底差不多就把盖房子的钱攒够了。等家里这房子盖起来了，就不用再这么拼命了。"王包发脸带笑容，充满信心地说道。

待王包发的情绪稍微稳定不再哭泣后，文斌接着问。

"中途回来过吗？"

"没有。"王包发回答得非常肯定。

"为什么？"

"一是回来浪费钱，二是工地上的活太多，每天都安排得满满的。如果请假离开的话，会扣工钱的。"

"难道农忙时节也没有回来吗？"韩珂玉在旁边插话问道。

"没有。"

"那你家里的水稻收割等一些重活由谁来干？"

"只有两亩多水稻田，都租给邻居王怀仁去种了。家里只种了一些蔬菜，由我老婆和我娘在打理。"

"你在什么地方打工？"

"广东中山市的一个建筑工地。"

"做什么活？"

"扎脚手架、做模型板、浇筑混凝土等，什么都干。"

"有联系方式吗？"

"我手机里存有我们施工队何队长的电话号码。"

"你把这两天的活动情况说一下？"

"好。昨天一整天都在工地上做事。因为公司为了加快工程进度，正在组织开展百日生产大会战，所有的人都在加班加点干活。昨天晚上我都加班到了十二点。今天上午十点多钟，我正在工地上做事，突然接到你们公安人员打来的电话，告诉我说家里出了事，于是我就马不停蹄地赶回来了。"

文斌给韩珂玉使了个眼色，韩珂玉会意地点了点头，拿起桌子上王包发的手机，从里面调出了施工队何队长的电话号码，然后便走出了办案中心，并随手将身后的隔音门关上。

韩珂玉走到屋外，给施工队的何队长打电话，以求证王包发陈述的真实性。

果然没错，何队长的证词，完全印证了王包发的陈述。因此，也就证明了王包发不具有作案时间和条件。

回到询问室后，韩珂玉朝文斌点了点头，文斌也回点了点头，便接着问话。

"王包发，你静下心来想一想，究竟是什么人会对你的家人下如此毒手？"

"这个问题我在回来的路上就一直在想，但我确实想不通啊！什么人这么恶，真是伤天害理啊……老天爷啊，你睁开眼睛看看吧！"王包发抽搐着说。

"有什么仇人吗？或者与别人有过矛盾纠纷吗？"

"仇人？我这一辈肯定是没有的，至于父辈是否有我就不清楚了。矛盾纠纷？在我印象中好像也没有。"

"你和杨菊兰是哪年结的婚？"

"大概十年前吧。我们是在广东打工时认识的。结婚时的那段时间，我们还是在一起打工。直到我们有了第一个孩子后，她便回到了我老家，在家里专门带小孩。"

"你家里藏有什么贵重物品或值钱的东西吗？比如古董、文物、金银首饰或大量现金等。"

"唉！我家祖宗三代都是农民，哪里会有什么值钱的东西哟。不过银行存款倒是有几万块，是准备年底把房子继续盖起来的费用。"

"是谁存的？"

"我存的。"

"那家里的生活开销由谁负责？"

"由我负责。每个月领到工钱后，我都会到银行给家里汇去五百元生活费，其余的就存起来了。其实家里的生活开销并不大，养了鸡、养了猪、种了菜，就是买点衣服和生活日用品而已。"

"钱汇给谁？"

"汇给我老婆。"

"你们夫妻俩最近联系过吗？"

"联系过。但电话很少打，一般都是通过微信聊天。"

"昨天聊过吗？"

"聊过。"

"什么时候？"

"大概是晚上九点多钟吧，当时我正好在工间休息。具体的我手机上有聊天记录。"

"聊了什么？有什么异常或特别的事吗？"

"没什么特别的，只是聊些家长里短的事。"

说完，王包发拿起手机，把与妻子聊天的记录调出来。文斌接过来看了看，发现里面都是一些问候的话语，什么孩子还好吧？娘身体还好吧？这个月又多赚了几百块钱加班费……

五 寻找失踪婴儿

第二天，天刚亮，冯江就把乡镇干部、派出所民警、民兵和附近村庄的村民共十几个人召集到了苍山下村，在村东头的大樟树底下开会。根据村长王水生对地形地貌的情况介绍，组织大家对失踪婴儿王梓珏展开搜救工作。

搜救工作分为三大块：

一是由刑警大队副大队长吴良义带领民兵和乡镇干部，在村子里搜索，挨家挨户，逐户上门。要求做到不错过一间房屋，不遗漏一个角落。

二是由派出所所长鲁大明带领民警，沿着青龙河搜索，寻找水中的尸体或者其他可疑物品。要求做到分段进行，责任包干。

三是由村长王水生带领村民，对村子周围的农田菜地、山地树林展开搜索。要求做到分片推进，责任到人。

搜救工作进行了一整天，搜索范围直径达到了两公里，但一无所获。既没有找到失踪的婴儿，也没有发现与失踪婴儿有关联的可疑物品。至此，围绕现场及周边的搜救工作，以失败而告终。

王梓珏就像是从人间蒸发了一般，生不见人，死不见尸。

自从领到了寻找失踪婴儿的任务后，吴良义就在苦苦地思索：村里村外已经搜了个底朝天，也没有发现失踪婴儿的踪迹，下一步究竟应该从何处下手呢？

从现在的情况来看，孩子虽然小，但藏是藏不住的。要么是被凶手转移走了，要么就是被凶手直接拐卖到外地去了。吴良义分析认为，既然凶手在现场已经杀死了三人，为什么不干脆把婴儿一并杀了，还用得着冒更大的风险去把婴儿转移走吗？可见，婴儿被直接拐卖的可能性更大。因此，要想找到失踪的婴儿，就应当先从拐卖儿童的案件着手调查，从中找到有关联的线索。

按照这个思路，吴良义一方面查阅了派出所近几年来有关婴幼儿失踪案的报警记录；另一方面，又调阅了几起已经侦破的拐卖妇女儿童案件的卷宗。

宁池县近五年来，共发生拐卖妇女儿童案件四起，其中三起已侦破。这三起案件所涉及的被拐卖的妇女儿童均被解救回家了，所涉及的八名罪犯也全部落网，并被依法处理了。他们中有的还在监狱里服刑，有的刑满释放后回了原籍。吴良义以县公安局的名义，向相关派出所发出了协查指令，要求派出所安排专人，对那些刑满释放人员逐个进行排查。相关派出所核查后，很快就作了回复，证实这些人贩子均已改邪归正，未有重犯之嫌疑。

那起未侦破的拐卖儿童案件发生在本县白田乡。

三年前，白田乡的一户人家，一个名叫肖欣欣的三岁男孩，在门口玩耍时，被人诱骗走了。由于孩子的父母当时误以为孩子是到奶奶家去了，故没有及时报案，导致案件错过了最佳的侦破时机，以至于案件至今未能侦破，罪犯一直未能查明，被诱拐的儿童也始终下落不明。

在苍山乡派出所的报警记录里，还有过两起婴幼儿失踪案。一起发生在东山村。一年前的一天中午，东山村的一户人家，一个一岁大的婴儿睡在自己家的摇篮里，竟然不翼而飞了。另一起发生在蓝田村。一个星期前，蓝田村的一户人家的一个三岁大的女孩在自家屋后山林里玩耍时，失踪了。

吴良义考虑再三，觉得那起儿童被拐卖案件已经过去了三年多，派出所费了九牛二虎之力都未能侦破，现在要一时半会儿就把它拿下，恐怕没有那么容易。于是，决定暂时放一放，先着手调查那两起简单一点的婴幼儿失踪案。

由于派出所的受案登记簿上，并没有注明失踪婴幼儿案件的最终查处结果，吴良义只好按照登记簿上记录的地址，逐起案件上门了解，指望能从中发现可疑的线索。

东山村离苍山下村虽然只有七八里地，但都是山路，不通汽车。吴良义只好徒步而行了。

三伏天的太阳炽烈、毒辣。刚过半晌午，阳光就变得炽热灼人了。

吴良义手腕上缠着一条湿毛巾，迎着炎炎的烈日，晃着高大的身躯，一路上跋山涉水，终于赶在中午前来到东山村。此时，他已是挥汗如雨、气喘吁吁了。

在村长的帮助下，吴良义找到了一年前婴儿失踪的那户人家，却发现婴儿并没有真的失踪。原来只是一场虚惊。

据当事人讲，是因为当时他们小两口闹离婚，为了争夺婴儿的监护权，男方家不等法院的裁定，竟私自跑到女方家，趁着女方家里大人都在屋外聊天之机，悄悄地从后门溜进屋，将婴儿偷偷地抱走了。当事人以为婴儿被人贩子偷走了，于是就向派出所报了案。

看来只有前往蓝田村了解另外一起幼儿失踪案了。

蓝田村位于东山村的北面，与苍山下村形成一个三角地形。有十多里路程，也全是山路，不通汽车。

吴良义在村主任家里简单地吃了点中饭，顾不得午休，便马不停蹄地赶往蓝田村。

中午的烈日更加毒辣，气温已升至近三十八摄氏度了。吴良义刚刚走出二三里地，便已是汗流浃背，头痛眼花。他抬头望了望烈日炎炎的天空，心里想："不行，照这样走下去的话，一定会中暑晕倒的。"于是，他驻足向四周张望，看到不远处有一口池塘，里面有许多荷叶，便快步走过去。

吴良义脱下被汗水浸透的短袖衫，放到水里洗了洗，拧干后再穿上。又用毛巾洗了一把脸，再把头发浇湿。又摘了一张大荷叶，罩在头上当草帽用。然后继续赶路。

蓝田村也是一个小村庄，只有二十多户人家。

失踪女孩的父亲姓兰，叫兰成佛。

据兰成佛介绍，8月21日傍晚，年仅三岁的女儿晶晶，和邻居家几个大一点的孩子在村后山树林里玩捉迷藏的游戏。几个孩子玩着玩着，便发现晶晶不见了。兰成佛夫妻俩在山林里找了半宿，鞋子磨破了，嗓子喊哑了，也没有找到。第二天便向派出所报了案。派出所的同志来后，组织村民再次对山林进行了搜索，但还是一无所获，甚至没有发现一点踪迹。晶晶就这样无缘无故地消失了，生不见人，死不见尸，就像是从人间蒸发了一般。

后来在村民们的提示下，兰成佛夫妇去邻乡找了一个专门掐诀卜卦、人称"铁算盘"的神汉帮忙。

"铁算盘"收了兰成佛的钱财后，与他简单地聊了几句，便摸清了他的心态，知道他对找回女儿已经丧失了信心，只是真心希望女儿能有一个好的归宿罢了。于是就投其所好，装模作样地卜了一卦，掐指一算，说晶晶已经被人贩子卖到闽南一户人家去了。说那户人家是种香蕉的，无儿无女，家里生活条件非常好，晶晶在那里生活，比在自己家里过得更幸福。还说，晶晶之所以能有这么一个转运的机会，都是因为祖宗积德修来的福分，是观音菩萨保佑的结果。

听到"铁算盘"这么说，兰成佛夫妇由悲转喜，心里好受多了。

虽然有点舍不得，但想到女儿在别人家过着幸福、美好的日子，也就放心了。

离开"铁算盘"家时，夫妇俩还不忘给他下个跪、磕个头、作个揖、道声谢。

从此以后，兰成佛夫妇再也不张罗寻找女儿晶晶了。

吴良义听完晶晶失踪的故事后，总感觉到有哪里不对劲。人贩子虽然猖獗，但也绝不至于在光天化日之下，公然窜到村头巷尾去偷盗儿童吧，何况这些都是巫婆神汉毫无根据的胡说八道哩！

吴良义在心里面拿定了主意，执意要兰成佛带他到孩子们捉迷藏的地方去看看。

村子后面是一大片扇形斜坡，坡度大概只有三十度。坡上长满了各种各样的树木。一条弯弯曲曲的小路由村后山脚下，蜿蜒地向山顶延伸。沿着山路往上走大约五百米处，有一块较为平坦的草地。经过草地再往上走四十米左右，便是斜坡的边缘。边缘下是一条很深的山谷，深达数十米。山谷里雾气弥漫、树木参天、荆棘丛生。

孩子们玩耍的地方就是那片草地。他们借助草地旁边的树木玩捉迷藏的游戏。

通过对地形地貌的观察，吴良义初步判断晶晶的失踪有三种可能性：一是被人贩子悄悄地抱走了；二是被动物拖下了斜坡边缘的山谷，或者被拖进了旁边的树林里；三是自己不小心掉到山谷里去了。

如果是第一种情形的话，那就不能不考虑与苍山下村的"8·28"凶杀案的关联性了，毕竟两个村庄相隔并不是很远，才十多里地。

对于吴良义的分析判断，村民们不以为然。在他们看来，这里的山属于浅山，除了有野猪外，还没有发现过其他会攻击人类的大型动物。而野猪又不是肉食动物，虽然会攻击人，但绝不至于造成小晶晶尸骨无存吧。据参与玩游戏的其他孩子回忆，他们也没有看到或听到有动物攻击人的任何动静。

至于说晶晶不小心掉到山谷里去了，村民们更是不以为然了。在他们看来，一个三岁的小孩，怎么有胆量私自跑到山谷边去呢？问其他孩子，都表示没有去过山谷边，也没有谁注意到晶晶是否去了。

村民们的意见高度一致，认为晶晶一定是被人贩子抱走了。但是，吴良义却不这么认为。

在吴良义看来，孩子们玩的是捉迷藏的游戏，其游戏规则就是要尽可能地把自己藏好，不让别人发现和找到。因此，晶晶在捉迷藏的过程中，为了藏得更加隐秘而不让他人发现，完全有可能躲得远一点、藏得深一点，以至于被动物拖下山谷，或者自己不小心掉下去而没有被人发现。至于小孩子敢不敢去山谷边，这就很难说。但懵懵懂懂行事的孩子有很多，正所谓"初生牛犊不怕虎"嘛！

吴良义向村民们了解了当时派出所组织搜救的情况，得知晶晶失踪时，搜救人员并没有对山谷底下进行过搜索，于是更加坚定了自己的判断。

为了证实自己的判断，吴良义决定深入到山谷底下去，进行零距离探索。

吴良义向村民借来了几根长绳子，一根一根地连接起来，一头系在自己的腰上，一头绑在斜坡边缘的一棵大树上，然后顺着山谷壁攀爬下去。他决心到深沟底下去查个究竟。

快到山谷底时，吴良义感觉到有一股潮湿的寒气袭来，不禁打了个冷战，心想："山谷底下的温度果然要比外面低得多。这小女孩要是真的掉到了这山谷底下，不饿死也会被冻死，怕是凶多吉少呀！"

吴良义小心翼翼地往前搜索，突然，看到山谷底下有一个斜坡，坡上有一条宽五十厘米左右，长二十米左右的拖拉痕迹。仔细观察，可以清晰地看出，里面的杂草有被反复碾压过的痕迹。他沿着这条痕迹带慢慢地往前搜索，看到谷底有三棵被砍断的杉树斜靠在一棵茶树上，浓密的枝叶相互交错，叠盖成片，底下形成了一个天然的窝棚状空间。痕迹带正好延伸到了"窝棚"里面。吴良义以为是野猪或其他动物占据了这个空间，于是蹑手蹑脚地靠近"窝棚"，轻轻地抬起最外面的那棵杉树，往里一瞧，"呀"的一声，不禁倒吸了一口凉气——一具幼儿的尸体赫然出现在眼前。

吴良义掏出手机想打电话，一看，没信号。本想对着山上的村民大声通报情况，无奈他那因当消防员救火时被化工毒气灼伤的嗓子，无法扯开嗓门喊叫。于是，只好借助绳索又爬上山来。

吴良义一边解开腰上的绳索，一边嘶哑着嗓子对兰成佛及其他村民说："我说你们这些同志呀，我真的是要批评你们，你们做事也忒马虎了吧，小女孩的尸体就在下面，你们怎么就没有发现呢？……"吴良义同别人说话时，总是喜欢带着批评的口气。

还不等他把话说完，兰成佛夫妇腿一软，瘫坐在地上，开始号啕大哭起来。

听到兰成佛夫妇撕心裂肺的哭喊声，吴良义侧过头来，表情厌恶地看了他们一眼，用地道的东北话骂道："我说兰成佛呀兰成佛，你真是个十足的'难成活'（注：谐音），你现在才知道哭呀，早干吗去了？哼！干的啥事嘛？好好的一个活人，竟被你们给整死了，真不是个玩意儿！"

说完，吴良义就再也不搭理他们，自顾自地到旁边打电话去了。

接到吴良义的电话后，正在苍山下村排查甄别现场指纹和鞋印的郭弘、陈旭东、韩珂玉三人，租了一辆摩托车，以最快的速度赶了过来。

一见面，郭弘便习惯性地用歇后语调侃道："吴队副真有心喽，搂草打兔子——捎带活！"

"唉！我说你这个同志呀，我要批评你。话怎么能这么说呢？什么叫捎带活？都是分内的事嘛，何况现在还不能确定这个案件与苍山下村的婴儿失踪案是否有关联呢……"

"嘿嘿！打住，打住，"郭弘嘻嘻哈哈地笑着打断吴良义的训话，说，"吴队副，你又要来给我上政治教育课了，难道你听不出我是在夸奖你哩！"

"我说年轻人啦，饭可以乱吃，话不可以乱说。千万要记住啰！"

"报告吴队副，一定牢记您的教导！"郭弘故意扯开嗓门，夸张地说道。

"你们就别逗了，天不早了，再不开工天就黑了。"法医陈旭东看了看手表，在旁边显得有些着急地说。他担心的是天一旦黑下来，就无法检查尸体了。

于是四人不再说话，开始准备勘验工具。

正当他们准备借助绳索攀爬到山谷底下去时，附近村庄的一个老猎户恰好路过这里，对他们说：

"其实你们用不着冒险这样下去。这下面只是一个山谷而已，在山的另一边，有一条打猎的小路可以通到谷底。我以前打猎时经常会走那条路。"

"要走多久？"吴良义看了看已开始西斜的太阳，沙哑着嗓子问。

"唔！走得快的话，大概需要四十分钟吧。"老猎户思索片刻后说。

"那好，麻烦你给我们带下路。"吴良义微笑着做了个请的手势。

侦查人员在老猎户的带领下，连奔带跑地冲上山顶，又沿着山谷的另一边下到半山腰，再沿着一条断断续续、若隐若现的小路往山谷底下走。只花了三十五分钟，他们就到达了发现尸体的现场。此时，大家都已经累得气喘吁吁、大汗淋漓了。

山谷底终年见不到阳光，显得阴冷潮湿。空气中，散发出一股夹带着枯枝烂叶霉味的青草味。

侦查人员一到现场，顾不得汗流浃背、腰酸腿软，便开始忙碌起来。陈旭东对尸体进行检查，郭弘对现场进行勘查，韩珂玉负责对现场进行拍照和做勘查记录。大家在吴良义的指挥下，动作麻利、有条不紊地开展工作。

小孩的尸体呈侧卧状，已经开始腐烂了。

死者穿一件蓝色牛仔连衣裙，脚穿一双黑白相间的运动鞋。两只鞋子均已湿透，其中一只鞋里灌进了大量的淤泥。

死者四肢有大量的荆棘划伤和擦伤。左额角处有一块青紫伤痕，有皮下淤血。胃内容完全排空。手掌上粘有大量的青苔、草屑和淤泥，指甲缝里也有。

死亡时间在四天前，也就是 8 月 26 日。

现场周围长满了各种各样的树木。有十多根被砍断的杉树分布于谷底。估计是山林主人将成熟了的杉树砍断后，放在这里自然风干，等风干后再拖运出山，进行销售。

在离尸体两米多远处，有一条被雨水冲刷而成的小溪，溪中有涓涓细流。在小溪边，有几趟小鞋印，其中有一个鞋印位于溪水中，溪水深及脚踝。经比对，鞋印与死者脚上的运动鞋相吻合。

根据现场勘查和尸体检查的情况，侦查人员简单合计了一下，便推断出了小晶晶的死亡原因和过程：

8 月 21 日下午五点多钟，晶晶和邻居家的小孩，在山林中的草坪上玩捉迷藏的游戏。当轮到晶晶和其他小孩躲藏时，晶晶因为年龄太小，不知道什么是危险，也不懂得如何规避危险，懵懵懂懂地就跑到了山谷边。由于走路和行为动作不像大人那样稳健，一不小心就滚落到山谷下去了。在往山谷底下滚落的过程中，出于本能，手和脚拼命地挣扎，致使四肢多处被荆棘划伤。更不巧的是，她的额角重重地撞到了一棵树上，导致昏迷。

当晶晶苏醒过来时，已是晚上，甚至是半夜。这时，四周一片漆黑，静寂无声，只有间或传来的虫鸣声和夜行动物的觅食咀嚼声。小晶晶感到十分害怕，便开始哭喊。可是，无论她怎么哭、怎么喊，都无济于事。因为此时山上已杳无人迹。

求生的本能促使晶晶开始顺着斜坡往上爬。她刚刚爬了二十来米，前面便是更加陡峭的山坡。由于潮湿的青苔和沾满露水的草叶非常滑，一不留神就滑了下来。再爬，还是滑了下来。

当日光降临时，虽然恐惧感有所减弱，但饥饿、寒冷和疲惫又轮番袭来，于是，晶晶又睡着了。这一睡，便要了她的命。因为就在她睡着的时候，派出所组织了村民搜山，她错过了这个向外呼救的绝好机会。待晶晶再次醒来时，搜山的群众早已经下了山，山里面又恢复了宁静。

又饥又渴的晶晶，在叫天天不应、叫地地不灵的情况下，不得不自己去找吃的。她晃晃悠悠地来到小溪边，想要喝小溪里的水，可是一不小心，一只脚踩到了水中，水和泥沙立即就灌满了她的鞋子。

晶晶望了望荒无人烟的四周，知道没有人会来救她了，便又开始沿着斜坡往上爬。由于年幼体弱，加上饥饿与疲惫，她没有爬出去多远就滑了下来，再爬，还是滑了下来。

可怜的小姑娘知道自己无法爬出去了，便朝着山上不停地哭喊。哭累了，歇会儿，再哭。娇嫩的身体遭受着恐惧、饥饿、寒冷和疲惫的侵袭与折磨。

四天过去了，当饥饿、寒冷和疲惫再次袭来时，奄奄一息的晶晶只好爬到那个由树枝遮盖成的"窝棚"里，蜷缩在潮湿的土地上，心有不甘，但又无可奈何地等待死神的降临。

晶晶的失踪和死亡，纯粹是因为大人们的主观臆断和寻找的方式方法不当。

由此看来，晶晶的失踪案与苍山下村灭门惨案中的婴儿失踪，不具有关联性。

六 第一次案情分析会

苍山乡派出所的会议室里灯火通明，由于没有空调，只靠两台老旧的吊扇吱吱呀呀地挣扎着送点风来，因此空气并不新鲜。汗味弥漫，烟雾缭绕，大家挤坐在里面开会，真的是有点烟熏火燎的感觉。

苍山下村灭门惨案第一次案情讨论会，正在这里召开。

会议由刑警支队支队长林云涛主持。他是接到冯江局长的案情通报后赶过来的。

林云涛说："从现场勘查和尸体检验的情况来看，王包发家的命案显然是一起故意杀人案件。根据《命案侦破分级管理工作机制》和公安部'一长四必'工作要求，死亡两人以上的命案，应当由设区市一级公安机关立案侦查。现在我宣布，'8·28'命案侦破专案组正式成立。由我担任专案组组长，冯江和文斌担任副组长。专案组成员由市、县两级公安机关刑侦部门抽调人员组成，但以宁池县公安局的警力为主。"

此时，林云涛的心里百感交集、五味杂陈，既有大战前的紧张和焦虑，又有对案情未解读前的迷茫和担忧，更有迎难而上、挑战难关、超越自我的兴奋与信心。这一切，都写满在他那国字形的脸上，蕴含在他那犀利的眼神中。

见大家没有提出异议，林云涛接着说："为了尽快确定案件性质和侦查方向，现在请大家把案件有关情况和前期工作的情况汇报一下，在分析研究的基础上，确定下一步的侦查方向和侦查范围。"

林云涛把烟蒂摁熄在烟灰缸里，扫视了一遍会场，见大家都不作声，便说："还是按老规矩来吧，先由技术人员介绍现场勘查和尸体检验的有关情况。"

"我先来吧。"法医钟天双手拢了拢梳得一丝不乱、抹了"金刚钻"头油显得油光锃亮的大包头头发，站起来说，"现场共有三具尸体，分别是女主人杨菊兰、婆婆胡美英和女儿王梓琪。其中杨菊兰和王梓琪系被人用锐器砍击头部致命。根据创口分析，应该是类似于砍柴刀的工具。不过，现场并未发现此类工具。胡美英系被人用电风扇的电源线勒颈窒息而死。从尸斑、尸温和尸僵等特征来看，推断死亡时间应当是在凌晨一点至三点之间。从尸体所处的位置、姿势和身上的穿着来看，大致可以推断为受害人是在睡觉时，被人杀害的。"

钟天快速地翻阅了一下尸检报告，接着说："关于作案过程，我和陈旭东法医、郭弘工程师反复讨论过，也在现场进行过侦查实验，得出的推论是：凶手趁受害人正在睡觉之机溜进现场，首先进了杨菊兰睡的房间，见杨菊兰带着大女儿王梓琪睡得正香，便挥刀对杨菊兰进行砍杀。这时，睡在旁边的王梓琪被惊醒了。王梓琪惊醒后，吓得从床上滚落到了地上，蜷缩在床脚边。凶手走过去挥刀便砍，将王梓琪砍死。接着，凶手来到胡美英的卧室。这时，胡美英不知什么原因正从床上坐起来，凶手冲过去，用旁边的电风扇的电源线将她活活勒死。行凶后，凶手对现场的物品进行了翻动，也许是想寻找什么值钱的东西吧，然后抱了一岁大的婴儿王梓珏，逃离了现场。"

钟天刚说完，就有一只苍蝇在空中盘旋，企图在他头上寻找落脚点。郭弘见状，故意伸手驱赶了一下，然后开玩笑似的说："这个不知死活的东西，找落脚点也不看地方，懵懵懂懂地落下去，脚下一滑，不摔死才怪呢！"说完，还故意做了个幽默滑稽的表情，引得大家哄堂大笑。

文斌咳嗽了两声，说："肃静！肃静！大家都严肃点，现在是在开会，玩笑留到会后去开。"

见大家安静下来了，文斌问道："从现场勘查的情况来看，能不能判定罪犯在行凶过程中是否使用了照明的工具？"

"这很难说。"郭弘抢着回答道，"据最先进入现场的村民说，他们进去时，屋里是没有开灯的，由此，就存在着三种可能性：一是凶手进入现场时屋里本来就开着灯，凶手作案后离开时，顺手把灯关掉了；二是凶手进入现场时屋里没有开灯，凶手用的是自己带来的照明工具行凶作案；三是凶手进入现场时屋里本来没有开灯，凶手打开灯来作案，离开时又将灯熄灭了。但无论如何，有一点是完全可以肯定的，那就是凶手在作案过程中，必须利用照明工具。这照明工具要么是利用现场的，要么是自带的。否则的话，屋里一团漆黑，凶手不可能把袭击的目标和部位搞得那么精准。"

"对，是这样的。"钟天和陈旭东点头表示附和。

"在现场找到了作案工具吗？"冯江问。

"现场有一把菜刀、两把镰刀、一把水果刀和一把斧头等工具，但这些工具与死者身上的创口均不相吻合，而且在这些工具上也没有发现血迹。我们分析，作案工具应当是类似于砍柴的刀，但现场并没有发现类似的刀。因此，杀人凶器很有可能是被凶手带走了。不过凶手用来勒死胡美英的电风扇的电源线还在现场，我们已提取送检了。"郭弘回答道。钟天和陈旭东又点头表示附和。

"噢，我补充一点，"吕玫插话说，"我们已经完成了DNA（脱氧核糖核酸）的初步检验：第一，杨菊兰的手机上未检验出任何人的DNA；第二，在电风扇的电源线上检验出了混合型的DNA，但无法继续细分。"

"我也补充一点，我们在杨菊兰的手机上未检验出任何人的指纹，但是电源线上发现了三个人的指纹，分别是胡美英、彭招娣和王水生的。"郭弘也随即插话补充道。

"这三个人的身份查明了吗？"林云涛问道。

"查明了，"文斌回答道，"胡美英是被害人之一，也就是被电源线勒死的那个老太婆；彭招娣是她的大儿媳妇；王水生是村长。"

"电源线上为什么会有他们的指纹？"林云涛又问。

"哦，是这样。这台电风扇平时就是胡美英在使用，所以电源线上有她的指纹是理所当然的了。案发后，村民们破门进入现场，看到这根电源线正缠绕在死者胡美英的脖子上，村干部考虑到她是不是还会有一线生机呢？于是，就由村长和彭招娣一起动手，帮她把脖子上的电源线给解下来了。就这样，他们两人的指纹也就留在了电源线上了。"文斌介绍道。

"哦，原来如此！"大家恍然大悟地说。

"能确定杀人凶器是就地取材吗？"冯江问。

"勒死胡老太婆的电源线是就地取材，但杀死杨菊兰和她女儿的凶器不能确定。据王包发讲，在很多年以前，他家里的确有过一把砍柴刀，但后来他外出打工后，由于家里没有男劳动力，用不上，所以就慢慢地遗忘了那把柴刀。再后来，刀就不知道弄到哪里去了。"文斌说。

"痕检这一块情况如何？"林云涛问。

郭弘站起来，走到靠墙的一块黑板边，用板书笔快速地在黑板上画了一幅现场示意图，然后一边标注，一边介绍。

"这是犯罪中心现场示意图，上北下南，左西右东。房子只有一层，共有五间。中间是一个大厅，东、西各有两间住房。杨菊兰和女儿睡在东头靠南的房间，隔壁一间是王包发打工回家时临时睡的。胡美英睡在西头靠北的房间，隔壁是杂物间。在胡美英的房间里，有一张婴儿床。床上有一个婴儿枕头，蚊帐是放下来的。所以我推断，婴儿原本是睡在这间房里的。杨菊兰和胡美英的尸体分别躺在各自的床上，王梓琪的尸体蜷缩在杨菊兰睡的床脚边。现场无博斗痕迹。房屋前后各有一扇门。前门已破损倒塌，后门从里面用插销插上了。前门上的锁被强力破坏。但据村民们说，门锁原本是好的，是他们强行入室时弄坏的。"

汇报完后，郭弘回到座位边。

"现场提取到了一些有价值的痕迹物证吗？"林云涛问。

"烂网打鱼——一无所获。"郭弘一边坐下，一边摇了摇头回答。

"糟糕！怎么会这样？！"冯江局长的脸色有些严峻。

"你们分析了其中的原因吗？"林云涛提醒道。

"当然。从现场所体现出来的信息看，我们认为凶手应当是戴了手套作案的。"郭弘笃定地回答。

"何以见得？"林云涛追问。

"在勒死胡美英的电风扇的电源线上，只发现了三个人的指纹，即胡美英、王水生和彭招娣，没有发现其他可疑人员的指纹。王水生和彭招娣的指纹是在解开电源线时留在上面的，即案后形成。胡美英的指纹肯定是在案发前或凶手作案过程中因挣扎时所留。这说明凶手作案后，并没有擦拭过电源线进行毁踪灭迹。如果凶手没有戴手套作案的话，那么他的指纹一定会留在这根电源线上。"郭弘解释道。

"从凶手翻箱倒柜都没有留下指纹来看，也可以证明他是戴着手套作案的。"文斌补充解释道。

"你们不是在现场提取到了大量的指纹和鞋印吗？"冯江问。

"唉！正所谓'恋树湿花飞不起，愁无比'。虽然提取了大量的指纹和鞋印，但真正有比对价值的并没有发现。"郭弘说着泄气的话，也没有忘记抖出一点文雅。

"为什么这么说？"冯江问。

"凶手非常狡猾，具有很强的反侦查意识。从现场情况来看，凶手在整个作案过程中，都应当戴了手套，所以没有留下他的指纹。至于鞋印嘛，全部被村民们破坏了。真是'秋来处处割愁肠'啊！"郭弘简明扼要地回答道。

"检查了死者手机里面的信息吗？"冯江继续问。

"当然。但死者手机里的信息并不完整，似乎有很多信息被删除了。"

"凶手为什么要删除死者手机里面的信息呢？难道被删除的信息与凶杀案件有关？"

"可能吧。"

"死者手机里面的信息也不一定就是凶手删除的吧，为什么不可以是杨菊兰自己删除的呢？"这时，吴良义忍不住提出了疑问。

"这一点我考虑过了。杨菊兰的手机属于强制性关机，而且里面的信息和数据有部分删除的痕迹。这也许是杨菊兰自己干的，也许是凶手干的。但不管是谁干的，正常情况下，手机上都应当会留有指纹和生物检材。然而手机上不但没有他人的指纹和生物检材，就连杨菊兰自己的指纹和生物检材都没有发现。可见，这不是杨菊兰干的，如果是她干的，她没有必要多此一举地擦拭上面的痕迹。只有凶手在关机时，才会对手机的外表进行擦拭，以图毁灭痕迹物证。"郭弘解释道。

"你分析得没有毛病。"吴良义点了点头说。大家也都跟着点头表示赞同。

"既然凶手对接触过的手机进行了擦拭，为何又不对接触过的电源线进行擦拭呢？"林云涛既像是在问别人，又像是在自言自语。

"我分析，"吴良义接过话来沙哑着嗓子说，"要么是凶手在杀死两人后，再进入到胡美英的房间作案时，心里因紧张而一时疏忽大意，忘记了对电源线进行擦拭；要么是凶手还有同伙，同伙的作案手法与其不同，根本就没有要擦拭作案工具的想法和习惯。"

"我觉得还有一种可能性。会不会是因为电源线缠绕在老太婆的脖子上，根本就无法进行擦拭，如果要擦拭的话，就必须把电源线解下来。而凶手担心电源线解下来后，万一老太婆又活过来了，那麻烦就大了，所以就放弃了擦拭。"韩珂玉分析道。

"唔，你的这个推理，我看没有毛病。"林云涛点点头，表示赞成。

"我觉得这个问题没有必要过多地去讨论。前面技术人员已经推断凶手作案时戴了手套，所以电源线上的痕迹他用不着担心，无需擦拭；但手机不一样，手机里面的电子数据有可能会暴露凶手的身份或信息，很可能会成为我们侦破案件的关键证据，所以凶手一定要设法处理了。"冯江分析道。

大家都点头表示赞同。

"是呀，一个是无须处理，一个是必须处理……"林云涛像是在自言自语地嘀咕道。

"你的意思是还有其他的可能性？"文斌问道。

"不知道，我还没有想好。"林云涛摇了摇头说。

"现场周边的情况如何？"冯江问。

"我们从卫星地图上下载了苍山乡的地图。"郭弘从文件袋里抽出一张地图，摊开在会议桌上，双手按在地图上比画着说，"苍山下村位于苍山乡的西北方向四公里的地方，坐落在苍山脚下。苍山下村委会位于苍山下村的南面约一里地处。从苍山乡到苍山下村只有一条乡村公路相通，每天上午和下午各有一趟班车来回。苍山下村三面环山，一面临水，是一个相对封闭的山村。这里的环境优美，山清水秀、景色宜人；村庄古朴幽雅、宁静恬淡；村民安逸惬意、轻松悠闲。正是唐朝诗人王维诗中的佳境：寒山转苍翠，秋水日潺湲。倚杖柴门外，临风听暮蝉……"

"打住，打住。郭大秀才，现在可不是你舞文弄墨、卖弄风骚的时候。"文斌见郭弘又要抖他的文学修养，便及时打断了他。

"嘿嘿，不好意思，不好意思，自然流露，自然流露。"郭弘不好意思地笑了笑说。大家也都跟着笑了起来。

"好啦，我们闲话少说。请问有谁调取了现场周围的电子数据？"林云涛问。

"村子里还没有安装视频监控。集镇上虽然安装了一些监控探头，但那还是天网工程的第一代产品，早都成了瞎子的眼睛——装装样子罢了。也就是说小范围内没有电子数据可调取。不过移动数据和区域范围内省际公路的交通视频监控数据倒是调取了，现正在做进一步的研判和分析。"韩珂玉回答道。

"现在请调查组的同志谈一谈吧。"林云涛一边点烟一边说。

鲁大明习惯性地把短袖子往肩上撸了撸，打开面前的一个文件夹，一边翻阅，一边说："我来汇报一下现场访问与调查的情况。据村民们介绍，胡美英是聋哑人，嘴巴不能说，耳朵也听不见。但人还是比较精明的。她早年丧夫。一生共生了两个儿子，大儿子叫王全发，今年三十六岁，娶了个媳妇叫彭招娣，今年三十四岁。小儿子叫王包发，今年三十三岁，小儿媳妇叫杨菊兰，今年三十一岁。"

鲁大明喝了一口茶，接着说："王全发夫妇无儿无女，据说是彭招娣的身体原因，她得了一种病，好像是叫什么管什么形……"

"输卵管畸形？"吕玫在旁边插嘴说。

"对，输卵管畸形。"鲁大明重重地点点头，接着说，"王包发和杨菊兰是在广东打工时认识的，杨菊兰好像是黔西人。两人认识后便一见钟情。由于是未婚先孕，所以很快就结了婚。生下大女儿后，杨菊兰便成了家庭主妇，再也没有外出打工了。"

"家庭关系和社会关系如何？"林云涛问。

韩珂玉调整了一下坐姿后，回答说："王包发长期在外地打工，平时不回家，只有过年时才会回来。婆媳关系一般。据邻居们说，不知道什么原因，老太婆总是看两个儿媳妇不太顺眼，经常会在邻居面前比比画画打手势，邻居们虽然看不懂啥意思，但从她的表情和动作上看得出来，她是在表达对两个儿媳妇的不满之意。社会关系方面就更加复杂了。由于杨菊兰人长得漂亮、性格开朗、处事大方，所以村子里和附近村庄的一些好色之徒，经常会找借口与她套近乎。不过这些都只是一些风言风语而已，具体情况还有待于进一步调查。"

"信息综合研判这块有什么发现吗？"林云涛望着韩珂玉问道。

韩珂玉用手肘捅了捅正在沉思中的辛丹青，示意由她来回答。辛丹青从沉思中回过神来，深吸了一口气，用纤细的手指将右边鬓角处的几根散发捋到耳后，说："我们通过对移动数据和大范围的监控视频数据进行研判分析，发现了几个可疑情况。一是8月28日凌晨一点左右，有两个福建的手机号码在苍山下村一带出现过；二是凌晨四点左右，有一辆三轮摩托车由苍山下村方向，驶入省际公路，进入了苍山集镇；三是近一个月内，共有三百二十一部外地手机号码漫游经过了苍山乡域。经与交通违章监控抓拍数据碰撞，证实这些手机机主大部分都是来购买毛竹和木材的，还有一些是货运司机。他们大都没有在现场附近滞留过，可以排除其与凶杀案件的关联性。这些人之所以三更半夜来拖运木材，无非是想利用夜色作掩护，蒙混过关，以达到不开采伐证或少开证多运货的目的。目前只有五个号码还有待于进一步核查。"

"我补充一点，"韩珂玉接过话来说，"那两个福建号码的手机机主已经查清楚了，他们住在苍山乡的一家旅馆里，是专门来大山里寻找珍贵植物的。案发前，他们与邻村的一个不良村民勾连，商量好了一起去盗伐一棵野生红豆杉树。案发当晚，他们开车经过了苍山下村附近，去邻村与那个村民汇合，实施了盗伐珍贵植物的犯罪行为。经审查，与凶杀案没有关系，可以排除他们的嫌疑。已经把他们交给林业公安去处理了。"

"我也补充一点，"吴良义接着说，"凌晨四点左右经过的那辆三轮摩托车也已找到，是一个杀猪的屠夫开的。他天不亮就起来杀猪，然后将猪肉用三轮摩托车装运到集镇上去卖。经审查，与凶杀案也没有关系，可以排除他的嫌疑。"

"好，案件基本情况大致清楚了。现在请大家进行讨论吧。"林云涛仰身靠在椅背上，双臂抱于胸前，望着大家说。

林云涛的话音刚落，会场里顿时响起了一片交头接耳的议论声。

吴良义望了望文斌，见他只顾闷着头抽烟，没有要发言的意思，便坐直了身子，沙哑着声音说："我来开个头吧。"待大家安静下来后，他接着说，"关于案件性质，我认为这就是一起杀人盗婴案。理由嘛，很简单，那就是案发现场确实丢失了一个婴儿。关于作案人数，我认为应当是两人或两人以上。理由有三：一是现场出现了两种以上的杀人方式，即砍杀和勒颈杀；二是一次杀死三人，又偷盗婴儿，非一人独自能为；三是选择在村民集中居住的村庄里作案，非一人独自敢为。"

"我不认同吴队副的观点。"韩珂玉举了一下右手说，"现场有明显的翻动痕迹，我认为不能排除盗窃或抢劫财物杀人的可能性。"

"如果是盗窃或抢劫财物杀人的话，罪犯又为什么连死者的手机都不拿走呢？"辛丹青左手支在桌面上，托着腮帮子，右手拿着一支笔，几个手指快速地旋转着笔，眼睛凝视着从烟灰缸里飘出的一缕袅袅上升的烟雾一动不动，一边思索一边说，似乎是在自言自语一般。

"所以我说罪犯的目的其实就是盗抢婴儿嘛！"吴良义用粗壮的手指敲了敲会议桌说。

"吴哥，有没有这样一种可能性，罪犯一开始是想盗窃或抢劫财物的，翻箱倒柜后没有找到所需要的东西，便改变初衷，顺手牵羊地把婴儿给抱走了。"陈亮眨巴着眼睛问。

"你这个同志呀，我要批评你，什么叫'需要'的东西？难道手机不是'需要'的东西吗？一个农户家里，还能有什么东西值得罪犯去冒险杀人夺取呢？"吴良义用指尖点着桌面说，弄得陈亮有点不好意思了。

"我倒觉得陈亮同志说得有些道理。罪犯应当熟悉受害人家里的情况，所以入室后，直奔女主人杨菊兰的房间。先将母女俩杀死，然后翻箱倒柜寻找财物，但一无所获。于是，就将婴儿抱走。但在抱婴儿的过程中被胡老太婆发现了，一不做，二不休，干脆把她也杀了。"韩珂玉据理力争。

在陈亮和韩珂玉说话时，吕玫不停地点头表示赞同。

"师兄的分析推理犯了一个逻辑性的错误，"辛丹青依然还是一副思索状说，"既然罪犯熟悉受害人家里的情况，那么他就不应当选择这户人家作案。因为是熟人的话，不可能不知道这户人家家里是没有什么值钱的东西的。"

"师妹，你的表述犯了一个概念性错误。我所说的财物，既包括了钱财，也包括了具有特殊意义的其他东西。说到钱财，其实王包发家里也并不是一无所有的。据调查发现，附近村民都知道王包发长期在外地打工赚钱，相比其他人，他家里还是有点钱的。"韩珂玉针锋相对地反驳道。

"可是，他们家的钱不是都被王包发存在银行里了吗，家里面哪里还会有什么钱财可偷可抢呢？"鲁大明提醒道。

"王包发家的钱确实是存在银行里，但是，如果他不说出去，又有谁会知道呢？我们不也是在找他谈了话以后，才知道他把钱存在银行里的吗？"韩珂玉解释道。

文斌将烟蒂摁灭在烟灰缸里，站起来干咳了两声，说："你们不要争论了，听我说几句吧。"大家立即停止了议论，一起欠身待听。

文斌站起来走到黑板旁，拿起板书笔，在郭弘画的现场示意图旁边写下了"案件性质"几个字，然后转身面朝大家说："从现场情况来看，案件性质大概有四种可能性。第一种，仇杀。毕竟一次杀死了多人，并且手段十分残忍，似有发泄深仇大恨之犯罪心理。第二种，情杀。毕竟罪犯进入现场是和平入室的。第三种，谋财害命。毕竟现场物品有明显的翻动痕迹。第四种，盗窃拐卖婴儿。毕竟现场丢失了一个婴儿。那么究竟哪种可能性更大呢？"说到这里，文斌故意停顿下来，看看大家的反应。

吴良义说："我认为可以排除仇杀。从罪犯的进出路线和方式来看，罪犯之所以能和平地进入现场，说明他要么是熟人，要么就是自己有钥匙。仇人怎么可能在被害人熟睡时和平入室呢？"

"咦，我说良义兄，如果受害人生前忘了把钥匙从门锁上拔下来，又正好被仇人发现了，这个时候仇人不也能和平入室吗？"鲁大明反驳道。

"我不否定这种可能性的存在，但我认为概率非常小。"吴良义坚持自己的观点。

"关于这一点，我同意吴队副的意见，"郭弘插话道，"我做过这方面的调查，苍山下村社会治安一贯良好，很少出现小偷小摸的案件，许多村民大白天都是不锁门的。特别是那些有老人的家庭，像杨菊兰家这样的，更是如此。他们一般都是早上起来打开门，白天不出远门，也用不着锁门，到了晚上才会锁上门。所以，一般不会出现将钥匙插在门锁上而忘了拔的情形。但是，如果要完全排除仇杀这种可能性，我看是'岩壁上搭梯——悬'。"

"郭秀才，你的观点似乎前后自相矛盾。一会儿排除仇人和平入室的可能性，一会儿又不能排除仇杀的可能性，那你究竟是认同还是不认同仇杀的可能性呢？"辛丹青从沉思中回过神来问道。

"我的意思是，不能仅从门锁钥匙因素上去排除仇杀。"郭弘一言以概之。

韩珂玉说："我认为可以排除情杀。如果是情杀的话，罪犯不可能翻箱倒柜地寻找财物，也不可能愚蠢地把婴儿抱走。因为从某种意义上来说，罪犯杀人后又把婴儿抱走，就等于是给暴露自己的罪行埋下了一颗定时炸弹，随时都有可能爆炸。"

大多数同志都点头表示赞同韩珂玉的意见。

辛丹青的意见正好相反，她举了一下手说："我认为可以排除谋财害命。"

"何以见得？"冯江感兴趣地问道。

辛丹青停住手指尖旋转的笔，直了直身子，深吸了一口气，说："顾名思义，谋财害命，就是为了钱财而杀人。一般来说，在客观表现形式上，通常有三种情形：一是盗窃杀人，二是抢劫杀人，三是为了索取、占有、隐匿钱财等而杀人。如果是为了盗窃或抢劫财物杀人，凶手应当会把手机拿走，因为凶手毕竟已经接触了手机嘛；如果是为了索取、占有、隐匿钱财而杀人的话，罪犯不应该把老太婆和儿童也杀死。"

"按照你们三人所说，如果可以排除情杀、仇杀和谋财害命的话，那就只剩下杀人盗婴、拐卖儿童了？"鲁大明摊开双手讪笑着说。大家也跟着笑起来。

林云涛做了个肃静的手势，说："大家虽然分析得都有些道理，但似乎忽视了技术开锁这种职业性犯罪手段。要知道，从某种意义上来说，技术开锁也是属于和平入室的范畴。现在我们还是先听文斌同志把话说完吧。"

文斌把烟蒂摁灭在烟灰缸里，抬起头来认真地说："这个凶杀现场所体现出来的信息量非常大，也很复杂，既有指向谋财害命的，也有指向情杀和仇杀的，还有指向杀人盗婴、拐卖儿童的。但我认为，至少可以排除拐卖儿童杀人和谋财害命这两种可能性。"

"理由呢？"冯江脸上布满了疑问。

"先说第一种吧，假设是拐卖儿童杀人，我觉得有三个方面让人不可理解。一是罪犯进入现场的方式让人不可理解。罪犯是如何做到和平进入现场的呢？难道真的是技术开锁？这不应该呀！在司法实践中，我们只见过为了偷盗钱财而去学习开锁技术的，从来没有见过为了偷盗某个婴儿而刻意去训练开锁技术的。二是罪犯的动机在现场上的体现让人不可理解。拐卖儿童犯罪，其目的是成功盗抢婴儿，杀人只是手段。可在本案中，罪犯在现场大开杀戒，连杀三人。这似乎有些本末倒置了。就受害人家里当时的情况来看，老弱妇孺的，难道真的非要杀人才能把婴儿盗抢走吗？我看未必。三是罪犯在现场的动作行为让人不可理解。归纳起来，罪犯在作案过程中，至少出现了六种动作行为，即照明采光、持刀杀人、勒颈杀人、翻找财物、擦拭手机、抱走婴儿，离开时还不忘将房门锁上。这些动作行为独立来看，似乎都没有什么可疑之处，但搁在一块儿分析，便会觉得不合情理：为了盗抢婴儿杀死多人，不合情理；盗抢婴儿又翻箱倒柜寻找财物，不合情理；先进杨菊兰房间杀人后，再进胡美英房间盗婴，不合情理。"

对文斌的分析，很多同志都点头表示赞同。

文斌端起杯子喝了一口茶，又点上一支烟吸了两口，接着说："现在来说第二种吧。为什么说可以排除谋财害命呢，理由其实很简单。大家注意到了没有，女主人杨菊兰是在睡梦中被杀害的，也就是说，罪犯进入现场后，不是先翻箱倒柜寻找财物，而是先杀人，后谋财。像这样的情况，恐怕只有面对十分珍贵的财物诱惑，才会发生吧。另外，从罪犯翻找物品的行为来看，不但体现出了选择性，即只对杨菊兰的卧室进行翻动，而且还把大量不值钱的物品抛撒在地上。很显然，这样做的行为，其目的性过于明显、过于集中，动作过于夸张，有故意伪造现场、改变案件性质之嫌疑。"

"你的这个观点我不能苟同。就一般情况而言，大多数家庭都会把值钱的东西放在主人的房间，所以凶手在主人房间里翻箱倒柜是合乎情理的。"韩珂玉分析道，"事实上，还存在另外一种可能性，那就是凶手不一定是在寻找钱财，也有可能是在寻找具有某种特殊意义的物品，而且这个物品只与杨菊兰有关联。"

"我承认，你说的不无道理。但是，概率非常小。"文斌解释道。

"那你的意思是说，该案应当定为情杀或仇杀啰？"冯江故意加重语气反问道。

"唔，我想，这两种可能性更大一些吧！"文斌凝神思索了片刻后，点了点头回答。

"那又如何解释婴儿失踪呢？"吴良义表示怀疑地说。

"有没有这样一种可能？"辛丹青停止指尖上旋转的笔，思索着说，"罪犯在杀人过程中，看到只有一岁大的婴儿稚嫩可爱，不忍心下手，便干脆把他抱走了。"

"也许吧。"文斌点了点头说。

"我认为不可能。如果凶手的目的只是为了杀人，那他不可能不知道这个婴儿实际上就是一个烫手的山芋，他不可能愚蠢到冒险把婴儿抱走，给自己的杀人行为留下这么一个致命的祸根。"

说这话时，吴良义有些急了。因为在心里面，他始终认为这就是一起为了盗抢、拐卖婴儿而杀人的案件。

"老吴，你别急，大家都是在谈个人的观点，文斌也只是说情杀和仇杀的可能性更大一些。"冯江出面打圆场说。

"会不会有可能是奸杀呢？"吕玫瞪着一双大大的眼睛，突然问道。

"唉，如果是情杀和奸杀，又如何解释女主人没有遭到性侵呢？"钟天接过话来说，陈旭东也点头表示附和。

"这个问题很难回答。罪犯在作案过程中，往往会出现一些心理上的变化，导致行为上的改变，这很正常。但这并不能作为否定案件定性的唯一依据。"文斌解释道。

"呵呵，我觉得你这个解释是'麻秆抵门——经不起推敲'吧！"鲁大明先是笑了笑，然后看着文斌反驳道。

"是吗？也许吧。但愿你是对的。"文斌模棱两可地回答。

林云涛望了望冯江，想看看他要不要发表自己的见解。

冯江点了点头，说："虽然受害人的手机没有被拿走，但我认为就目前的情况来看，还没有足够的证据来排除盗窃、抢劫杀人。毕竟就苍山下村的村民而言，王包发家算是比较富裕的了。如果罪犯真是出于盗窃或抢劫财物的目的，又是选择在苍山下村作案，那么他首选的目标，应该就是像王包发这样的家庭。"冯江习惯性地扫了一眼会场，然后定格在文斌身上，接着说："至于文斌同志刚才说的那几条排除盗抢杀人案件性质的理由，我看啦，分析的成分更多，客观的成分更少，很难说服人啊！"

大家纷纷点头，表示赞同冯江的意见。

"我承认，文斌同志分析得很全面、很到位，但忽视了重要的一点，那就是熟人作案。不管案件性质如何，只要是熟人作案，就符合现场的情况。"林云涛丢下烟头走到黑板边，指着上面的现场示意图说，"你们看，杨菊兰是在睡梦中被杀害的，很显然，她是凶手主观故意要侵害的目标。而小女孩是在惊醒后躲到床脚边时被杀害的，老太婆是在醒后准备坐起来时遭到袭击的，如果是熟人作案，在杀了杨菊兰之后，对醒过来的人当然是要杀人灭口的，否则的话，将后患无穷。"

"你的意思是熟人作案？"冯江问道。

"从犯罪现场来看，应当是熟人作案。"郭弘抢着回答。

"那下一步应该怎么做？"冯江问。

"我看这样吧，"林云涛做总结性的发言，"为了慎重起见，我们还是本着'抓住一般、突出重点'的原则，组织安排好下一步的专案侦查工作。就目前情况来看，情杀和仇杀是侦查工作的重点，但也不能完全撇开谋财害命和盗抢婴儿这两种可能性。"

"既然是这样，那我来安排下一步的工作吧，"文斌接过林云涛的话来说，"一是要围绕受害人的关系人展开调查，重点是深挖感情纠葛、矛盾纠纷、恩爱情仇等线索；二是要围绕盗窃、抢劫、债务纠纷等方面开展调查，从中发现作案动机和线索；三是要围绕婴儿失踪这条线索展开追踪。不管罪犯的作案动机是否为拐卖儿童，但毕竟婴儿的失踪与杀人行为之间有着直接的关联，从某种意义上来说，只要找到了婴儿，或者查明了婴儿的去向，案件的真相可能就大白了。"

"我补充一点，死者杨菊兰的手机要尽快做技术处理，设法恢复里面的信息和数据，看看能否从中发现什么线索。"林云涛补充道。

"对，我认为这一点很重要。"冯江接过话来说，"罪犯为什么要删除杨菊兰手机里面的信息，不就是怕我们从里面发现可疑的线索吗。所以我认为，我们要以此为侦查方向，切入案件侦查。"

"好的。这一块工作由辛丹青先期研判。"文斌说。

"明白！"辛丹青回答道。

"珂玉？"文斌叫韩珂玉的名字。

"到！"韩珂玉回答。

"你和陈亮负责对那些案发时间在现场附近出现过的不明电话进行落地核查。"

"明白！"韩珂玉和陈亮异口同声地回答。

文斌又对着吴良义说："吴队副，你就按照你的思路，继续牵头沿着盗抢、拐卖婴儿这条线索进行追踪调查。"

"明白！"吴良义沙哑着嗓子回答。

文斌又对着陈旭东、吕玫说："陈旭东和'芭比娃'配合郭秀才，继续做好现场指纹、足迹以及其他物证的比对甄别工作。"

"明白！"郭弘、陈旭东、吕玫三人异口同声地回答。

布置完工作，文斌又望着林云涛和冯江说："我和'撸袖子'所长负责做好现场附近的摸底排查工作。你们看这样分工行不行？"

林云涛和冯江对望了一眼，说："我看可以。"冯江也点头表示赞同。

文斌习惯性地挥了挥手，大声说："开工！"

案情研讨会一结束，调查人员便马不停蹄地连夜赶往苍山下村，按照各自的分工开展工作。

午夜已过，调查人员又都陆陆续续地往村部会议室集合。那里已改成了专案组的指挥部兼临时宿舍了。

所谓村部，实际上就是一栋老房子，离村庄有一里多地。这栋老房子原是村里的祠堂，还是旧社会时建造的。由于离村庄较远，村民们办红白喜事很不方便，加上年代久远，有些破烂了，所以后来在村长王水生的组织下，由各家各户按人头数集资，在村西头盖了一栋新的祠堂，老祠堂就改成了村部了。

老祠堂里摆了几排木制长靠椅，是用于开村民代表大会的。村长王水生带领几名村干部，在派出所所长鲁大明的指挥下，把每两张长木靠椅对拼在一块，在上面铺上草席子，便搭成了几张临时床铺了。

王水生指着简陋的床铺，满脸歉意地对林云涛和文斌说："领导，真是对不起，村里的条件十分有限，只能委屈大家将就一下了。"

"不要紧，没事的。我们早都已经习惯了。"林云涛微笑着安慰他。

文斌用力拍了拍长木椅的靠背，调侃道："呵呵！蛮好，两边有这么高的靠背，睡在上面就是翻筋斗，也绝对不会掉下去啰！"

"哈哈……哈哈！"文斌的话引得大家哄堂大笑。

但有一个人却笑不起来，那就是辛丹青。只见她蹙着眉头、拉长着脸，绕着几张临时床铺转来转去，一副犹豫不决的样子，始终无法把公文包搁下。文斌见状，便靠近王水生悄声说："村长兄弟，谢谢你的安排！我们这些大老爷们睡在这里倒没有什么，可我们还有一位女同志呢，让她也睡在这里就不太方便了，还要麻烦你做个特殊的安排才好。"

听到文斌这样说，站在旁边的妇女主任李冬香开口道："如果不嫌弃的话，这位女同志可以到我家里去住。"

"哦，对了，我忘了介绍，"王水生指着李冬香说，"她是村委会的妇女主任李冬香，那位女警官可以到李主任家里去住？"

"好，这样最好，谢谢了！"说完，文斌朝辛丹青招了招手，示意她跟着妇女主任李冬香走。

辛丹青刚走到门口，陈亮在后面叫住她说："铁姐，这乡下的蚊子可厉害了，我帮你准备好了蚊香。"说完，就递给她一盘蚊香。

"还是亮崽懂得心疼人啊！难怪'芭比娃'会喜欢你。谢谢啦！"辛丹青一边接过蚊香，一边斜眼瞄了瞄正盘腿坐在床铺上整理工作日记的韩珂玉。

韩珂玉听到辛丹青的说话声，便赶紧抬头望过去，眼光正好与她的相遇，便有些不好意思地笑了笑，然后扬了扬手，既算作解释，告诉她因工作太忙顾不上她，又算是祝愿，祝她晚安。心有灵犀一点通，辛丹青当然明白他的意思，只见她会意地点了点头，转身走了。

文斌再次对王水生表示感谢。

王水生脸上布满了苦笑，歉然地说道："哎哟，谢什么呀？如果真要说感谢的话，也应该是我们说啦。你看，给你们添了这么大的麻烦，真的是不好意思！"

"好了，好了，天不早了，感谢的话你们就不要再说了，大家都早点回去休息吧。"林云涛一边把公文包丢在床铺上，一边说。

"那好，你们也早点休息，我们回去了，有什么事就叫一声，我们一定随叫随到！"王水生和几名村干部边说边往外面走。

"好，好，你们慢走，明天见！"文斌把村干部送到门口，挥手告别道。

这时，专职驾驶员杨师傅怀里抱着两箱方便面走了进来，箱子上还搁了两盒蚊香。

文斌走过去对他说："老杨，这村里的经济条件较差，我们专案组不能给他们增加负担，所以我们以后的吃饭问题得自己解决。经请示冯局长，他说你早年在部队上就是炊事兵，是这方面的行家里手，决定把这个做饭的任务交给你。"

"明白。其实我来的时候，警保科罗攸雅科长已经交代过我了。"

杨师傅放下方便面，反身又从车上搬下来一只大编织袋，一边打开给文斌看，一边说："我来的时候已经购买了三天以上的菜。你看,有南瓜、冬瓜、小干鱼、咸鱼和猪油渣饼,明天我再去镇上买些新鲜辣椒和佐料来,这样就可以埋锅造饭了。"

"这买的都是一些啥玩意儿,别把人给吃出啥毛病来了啰!"吴良义站在旁边探着头看,操着浓浓的东北话说道。

"唉,你又不是不知道,村里没有冰箱,如果买新鲜的菜,根本就无法保鲜。你看这么大热的天,东西搁在那过上一个晚上,不就都坏掉了吗?所以只好买一些能留得时间久一点的菜了。"杨师傅解释道。

"还是杨师傅想得周到。良义同志,你就别在这里瞎讲究了,能吃饱饭就不错了。"林云涛微笑着说。

"那倒是。"吴良义有些不好意思地沙哑着嗓子说。

"村部后面有一间小厨房,我看了一下,里面有一个柴火灶,虽然有些脏,但打扫一下还是蛮好的。"文斌说。

"好嘞,我这就去看看。"说完,杨师傅打开手机里的照明功能,径直往村部后面去了。

"早饭就不用做了,大家都吃方便面吧。"文斌朝着杨师傅的背影大声说。

"知道了。"杨师傅头也不回地扬了扬手回答。

大家因为工作疲劳,很快就一个个进入了梦乡。

半夜时分,陈亮觉得胃不舒服,要上厕所。可这里离村子有一里多地,哪里有什么正规的厕所。平时村干部开会学习,要上厕所的话,都是到屋外树林里去解决。

陈亮在床铺上翻来覆去地硬撑了一阵,实在撑不下去了,只好爬起来去外面解决。可刚走到祠堂门口,往外一看,咦,黑咕隆咚的。再往远处看,远山近林黑影幢幢,夜风吹过竹林,发出低沉的"沙沙"声,犹如来自地狱里的鬼哭狼嚎,令人心里发怵。

陈亮是在城里长大的,每天看到的都是闪烁的霓虹灯和明亮的街道,从来没有见过这样的情景，心里不免感到害怕。他站在门口犹豫了一会儿，本想忍一忍，回到床上去睡，但肚子实在不争气，如果再不去上厕所的话，恐怕就要拉到裤裆里了。无奈之下，他只好硬着头皮去叫韩珂玉。

"韩哥，韩哥，"陈亮一边推搡着韩珂玉，一边轻轻地叫唤道，"你醒醒，醒醒。"

"什么情况？"韩珂玉惊叫了一声，职业病似的从床铺上弹跳起来。

"韩哥，我肚子不舒服，你陪我去上个厕所呗？"

"嗤！上厕所还要人陪？"说完，韩珂玉又倒在床上准备继续睡。

"不是，外面天太黑，我怕碰到野兽什么的。"

"你呀，一个大男人，竟然上厕所都不敢，有什么用。"韩珂玉一边嘲笑他，一边很不情愿地重新爬起来。

"我是怕万一遇到什么野兽把我吃掉了，你不就少了一个战友吗？"

"哼，胆子小，嘴还硬，真没出息。好吧，看在你给了丹青蚊香的份上，我就陪你去吧。"韩珂玉摸索着找到手机，打开照明灯，睡眼蒙眬地陪着陈亮往外走。

两人来到祠堂后面的树林里，陈亮忙不迭地脱下裤子拉稀。韩珂玉也顺便解个小便。

陈亮说："韩哥，这个鬼地方，阴森森的，怕是真有鬼吧？"

听陈亮这么一说，韩珂玉便故意逗他说："我昨天调查的时候，听到一些老人家讲，这个祠堂原来是专门用来办丧事的，村里死了人都会把尸体搁放在里面设坛祭祀，所以经常会有孤魂野鬼在这一带游荡。"

"是吗？韩哥，你可千万不要吓唬我啰。"陈亮紧张得有些哆嗦地说。

正在这时，树林深处传来几声"哦……呵呵"的叫声，陈亮一听，吓得毛骨悚然，顾不得擦屁股，提起裤子就往祠堂大门口跑。韩珂玉见他不顾一切地往祠堂里跑，不知道发生了什么事，还以为真的有野兽来攻击，便也慌忙提上裤子跟在后面跑。

跑回祠堂里后，韩珂玉问发生了什么事，陈亮气喘吁吁地说："有鬼，有鬼。"

"有鬼？我怎么没有看到？"韩珂玉感到莫名其妙。

"你没有听到鬼哭的声音吗？"陈亮还是一副惊魂未定的样子说。

"鬼哭？我没有听到呀。"韩珂玉越听越觉得奇怪。

"就那个'哦……呵呵'的叫声，你没有听到？"

"哎呀，我说你这个笨蛋，哪是什么鬼哭哟，那是猫头鹰的叫声。"

"什么？猫头鹰的叫声？怎么听起来就像是恐怖电影里的鬼哭声一样呀。"

"你呀，真是害死人，弄得我把尿都拉到裤子上了。真是个胆小鬼！"韩珂玉气愤地骂道。

陈亮有些委屈地提高嗓门说："你把尿拉到裤子上算什么，我还把屎蹭到裤子上了呢……"

韩珂玉听他这么一嚷嚷，快速地扫视了一眼正在睡觉的同事，马上打断他，做了一个"嘘"的噤声动作，示意他不要在大家面前出丑。

陈亮"哦"了一声，也快速地扫视了一眼祠堂，见大家还在睡觉，便朝韩珂玉做了一个鬼脸，然后提着裤子跑到厨房里去清洗去了。

七　四个关系人

天刚亮，辛丹青草草地洗漱完毕，便给文斌打电话。

"喂，队长，"电话接通后，辛丹青怕打扰别人睡觉，便轻声地说，"我想带着杨菊兰的手机去趟网安大队，以便处理里面的数据。"

"可以。等会儿，喔，那几个外地来的手机号码是安排谁在核查？"文斌还带着一点睡意问。

"是珂玉和陈亮。"

"他们核查这几个手机号码，不是也要到合成作战研判中心去吗，我看这样，你和他们一起回县城吧。"

"好的，明白！"

放下电话，文斌从床铺上爬起来，反手捶了捶被木椅硬板顶得有些酸疼的腰背，然后叫醒韩珂玉，把车钥匙丢给他，交代他带着陈亮，与辛丹青一起回县城。

韩珂玉和陈亮爬起来，简单洗漱了一下，接过杨师傅递过来已泡好了的方便面，说了声"谢谢！"便三两口就扒拉下肚，然后提起公文包就走了。

林云涛这个时候不在床上，文斌估计他是出去散步去了。于是，泡好了两盒方便面等他。

过了一会儿，林云涛从外面走了进来。

"师父，你这么早就起来了？"文斌问。

"早吗？其实昨天晚上我根本就没有睡。"林云涛脸上总是一副微笑的样子。

"啊！怎么一回事呀？是因为蚊子太多了吗？"

"蚊子虽然多，但点燃了蚊香后就好多了。我跟你说，现在条件好多了。早在80年代，那时候蚊香还是奢侈品，山里的老百姓舍不得买，都是把一种薰蚊草晒干了，点燃后用烟来熏蚊子。但效果不是很好。那个时候才叫条件艰苦呢。"说到这里，林云涛眉头微蹙了一下，接着说，"记得有一次，我到一个偏僻的山村侦办一起抢劫杀人案，罪犯把一个'牛伢人'（方言：指牛贩子）杀死后，抛尸于一片竹林里。我们白天调查追踪，晚上就睡在村里祠堂内的戏台上。当时正值盛夏，蚊子在空中飞，蟑螂在地上跑，老鼠在台上窜。虽然村民们送来了一捆晒干了的薰蚊草，可哪里敌得过一拨又一拨的蚊子轮番进攻呀。后来实在没有办法了，只好向村民借了一些装化肥的编织袋，又向一家小卖部借了一些纸壳箱子，然后上半身套在纸壳箱里，下半身套在编织袋里，就这样半睡半醒地撑到天亮。"

"咦呀呀，吃得这样的苦？！"杨师傅在旁边感叹道，"纸壳箱子不是不透气吗，把头套在里面就不会感到憋闷？为什么不全身套在编织袋里睡呢？这样既可以抵挡蚊子的进攻，又不会感到憋闷。"

"我说你这个同志呀，我要批评你。说你炒两个菜嘛还行，但生活常识却不咋地。那编织袋是啥玩意儿？那可是装化肥的呢，套在人头上你就不怕中毒！"吴良义对干警说话时习惯用批评的口吻。

"良义同志说得对。"林云涛点了点头，笑着说。

"是不是因为长木靠椅板太硬，顶得腰背痛而睡不着？"文斌一边说一边反手捶了捶自己酸痛的腰背。

"不是，以前我们在乡下办案子经常睡在地上呢。"

"那一定是我们打呼噜的声音太响了，吵得你睡不着吧！"

"哪里话？要说打呼噜，我比你们更厉害呢。不是这些原因，你别乱猜了。"林云涛放下警用强光电筒，在床铺上坐下来，用左手大拇指和中指轻轻地搓揉着隐隐作痛的太阳穴，接着说，"昨晚我有一个计划，那就是在案发的时间段里，到现场附近去亲身感受一下环境，看看会不会带来一些特别的思路。由于担心睡过了头，所以就躺在床铺上静静地等候着那个相对应的时间段。"

"哦，原来是这样。那你为什么不叫上我呀？"文斌一边把方便面递给他，一边说。

"我看你睡得那么香，就不忍心叫醒你了。"

"有什么感悟吗？"

"嗯哼，怎么说呢，也没有什么特别的感悟，只是觉得，到了下半夜，村子里显得十分的安静，安静得似乎有些诡异……"

说着说着，林云涛搁下了吃面的塑料叉子，眼望着窗外，陷入了沉思……

午夜时分，林云涛打着手电来到杨菊兰家附近。夜幕中，四周一片静寂，既无人影，也无灯火。

突然，有两个绿色的光点在杨菊兰家的窗台上闪烁，林云涛感到奇怪，便走上前去看个究竟。还不等他靠近，就听得"嘶嘶"一声，一个黑影倏的一下，迎面朝他扑过来，他急忙身子一歪，刚好躲过。待他反身用手电光查看时，黑影已经窜进了黑漆漆的竹林里了，不一会儿，从竹林里传出了几声"喵喵喵"的叫唤声。原来是一只寻找食物的野猫。

林云涛又到村子里面转了转，发现村里到处都是黑灯瞎火的，如一座空城一般，静悄悄。除了有几只野猫窜来窜去，连狗叫都没有听到过一声。只有偶尔传出的一两声婴儿啼哭声，才使人会感觉到村子里是居住了人的。

林云涛一边漫步在村头巷尾，一边思索，究竟是什么原因使得村庄这么安静。难道是风俗习惯所致？不像。也许是"8·28"凶杀案给老百姓带来的恐惧感所致吧。

辛丹青利用电子物证技术，对杨菊兰的手机进行了技术检验和情报信息研判，恢复了一部分被删除了的电子数据。经过研判，果然发现了几个关系人。

与杨菊兰电话联系得比较多的，除了她丈夫王包发以外，还有乡卫生院院长柯星河、村里的电工王松柏、同村妇女邹虹，偶有电话联系的有村委会妇女主任李冬香、同村妇女陆翠萍和王梓琪学校的班主任刘瀚林，以及她娘家的一些亲戚。不过与王松柏的联系在几个月前突然就中断了。

杨菊兰的微信昵称为"兰花"，微信通讯录里共有三十一人，但大部分都处于"僵尸"状态。其中联系得最多的还是她丈夫王包发，几乎每天都有微信来往，其次是邻居王怀仁、电工王松柏、乡卫生院院长柯星河、学校班主任刘瀚林。同样，与王松柏的微信联系在几个月前也突然中断了。

和王包发的微信聊天内容，基本上都是一些夫妻之间的问候和相互关爱，以及一些家长里短的琐事。

与邻居王怀仁的微信聊天内容非常丰富，有借农具的，有送谷子的，有清理厕所的，有清理猪圈鸡窝的，还有王怀仁向她介绍水稻蔬菜长势情况的。间或地还会出现王怀仁向杨菊兰介绍村上采茶剧戏班子情况的。不过大部分微信都是王怀仁发给杨菊兰的，杨菊兰在回信息时大多用词比较简单、古板，语气显得冷漠、平淡。

与柯星河的微信聊天内容，大多是杨菊兰向他咨询病情和病因方面的，柯星河是有问必答，态度热情有加。不过在这当中，有时会夹杂着一两句打情骂俏的话语。

和刘瀚林的微信聊天内容，大多是讨论王梓琪的学习情况的。从聊天的频率来看，很显然，刘老师也是一个热心肠的人。

和王松柏的微信聊天内容就显得有些奇怪了。从表面上来看，大多是杨菊兰向王松柏打听戏班子的演出情况的，但从前后接话的内容来看，却有一些不相吻合的地方，有时还出现了答非所问的情形。很显然，其中有相当一部分信息是被删除了的。

辛丹青对着杨菊兰与这四个人的微信聊天内容左看右看，总觉得有哪里不对劲，但又说不出究竟有什么样的问题。于是，就打电话给韩珂玉，请他来帮忙。

"唉，师兄，你在哪？"电话一接通，辛丹青略带娇嗔地说。

"噢，我在合成作战研判中心，正在对你研判出来的那五个外地电话号码进行落地核查。有事吗？"韩珂玉有些关切地问。

"杨菊兰手机里的电子数据导出来了，经过研判，发现了几个关系人。电话和微信联系最多的，主要集中在四个人身上，我看了后总觉得有哪里不对劲，但又说不出个道道来，心里不踏实。如果就这样去向指挥部汇报，怕是要挨领导的批评呢。所以想请你过来，帮我一起分析分析。"

"好的，我就来！"韩珂玉十分爽快地回答。

"不会耽误你那边的工作吧？"

"不会的。这边的工作很简单，交给陈亮做就是了。"

韩珂玉急急忙忙地赶回办公室。辛丹青站在门口，手里端着两杯外卖员送来的奶茶，正在等着他。

"奶茶一杯，快乐起飞。"一见面，辛丹青便递上一杯奶茶，脸上挂着热情洋溢的笑容。

"没心没肺，快乐加倍。"韩珂玉一手接过饮料，一手亲热地揽着她的后背走进办公室。

"谁没心没肺了？人家辛辛苦苦地买好奶茶等着你，你还埋汰我。"辛丹青娇媚地瞪了他一眼说。

"嘿嘿！你别瞪我，我不是说你，是说我自己。"

"那还差不多。"

韩珂玉刚要举杯喝奶茶，一眼扫视到桌子上的电子数据资料，顿时眼睛里闪耀出光芒。他立即放下杯子，像猎鹰一样扑过去，瞪大眼睛翻阅起资料来。

韩珂玉一边研阅着资料，一边自言自语地说："唔，这个有问题。唔，这个也有问题。呵呵，依我看啦，差不多都有问题。"

"此话怎讲？"辛丹青有些兴奋地问。

"怎讲？讲什么？"韩珂玉放下资料抬起头望着她，装作什么都不知道的样子说。

"讲问题呀？"

"讲问题？啥问题？"韩珂玉故意逗她。

"跟我要贫嘴是吧！我叫你要……"辛丹青一边说，一边抓住他的胳膊轻轻地掐了一把，脸上布满了柔美幸福的表情。

"哎哟……痛！"韩珂玉表情有些夸张地说，"还说要做我的媳妇呢，心里却一点都不心疼人家！"

"我什么时候说过要做你的媳妇啦？你吹牛吧？"说完，辛丹青又要上去掐他。

韩珂玉趁势从后面双手揽住她的肩膀，一边扶她坐下，一边把脸凑近她的耳边，笑嘻嘻地说："好啦！好啦！你没说，你没说，是我自作多情，好吧！"

"我们别闹了，师兄，开始工作吧。"辛丹青反手轻轻地推开他那靠过来的脸，娇媚地瞪了他一眼，说。韩珂玉也顺势握住她的手，稍用力地捏了捏，表示听从。

韩珂玉在辛丹青的对面坐下后，重新拿起电子数据资料，一边翻阅一边分析。

"从这四份资料来看，我觉得这四个人都有一些问题。"韩珂玉伸手端起奶茶喝了一口，放下杯子接着说，"首先来说柯星河吧，一个乡镇卫生院的院长，心里面当然是希望医院的经济效益越大越好喽。而医院的经济效益好与差，完全取决于病人的多与少。当然，这种话只能憋在心里，不好说出来，一旦说出口，似乎有损医德之嫌了，但实际情况就是如此。如果所有的村民都像杨菊兰这样通过微信看病的话，那医院还有什么经济效益，医生们不是要喝西北风去了吗？所以，柯星河对杨菊兰的有问必答，恐怕不一定是出于纯粹的医生关心病人的目的，怕是另有所图吧！"

"另有所图？图什么呢？"辛丹青左手肘靠在桌子上，手掌托着下巴，一边思索一边问。

"这谁知道呢，反正我觉得有点不正常。"韩珂玉摇了摇头回答。

"他们在微信聊天中还夹杂着一些打情骂俏的语句，这是不是可以证明他们的关系非同一般呀？"辛丹青问。

"那是当然。"韩珂玉回答。

"哦，难怪，我明白了。你接着说。"辛丹青有些释然地说。

"接下来，我们来看看这个班主任刘老师吧，"韩珂玉把刘瀚林的资料放到最上面，说，"作为一名老师，为了表示关爱学生，适时地与学生家长联系沟通，这无可非议，但如果这种联系过于频繁的话，就值得怀疑了，要么是该学生本身情况非常特殊，迫于这种特殊情况，老师与家长的联系非频繁不可；要么就是老师与该家长之间关系特殊，双方心甘情愿地频繁联系。"

"我看未必。在现实生活中，那种为人做事喜欢啰哩吧嗦的老师和家长还是大有人在的，也不差这两人吧。"

"有是有，可哪有这么巧，就被我们碰上了？"

"好，这个暂时放到一边吧。你接着讲？"

"现在来看看电工王松柏的情况吧。很明显，杨菊兰与王松柏的联系非常频繁，并且删除、撤回的信息比较多，这很不正常啊。特别让人感到不理解的是，近几个月以来，他们之间突然中断了联系，既没有电话来往，也没有信息互通。这是为什么呢？难道是因为他们之间的关系发生了突变？"

"你的意思是说王松柏和杨菊兰之间的关系不正常？"辛丹青问。

"这个嘛，现在还很难判断，但至少是值得怀疑吧。"

"第四个是邻居王怀仁，我觉得这个人最可疑，"辛丹青一边伸手拿过王怀仁的资料，一边抢过话来说道，"王怀仁无非是租种了杨菊兰家的两亩水稻田而已，但从微信内容来看，他几乎把她家的所有农活都做完了，特别是对她家的重活、脏活，更是显得关注有加，比如厕所是否要淘粪了？猪圈、鸡窝是否要清理了？等等。我就纳闷了，这些事，是他分内应干的活吗？"

"对，我们想到一块去了！"韩珂玉说。

"那是不是就意味着这四个人都有嫌疑，其中王怀仁有重大作案嫌疑？"辛丹青瞪大一双眼睛望着他问。

"有嫌疑还说得过去，但重大嫌疑嘛，唔，我看现在还谈不上。就目前的情况来看，他们顶多只能算是杨菊兰的重要关系人而已，在他们身上存在着一些疑点罢了。"

"那要不要向专案侦查指挥部报告？"辛丹青征求韩珂玉的意见。

"报告是必需的，但不能把话说得太死，否则的话，就是没骂找骂受了。唔，我看这样吧，你向指挥部报告时就这样说，就说从杨菊兰的手机电子数据中梳理出了四个重要关系人，但详细情况还有待于进一步深入调查。"韩珂玉冷静地说。

"好吧，听你的。那下一步怎么办？"

"我们先围绕这四个人查查看再说吧。"

"先查哪一个？"

"唔，由近及远，先查邻居王怀仁吧。"韩珂玉凝神思索片刻后回答。

正在这时，韩珂玉的手机响了，他拿起来一看，是文斌队长打来的。

"喂，老大，有什么指示？"

"那五个电话号码核查得怎么样了？有什么发现吗？"文斌说话一贯直截了当，从不拖泥带水。

"那几个电话号码的机主都是外地的，全部要发协查函，我已安排陈亮在具体操作，估计要到明后天才会有结果。"

"如果发现了重点号码，就不必等协查结果了，可以直接派人前去外调。"

"是，明白。"

"你去找一下辛丹青，问问对死者杨菊兰手机里的电子数据研判得怎么样，分析结果出来了没有。"

"初步分析结果已经出来了。她现在就在我身边,正要去向你汇报呢。"说完,韩珂玉把手机递给了辛丹青。

"队长,你好!"辛丹青接过电话,深吸了一口气,然后有些迟疑地说。

"嗯,情况如何?"

"从杨菊兰的手机通话和微信聊天情况来看,有四个男人与她联系得比较多。"

"哪四个男人?"

"一个叫柯星河,是苍山乡卫生院的院长;一个叫刘瀚林,是小学老师,王梓琪的班主任;一个叫王松柏,是村里的电工;一个叫王怀仁,是死者的邻居。"辛丹青左手举着电话,右手掐着手指说。

"谈问题?"文斌的问话依然简单明了。

"嗯。针对他们的通话频率和内容,我和师兄一起分析讨论过,觉得他们的通话时间、数量和内容都或多或少地存在着一些异常。所以我们决定深入调查一下,看看会不会有什么发现。"

"哦,是这样呀,那你们先做秘密调查吧,必要的时候,我会派人去支援你们的。"

"好的,明白!"辛丹青放下手机,微笑着朝韩珂玉点了点头,表示文斌同意他们的做法。韩珂玉则左手叉腰,右手竖起大拇指,表示对她的赞赏。

八　奇怪的邻居

　　王怀仁三十出头，个子不高，身材偏瘦，皮肤黝黑，厚嘴唇、塌鼻梁、深眼窝。

　　王怀仁从小练得一身好武艺，刀枪剑戟样样会，闪展腾挪门门通。论功夫，他本是村里采茶戏戏班子里小生的最佳人选，只可惜他的长相很不匹配，因此，只能委屈地在戏里面扮演"小盖贼"一类的小丑角色，连花脸这样的角色都还轮不到他。不过他很满足。因为在乡村唱戏，大部分唱的是小戏，而在小戏中，小丑又往往是非常重要的角色。

　　戏班子里的男主角一直以来都是由电工王松柏出演。因为他长相英俊，声音也高昂爽朗，所以通常情况下，都是由他扮演小生。女主角一般都是由杨菊兰的好朋友陆翠萍扮演。虽然她长得不算很漂亮，但在大山旮旯里也还过得去，最主要的还是因为她的声音清脆圆润，唱得好听，所以一直以来都是由她扮演小旦。

　　说是戏班子，其实演员、乐手加在一块，也就七八个人，并且都是本村土生土长的农民，全是靠老一辈手把手地教，再加上自学、自练。

　　无论是戏班子的规模还是演员的阵容，无论是戏曲的内涵还是表演的技艺，与县乡里的剧团相比，都是要差好几个档次的。村里采茶戏班无非是搭个简易戏台、活跃乡村文化罢了。

每年到了冬季农闲时节，戏班子便要重整锣鼓、重开张，演员们就会聚集在村西头的新祠堂里，咿咿呀呀地排练。等到春节来临，他们就会走村串户地去唱戏，收取少量的演出费，以维持戏班子的生存。毕竟赚钱不是目的。平时遇到谁家有红、白喜事，有时也会被请去唱戏，不过这属于专场演出，演出费比逢年过节要略高。

杨菊兰人长得漂亮，如果能出任小旦这样的角色，自然会大受观众的喜爱。妇女主任李冬香也曾多次向村委会提名，让她进戏班子。只可惜，她是黔西人，完全不会说当地的方言，无法登台演唱。

杨菊兰刚嫁过来的那几年，虽然经常听到邻居王怀仁提起戏班子里的事，但她并不感兴趣。在她看来，无非是几个土里土气的乡巴佬瞎胡搞罢了，所以她从来不去观看。直到有一天，戏班子里的小生和小丑同时出现在她家，这才改变了她对采茶戏的看法。

这天，杨菊兰家的厕所粪便池满了，就请王怀仁来帮忙清理。说是请人帮忙，其实是王怀仁主动来帮忙的。

厕所位于房子的东头墙外，与猪圈、鸡窝在一块。王怀仁一边淘粪，一边跟坐在大厅门口的杨菊兰聊天。

王怀仁说："王村长的母亲七十大寿，为了表达孝敬之心，王村长特意请了村里的戏班子晚上去新祠堂里唱戏，说是要连唱三天呢。"

杨菊兰眼望着村边的一片田野，显得有些心不在焉地应答道："嗯，是吗？"

王怀仁偷眼看了看她，吞了一下口水说："今天我的戏会比较多，你不想去看看吗？"

杨菊兰依然是凝望着田野，漫不经心地说："哦，再说吧！"

王怀仁听到她这么说，觉得没趣，便不再说话，心里面却在嘀咕："哼，每次都是这样敷衍我，一次都没有去看过。"

这时，电工王松柏来收电费，看到杨菊兰就说："嫂子，我来查看一下你们家的电表，顺便收一下上半年的用电费。"

杨菊兰回过神来，看到王松柏时眼睛一亮，心想："耶，这电工长得怎么不像个农民，倒像是个白面书生！"

"哦，是你在收电费么，我怎么没有见过你呢？"杨菊兰热情地微笑着说。

"噢，一年到头我才上一次门，每次来你都不在家，都是你婆婆交的。"王松柏解释道。

正在这时，王怀仁手执淘粪勺从厕所里出来，看到王松柏，就故意用戏曲里的腔调问道："大官人，你来做甚？"

王松柏见是王怀仁，手里还拿着一把淘粪勺，便也用戏曲里的腔调来调侃他："大胆小蟊贼，竟连粪便都要偷么？"

杨菊兰听不懂他们在说什么，便问："你们两人阴阳怪气的，在说啥呢？"

王怀仁抢着解释道："我在戏班里演的是小丑，他演的是小生。刚才我们是在用戏曲唱腔对话呢。"

"咦，听上去还蛮有意思的哦，"杨菊兰望了一眼王怀仁那张尖嘴猴腮的脸，又看了看眼前这张英俊的脸，掩嘴笑着说，"呵呵，你们两人一个小生、一个小丑，还真是名副其实啊！"

王怀仁早有自惭形秽之心，自然听得出杨菊兰的话外之音了，知道她是在说他和王松柏一个长得丑，一个长得俊。于是，便有些尴尬地说："不……不是这样子的，小丑有时候也是主角。"

"他说得对，在一些武戏里，小丑的确是主角。"王松柏叉开右手指将了将头上略带卷曲、乌黑漂亮的头发，然后望着杨菊兰有些奇怪地问，"怎么，你还没有看过？"

"嗯，还真没有。"杨菊兰实话实说。

"那是为什么呢？"王松柏问。

"咦，乡下戏，能好看吗？"

"啊！你……你是这么认为的？真遗憾！"说完，王松柏眼里闪过一丝难过的情绪，眼神突然变得黯淡，神情突然有些颓然，嘴里喃喃自语，"看来戏班子太落后了，档次太低了，我还有何脸面站在台上又唱又跳、自我陶醉呢？……"

"别……别这样说，"见王松柏一副颓然的样子，杨菊兰心里很过意不去，急忙打断他说，"其实我看你很像个书生，不像个农民，这戏一定唱得很不错！改天有空了，我一定去欣赏！"

"是吗？那太好了，你这样说我心里舒服多了。"王松柏像个孩子似的，脸上立刻露出了纯真的笑容。

"你们一般都是在哪里演出？"杨菊兰问道。

"在村西头的新祠堂里，今天晚上就有。"王松柏笑着回答，眼神里又恢复了热切与自信。

"要买门票吗？"

"不用，都是雇主预先付好了钱的。"王松柏摇了摇头回答。

"那好，有空我一定去欣赏！"杨菊兰盯着王松柏那张白净英俊的脸，竟然有了一丝怦然心动的感觉。

"欢迎指导！"说完，王松柏甩了一下漂亮的头发，匆匆忙忙地走了。电费也忘了收了。

杨菊兰站在门口，久久地盯着王松柏那修长的背影，直到消失在巷子口。这时，她依稀感觉到眼神有些迷离，心跳有点加速，脸颊也有点发烧。她下意识地扫了一眼厕所那边，发现王怀仁手挂粪勺，正往这边张望，便有点不好意思，赶紧转身进屋去了。

杨菊兰的表情变化没能逃过王怀仁的眼睛，顿时有一股醋意袭来，让他心里很不是滋味。就好像是刚才在厕所里不小心吞下了一只绿头苍蝇一般，恶心、想吐。但又不好意思在杨菊兰面前表露出来，脸上还得要挤出一丝笑容。

王怀仁有点心神不定地将粪便担到杨菊兰家的蔬菜地里，给蔬菜浇肥。

王怀仁每次帮她家的蔬菜浇肥时，总是小心翼翼，确保不让叶苗沾上一丁点儿粪便。但给自己家的菜地浇肥时，可没有这么讲究。他曾经问过自己，为什么会这样？乡里乡亲的，帮助做点脏活重活，那是应该的，但为什么要这么讲究呢？是因为两户人家是亲戚吗？不是！是因为王包发家有恩于己吗？也不是！那是为什么呢？思来想去，终于找到了原因。原来是因为这个漂亮女人已经占据了自己全部的爱。在他的心里，这个女人美丽、高贵、贤惠，是心中的女神，是仙女的化身。她神圣不可玷污，包括她的身体、她的家人、她的一切。以至于自己宁可单身，也要坚守在她的身边，用心呵护，默默奉献。

由于心里有事，所以平时做得非常顺手的事，今天却老是出错。这不，心里一走神、手一哆嗦，就有几滴粪便洒落到了白菜叶子上了。王怀仁赶紧放下淘粪勺，扯了一把杂草，一手托着菜叶，一手用草轻轻地擦拭。

王怀仁轻轻地擦拭着菜叶，不禁又想起了杨菊兰。他轻抚着青翠欲滴的白菜叶，心里面便有了梦幻般的感觉。眼前的蔬菜已不是植物了，而是心中女神那充满诱惑的胴体。女神正舒展着衣袂，似乎要将他拥入怀中……正在这时，一个令人讨厌的声音突然传来，"大胆小蟊贼，竟敢夺本官之爱！"王怀仁心里一惊，下意识地急忙朝四下张望。四周静悄悄的，没有一个人影。王怀仁知道这是幻觉，便闭上眼睛回忆了一下——咦，这声音很熟识……对了，这是王松柏的声音，没错，是他！于是，杨菊兰与王松柏刚才的对话及表情便又浮现在眼前。

王怀仁感到一阵懊恼和悲痛袭来。懊恼的是，王松柏在不适宜的时间里，出现在了不应当出现的场合；悲痛的是，自己天长日久地暗中守护在她身边，默默地为她付出，最终招来的却是她的冷脸与嘲讽。这是什么世道呀，莫不真是应了那句话，"有心栽花花不开，无心插柳柳成荫"吗？

王怀仁站起身，将手里的草团子狠狠地掷在地上，抬眼望了望西边天空中的暮日余晖，突然就想起了戏曲中的一段唱词：

"人情薄如冰，残阳浓似血。倥偬数十载，转瞬成蹉跎……"

王怀仁还没有哼唱完这段戏曲，便又叹息了一声，自言自语地说："唉！

花开花落任无情，今生今世唯有义。无论发生什么，只要你过得比我好，哪怕我付出自己的生命也是值得的！"

想到要去村长王水生家吃晚饭，晚上还要去祠堂里唱戏，王怀仁不得不勉强调整好心态，压制住忌妒的情绪，动作有些粗暴地将两只粪便桶按在池塘中清洗，洗干净后，搁在杨菊兰家的屋檐下晾晒，然后对着屋里叫了一声。

"哎，在屋里吗？"

"在。"杨菊兰应声从屋里出来。

"厕所掏空了，地里的蔬菜也浇好了肥，粪便桶也洗干净了，搁在屋檐下让它晾一晾。我回家去了。"想起杨菊兰看王松柏那热切的眼神，王怀仁故意不再提晚上在祠堂里唱戏的事了。

"好的，谢谢怀仁哥！"杨菊兰微笑着说。

"谢啥呢，都是邻居，有什么事你吱一声就是了。"王怀仁没有勇气与她对视，低着头，眼望着鞋尖，忸怩不安地说，声音低得几乎连自己都听不见。

王怀仁刚转身要离开，杨菊兰又叫住了他，说："哎，你们晚上不是要在祠堂里为村长的母亲唱祝寿的戏吗，到时候我也去瞧瞧。"

真是个没心肝的家伙，哪壶不开提哪壶啊！王怀仁心里有些愠怒，他皱了皱眉，口气有些生硬地说："没啥好看的，真的！你犯不着把时间浪费在这上面！"

"唉，去瞧瞧热闹嘛！"

"那随你便吧。"王怀仁口里虽然这么说着，心里面却在嘀咕："真是个善变的女人，明明想去看那个白面书生，却说是去瞧热闹，哼，小心别被'白眼狼'给拐跑啰。"

晚上，村西头新祠堂里非常热闹。

祠堂的后庭靠后墙，有一个简易的戏台。这是盖房子时就一并做好了的。说是戏台，其实就是用土砖砌了一些垫脚，在上面搁上一块一块的厚木板而已。在戏台左边靠后的位置，用竹篾晒垫围了一个七八平方米大小的临时化装室，里面摆了一些高矮不一的板凳。演员们都坐在里面化着装。

戏台上的右侧摆了一些乐器，有二胡、笛子、唢呐和锣、鼓、钹，还有木鱼梆子。王麻子和王秃子正在摆弄着这些器件。拉二胡、吹笛子、吹唢呐是由王麻子一个人完成的。王秃子就更厉害了，他一个人既要敲锣打鼓，还要打钹，碰到演员念白时，还要敲木鱼梆子配节拍。

离演出开始还有一些时间。王麻子动作熟练地调试着二胡的弦音，王秃子则按照惯例，准备来一通开场鼓，以催促村民们赶快放下手里的碗筷，尽快聚拢到祠堂里来看戏。

开场锣鼓响起时，王松柏身穿一件黄色缎子团花男帔，样式为斜大襟、长领子、宽袖带水袖，头扎一方白色丝巾，足蹬一双黑色步云鞋，正对着镜子在给自己化装。坐在他旁边的是扮演旦角的陆翠萍，只见她身穿一件粉红色褶子，小圆领、对襟、宽袖带水袖，上面绣了彩色散枝花纹，看上去色泽柔和、花色淡雅。坐在陆翠萍旁边的是扮演丑角的王怀仁，他穿一身黑色的紧身短打龙套服，腰上斜系着一块白色的裙布，脸上浓墨重彩地画了一张三花脸谱，看上去显得轻薄夸张、滑稽逗乐。

王松柏一边给自己涂抹着元宝嘴，一边探头与坐在陆翠萍旁边整理装束的王怀仁搭讪。

"诶，下午听王家二媳妇说要来看戏，不知道究竟会不会来？"

"来个屁！"王怀仁没好气地回答。

"为什么？"

"她老公不在家，家里有那么多的事要做，怎么来？！"

见王松柏还在惦记着杨菊兰，王怀仁心里就来了气，说起话来就有点冲。

"你打个电话问问她会不会来呗？"

"不用问，她早就跟我说过了，其实她根本就不喜欢看我们这种乡下土把戏。"

"哎，你说话怎么这么难听？你会不会说人话？什么乡下土把戏？我们这是国粹，你懂吗？"听王怀仁把采茶剧说成"乡下土把戏"，王松柏心里当时就急了。

"哎呦喂！还国粹呢，我只知道京剧是国粹，这采茶剧嘛顶多算是民间文化。退一步说，即使是国粹，就凭我们这些简陋的道具和粗劣的演技，能保持它的国粹本质吗？能传承它的国粹精髓吗？"

"你……你……"王松柏稀里糊涂地被王怀仁连珠炮似的攻击，心里发急，竟一时说不出话来。

"呃呃呃，我说你们俩今天是怎么啦，都像吃了火药一样。"陆翠萍见这两个人好端端地就吵起来了，便打断他们，劝阻道，"戏马上就要开演了，你们两人还在这里闹别扭，有什么事不会等到谢幕后再说吗？"

"哼！算了，我不跟你一般见识。和你这样的人扯不清楚。"见陆翠萍出面劝阻，王松柏情绪有些低落地说。

"算了就算了，谁怕谁呀！"说完，王怀仁噌的一下站起来，将凳子一踢，气呼呼地走到旁边的戏台上去了。

"真是莫名其妙，好端端地就发火。"王松柏愣愣地望着王怀仁的背影，有些不理解地摇了摇头。

也不知道什么原因，王怀仁就稀里糊涂地憋了一肚子气。

王怀仁有些愤愤然地走到了戏台中央。由于演出还没有开始，他便一边跺着脚，试探着戏台台面的坚固程度，一边用余光扫视着戏台下面。

突然，一个熟识的身影跳入了他的眼帘。虽然那个身影只是在祠堂门口闪了一下，但已经足够了，他知道是她——那个让他日思夜想的心中女神。"哼！她还是来了。"顿时，失落的情绪迅速充盈了心窝。

说心里话，在以前，王怀仁是真心希望杨菊兰来看戏的，因为只要她来看戏，他就有机会在她面前露几手，好好地表现表现自己的特长。但是，自从下午看到她与王松柏在一起的言谈举止后，就再也没有这样的欲望了。他宁愿她每天老老实实地待在家里，他再也不想在这样的场合看到她了。可是，有什么办法呢？

脚长在别人的身上，人家想来就来，谁又管得着呢？再说了，我王怀仁又算哪根葱？是她什么人？有什么资格去管人家？

王怀仁知道杨菊兰就隐藏在大门口的黑暗处，说不定正在悄悄地向戏台这边观望呢。于是，他决定趁着演出还没有开始，先来一套热身动作，让她开开眼界。

他快步走到戏台中央，先是立正抱拳，然后左脚向前斜跨一大步，身子一侧，连来了两个鹞子翻身；接着，后退几步来到戏台的一边，深深地运了一口气，然后向前冲出两步，双手撑地，连翻了三个跟斗。引得台下观众连连叫好。

观众的喝彩声激起了王怀仁的血性，他一时兴奋，索性来一套"虎形八法拳"。只见他一会儿"虎踞龙盘"，一会儿"虎尾横扫"，一会儿"黑虎掏心"……由于这套拳法是他根据形意拳八法自创的，所以打起来特别顺手、特别有劲，一招一式都是虎虎生威，招招制敌。

拳打完了，演出也要开始了，但再也没有看到杨菊兰的身影了。王怀仁一边往后台走，一边频频回头朝大门口张望，心里面既感到酸楚和甜蜜，又感到失落和不安。一方面，终于在戏班子演出地见到了心中圣洁的女神，也有机会在她面前展现出了自己的优势；另一方面，又担心女神从这一刻起，将会迷失在对"小白脸"的情感的泥沼中，从此对他更加冷淡、无情，甚至不屑一顾了。

"师兄，我越琢磨越觉得这个王怀仁有重大作案嫌疑。"在办公室里，辛丹青一边用铅笔头轻轻地敲打着调查卷宗，一边对韩珂玉说。

"说他有重大作案嫌疑恐怕还为时过早吧。"韩珂玉左手掌弯曲顶着下巴，右手握笔，正在一张 A4 纸上漫不经心地画着什么，一副沉思状。

"我归纳了一下，王怀仁至少有五个方面的疑点。"

"哪五个方面？"

"一是王怀仁的家境并不是很糟糕，绝不至于讨不到老婆，为什么他三十来岁还是单身？二是除了杨菊兰的老公以外，王怀仁是与她微信聊天最多的，内容也是最杂的，这关系是不是显得太随意、太过头了？三是据其他邻居反映，在王包发外出打工期间，王怀仁几乎把她家的重活、脏活全包了，这是不是有点喧宾夺主，貌似男主人的味道？四是王怀仁正好又是案件发现人，这究竟是巧合还是必然？五是王怀仁家里有两亩多稻田，所产粮食足够养活自己了，为什么他还要千辛万苦地去租种杨菊兰家的，并且长年累月地窝在家里守着这块田？难道外出打工的收入，还比不上种这两亩地的收益不成？"

"在王怀仁的身上的确存在许多疑点，但这些都不是关键性的疑点，还不能据此就确定他是重大作案嫌疑人。"韩珂玉从沉思中回过神来说，"我看这样吧，我们把他找来问问，看看会不会有什么重大发现。"

接到侦查人员的电话后，村长王水生骑摩托车把王怀仁送到了派出所办案中心。

"报告韩队长，人我给你送来了。"摩托车还没有停稳，王水生就朝韩珂玉报告道，其说话的神态和动作依然保留着军人的作风——果断、干练、敏捷。

"哎，我可不是队长，别乱叫。"韩珂玉纠正道，"你叫我韩警官就是了。"

"哦，好的。报告韩警官，按照你的指示，我把王怀仁送来了。"

"真是辛苦你了！王村长。你先回去吧，有事我们再叫你。"

"好的，有什么事就说一声，我一定随叫随到。"说完，王水生反身骑上摩托车，一溜烟地就不见了。

在询问室里，王怀仁从辛丹青手里接过矿泉水瓶子时，看上去显得有点紧张和不安。

"王怀仁，你和杨菊兰是什么关系？"韩珂玉单刀直入地问。

"什么关系……什么关系？"王怀仁嘴里嘀咕着，思绪飘远。

什么关系？对呀，我和她是什么关系呢？

从第一次看见她的那天起，我就像丢了魂儿似的，吃不下，睡不着，满脑子都是她的身影。

知道平时她家里没有男劳动力，我主动把她家的地给租种过来，每年只收点少得可怜的化肥钱和农药费，连工钱都搭进去了；为了引起她的注意、博得她的欢心，我主动把她家里的重活、脏活全部揽过来了；为了亲近她，让她能接受我，我宁肯放弃结婚生子，孤身一人坚守在她身边。为伊生、为伊死，为伊消得人憔悴。可事到如今，我不但没有获得她的青睐，甚至连她的手都还没有碰过。

你说这算是一种什么关系？

是邻居吗？不像！邻居哪有这般单方付出的。

是朋友吗？也不像！朋友哪有这般一头热一头冷的。

是恋情吗？更不像！恋情哪有这般孤独寂寞的。

可是，如果不是恋情关系，那为什么看到她与别的男人说话时，我心里面会焦躁不安、妒忌生恨呢？

你说这究竟是一种什么关系？

原来呀，在我和她之间，顶多只能算我自作多情罢了……

"王怀仁，你在想什么？"见王怀仁凝望着窗外，一副苦思冥想的样子，韩珂玉走过去拍了拍他的肩膀问。

"嗯，哦，没想什么。"王怀仁回过神来，有点慌乱地说。

"请你回答我的问题！"

"问题？什么问题？"王怀仁嘴里嘀咕着，眼神却游离不定。

"你和杨菊兰究竟是什么关系？"韩珂玉加重语气地问。

"唉！我也不知道是什么关系，也许什么关系都没有吧。"

"你帮她家做了那么多的事，都快成了她家里的长工了，还能说没有关系？"辛丹青厉声质问道。

"我承认，我心里面仰慕她，喜欢她，爱恋她，为了她，我几乎到了痴癫发疯的境地。可是，她并不领情呀，我只是剃头挑子——一头热而已。除了我日复一日地坚守在她的身边、心甘情愿地为她付出以外，我们之间好像还什么都没有发生过。"

见王怀仁不像是在撒谎的样子，韩珂玉便叫来派出所民警李辉陪着他闲聊，自己则和辛丹青赶到王怀仁的家，悄悄地潜入进去，进行秘密搜查。

王怀仁的家位于死者家的左侧三十米处，是一栋老式平瓦房。前后门都上了锁。

韩珂玉和辛丹青见四周无人，便绕到屋后，用万能钥匙打开后门，秘密地潜入进去。

进门的第一间房，便是厨房，穿过厨房是大厅。大厅的左边有一侧门，侧门那边是一间长方形的卧室。

在进屋前，韩珂玉心想，一个单身汉，家里面肯定是乱七八糟、一塌糊涂的。可当他们进屋后发现，情况完全不是那么一回事。王怀仁的家里出人意料的干净、整洁。

你看，厨房里的劈柴码得整整齐齐，锅台刷得干干净净，碗筷放得井然有序；厅里面的设施虽然简单，只有一个电视柜和一张木制沙发，但摆放得恰到好处，上面打扫得一尘不染；卧室里的东西虽然多一些，有衣柜、写字台、双人沙发和木制靠背沙发床，但所有的家具依然摆放得合理、整洁。衣柜里的衣服也是叠放得整整齐齐。床上有一个布枕头，枕头旁有一床叠得棱角分明的被套。

粗略看上去，并未发现与"8·28"凶杀案件有关联的可疑物品或线索。但明显可以感觉到，王怀仁是一个做事勤快、热爱生活的人。

临走时，韩珂玉轻轻地掀起床上的被子和枕头，突然眼睛一亮，在枕头底下竟然发现了一些女人的用品。于是，他朝辛丹青使了个眼色。辛丹青心领神会，赶紧从包里拿出了相机，对准这些物品进行了拍照。然后戴上医用乳胶手套，开始对这些物品进行仔细检查。

第一件物品：一条深灰色女式性感三角短裤；

第二件物品：一件黑色女人胸罩；

第三件物品：一双肉色女式长筒丝袜。

三件物品都清洗得干干净净，叠放得一丝不乱，上面好像还喷洒了一些香水，有一丝淡淡的香味。

辛丹青撇着嘴，用大拇指和食指捏着胸罩的一根背带，轻轻地一抖，便掉下来一只尚未打开的肉色避孕套。捡起来一看，是原装进口"杜蕾斯"牌。

检查完后，辛丹青将它们一一拍好照片，然后折叠好，按原样放回到枕头底下。

"师兄，这个王怀仁是个典型的变态狂。依我看，杨菊兰一定是被他杀害的。"辛丹青一边搜索着四周，一边兴奋地说。

"何以见得？不就是一种恋物癖的毛病吗？"韩珂玉用强光手电照射着屋子里的每一个角落，头也不回地回答，神情异常冷静。

"这不是一般的恋物癖，是恋女人的内衣癖，是一种心理变态。"

"那又怎么样？"

"你不觉得王怀仁的这种变态行为，正好与凶案现场所暴露出来的信息相吻合吗？"辛丹青分析道。

"是吗？我怎么没有看出来？"韩珂玉故意唱反调，用以激发她的思维。

"难道你忘了吗？现场只有杨菊兰的卧室被翻动过，并且凶手将杨菊兰的一些衣物丢弃在床头柜外面的地面上，我记得那里面就有胸罩、三角短裤和香水，对了，我想起来了，还有避孕套。"说完，辛丹青掏出手机给郭弘打电话。

"喂，郭秀才，凶案现场丢在地上的避孕套是什么牌子的？又是什么颜色？"电话一接通，辛丹青就像放连珠炮似的提问。

"什么？避孕套？你一个姑娘家，问这个干什么？难不成你想东施效颦吗？"郭弘正在检验甄别现场的足迹，听了辛丹青的问题感到有些惊奇。

"好你个酸秀才，真是狗嘴里吐不出象牙。别管我要干吗，你只管回答我就是了。"

"等等，我说'铁血丹青'，在回答你这个问题之前，我是不是应该先给你师兄打个电话？"

"别胡扯了，他现在就和我在一起。"

"那我就更要向他征求意见了？"

"你想到哪里去了？我们现在正在王怀仁的家里秘密搜查哩，发现这里也有避孕套。"

"呀，是这么一回事呀！你不早说，吓了我一跳。"听到辛丹青说在王怀仁家里也发现了避孕套，郭弘着实感到有些吃惊。

"你以为是什么事呀？一天到晚，脑子里不知道在想些什么鬼东西。"辛丹青骂道。

"呵呵！我还以为……不开玩笑了，言归正传。唔，让我想想，现场上的避孕套的颜色是……是肉色，牌子嘛，唔，是原装进口的'杜蕾斯'牌。"郭弘一边回忆一边回答。

"好嘞，谢谢秀才！"辛丹青放下电话，心里似乎有些激动不已，眼神里闪耀着兴奋的光芒。

韩珂玉定定地看了她几秒钟，然后说："你先别高兴，我看王怀仁不像是杀人凶手。"

"什么？"辛丹青指了指枕头底下的物品说，"这些东西很可能就是杨菊兰的，它们竟然出现在这个光棍汉家里，这难道还不能说明问题吗？"

"还不能。我认为，这些女人的物品在王怀仁家里出现，顶多只能证明他有收集女人内衣内裤的癖好，也就是通常所说的心理障碍吧，但还不能证明他就是杀人凶手。"

"但至少可以确定他具有杀人作案的重大嫌疑吧。"辛丹青有些不服气地说。

"嫌疑嘛，肯定是有的，但还不一定是重大嫌疑。我看这样吧，我们先对这些物品做技术处理，看看能不能有所发现。"韩珂玉指了指枕头底下的物品说。

"那要不要向队长他们报告？"

"等检验结果出来再定吧。"

"好吧，听你的。"说完，辛丹青从公文包里掏出棉签，开始对枕头底下的物品进行擦拭，分门别类地装入物证袋里。然后又小心翼翼地将短裤和胸罩叠好，按原样放回到枕头底下。

"既然在王怀仁家里发现了女人的物品，那还得再仔细地检查一下才好。"韩珂玉心里这么想着，便打开强光电筒，重新审视每一个角落。

看来看去，韩珂玉总觉得朝东的那堵墙有些不对劲。于是，他从公文包里掏出放大镜，仔细地检查起来。结果发现在靠墙角的地方，有一块拳头大小的砖块有些松动，周围的黏土都掉光了。他用大拇指和中指捏住砖块的边缘，只轻轻一拉便抽出来了。他探头往墙洞里一看，正好可以看到杨菊兰家的前门。他要辛丹青对着墙洞拍好照片，然后将砖块按原样放回了洞里。

离开王怀仁的家，韩珂玉和辛丹青兵分两路，韩珂玉赶回派出所的办案中心，继续对王怀仁进行询问，辛丹青则急急忙忙地赶往县城，把物证送往理化实验室。

听说送来的是苍山下村灭门惨案犯罪嫌疑人的物证，吕玫用羡慕的眼神望着辛丹青说："真羡慕你，'铁姐'，又立奇功了！"

"能不能立功，不是还要仰仗你的检验结果吗？"

"说得也对。等你立了功，可要记得请客啰！"

"必须的！"

吕玫穿戴好消毒防护服，急急忙忙地走进 DNA 实验室去了。辛丹青估摸着可能要到晚饭后才能出结果，于是就开车到街上去转了转，找到一家小餐馆，点了两份炒扎粉打包，又买了两瓶功能饮料。

回到理化实验室时，吕玫已经从 DNA 实验室里出来了。见辛丹青买了快餐回来，便调侃道："用快餐请客，这可不是你'铁姐'的风格哟！"

"'芭比娃'，你就不要太讲究了，听说这功能饮料能提神，我就特意买了两瓶，给你加班加油。你将就一下呗。"

因吕玫长得极像个漂亮的洋妞：金黄色头发、棕黑色眼睛、挺而尖的鼻子，所以大家都叫她"芭比娃"。由于她祖籍东北边陲，因此，陈旭东法医曾一度认为她具有欧洲血统，应当是中欧混血儿，要不然哪有这么漂亮。对此，吕玫不置可否，反正只要大家说她漂亮就行。

"好吧。机器现在正在跑，可能还要两到三个小时才能出结果。我们边吃边聊吧。"

辛丹青打开一瓶饮料递给吕玫，说："你和亮崽的事怎么样了呀？那可是一个难得的'阳光小子'呢！"

"嗯，春光明媚，阳光灿烂！"吕玫喝了一口饮料，兴奋地说道。

辛丹青举起手中的饮料说："祝你幸福！"

"谢谢'铁姐'！"吕玫举起手中的饮料与辛丹青碰了碰，突然又像想起了什么似的，说道："你别光顾着关心我，说说你和你师兄吧，怎么样了？"

"还是老样子。明明都知道对方喜欢自己，可就是没有谁愿意先捅破这层窗户纸。"

"唉！这问题出在哪儿呢？连冯局长都说你们是一对金童玉女，怎么就不能打开窗户说亮话呢？"吕玫感叹道。

"这个问题我想过。可能是因为我们两个人把全部的精力都投放在侦查破案上了，没有给爱情留下更多的空间吧！"

"工作固然重要，但爱情也不可或缺哟！"

"理是这个理，你说得对。"

"那你打算怎么办？就这么耗着？"

"等这起凶杀案件侦破后再说吧。"

……

经过检验，物证上只检验出了王怀仁的DNA，并没有发现受害人杨菊兰的。

"'芭比娃'，是不是哪里出错了呀？"

听到检验结果后，等了几个小时的辛丹青有些着急地问。

"出错？我说'铁姐'，你就别开玩笑了，科学技术是来不得半点马虎的，我已经做到了十分谨慎了，不会出错的。"吕玫睁大一双漂亮的眼睛，不客气地打断辛丹青的话。

"那是怎么一回事呀？我敢肯定，这些物品一定是杨菊兰的，怎么会检验不出她的 DNA 呢？！"辛丹青有些不死心地辩驳。

"你以为是谁的物品就一定能够检验出谁的 DNA？告诉你吧，DNA 检验，是一项要求非常严格的高、精、尖技术，如果要确保检验结论的客观性和精准性，不仅要求物证本身没有受到任何破坏，而且要求在提取、送检和保存过程中的任何一个环节都不能受到污染。从你提供的物证来看，我敢断定，这些物品在到达王怀仁的手上后，已经被他清洗和处理过了，所以才会出现目前的这种检验结果。"吕玫耐心地解释道。

"哦，你这么一说我就明白了。"辛丹青恍然大悟地说，"不错，那短裤和胸罩看上去确实像是被清洗过了的。"

"哎，'铁姐'，就算是没有清洗过，难道你有证据证明这些物品就一定是杨菊兰的？万一不是她的，又怎么可能在上面检验出她的 DNA 呢？你说对吧？"

"嗯，你说得对。但我怀疑这些东西一定是杨菊兰的。"辛丹青点了点头，坚定地说。

"只是怀疑？"吕玫问。

"目前是。"

"建功立业哪有那么容易。现在看起来你还有的工作可做啰！"吕玫撇了撇嘴，用略带嘲笑的语气说道。

"是啊！"

辛丹青心里不禁涌起了一股莫名的失落感。她凝眸望了望窗外西边天空中残留的一抹余晖，用纤细的手指把散乱的几根头发捋到耳后，然后朝吕玫扬了扬手，头也不回地向门外走去，身影很快就消失在苍茫暮色中。

辛丹青赶到办案中心时，韩珂玉还在和王怀仁闲聊，便朝他摇了摇头，示意物证检验并没有达到预期的结果，然后悄悄地在他身边坐下。

看得出，她的情绪明显有些低落。

韩珂玉并没有被辛丹青的低落情绪所影响，他依然是镇定自若、泰然处之。

"王怀仁，你的异常的成长经历，造就了你现在这种异常的心理和性格，"韩珂玉面无表情，瞪着眼睛直视着王怀仁说，"而你这种异常的心理和性格，又把杨菊兰塑造成了你心目中的伟大的母性。有时候，她是你心目中的可敬可亲的母亲化身，你渴望从她身上得到母爱，于是，你就像儿子一般地去孝敬她、维护她；有时候，她又是你心目中的可爱可恋的爱人，你渴望从她身上得到情爱，于是，你就像情人一般地去爱恋她、亲近她……"

"你别说了，呜呜……"听到韩珂玉一针见血般的剖析，王怀仁先是低下头躲开他那直视的目光，接着，便是号啕大哭起来。

哭毕，王怀仁嘴里喃喃自语道："母亲？……恋人？……"随之，一双泪眼逐渐变得有些迷离，思绪也已经开始盘旋在往昔岁月的上空……

她是我的母亲吗？不是。她是我的爱人吗？不像。

我自幼失去双亲。父亲病逝后，母亲抛下年幼的我改嫁远方，我是靠奶奶一手拉扯大的。

在我刚刚懂事时，奶奶又撒手归西了。从此后，我孤身一人艰难地成长。

为了摆脱自卑和伤痛感，我不得不离开家乡，流浪到了一个更加偏远的山沟里。

我一边替人打短工，不收工钱，只求吃饱饭，一边跟着一位民间拳师学艺。

就这样，在没有父母爱、没有家庭情的背景下，我艰难地生存着、成长着，一颗伤痕累累的心呀，无力地挣扎着。生命苟且，半死不活。

直到有一天，邻居王包发把漂亮的杨菊兰娶回了家……

九 酸楚的回忆

时间回溯到十年前的一个冬季，气温比往年要冷一些。

这天，寒风挟裹着雪花在天空中狂舞，屋面上、田野里，到处是一片白皑皑的景象。

被白雪覆盖的山林里，禽不飞，兽不走，似乎一切都在冬眠，一切都已凝冻。

在一片静穆中，屋后竹林里偶尔会传来一两声"啪啪"脆响。那是被冻裂的毛竹，又被厚重的积雪压断时发出的声音。响声过后，周围又恢复了宁静。

临近中午时分，王怀仁还蜷缩在被窝里。

其实他早就醒了，只是外面比被窝里更冷，所以就懒得起来了。心里想：反正自己是鹅卵石跌进刺蓬里——无牵无挂。不管天，不管地，只管自己过得去。

王怀仁把被子往头上拉了拉，正要继续蒙头大睡时，却又被一泡屎憋得难受，于是只好披上一件破棉袄去上厕所。由于厕所建在住房的外面，所以又不得不冒着凛冽的寒风走出房门。

王怀仁上完厕所，一边系着裤子，一边往厕所外走，一抬头，就看到在茫茫的雪地上，走来了两个提着行李的人。仔细一看，是一男一女。

待两人走近了，发现男的原来是邻居王包发，女的是一个二十来岁的漂亮姑娘，面生，从来没见过。

王包发身穿一件蓝色带毛领的牛仔夹克，右手提着一只黑色行李箱，左手揽着姑娘的腰。姑娘身穿一件乳白色羽绒服，头戴一顶米黄色棒球帽，手戴一副红色丝织手套，手里提了一只酒红色单肩斜挎包，脚上是一双黑色皮靴。她身材高挑，面容姣好，皮肤白净，绝对算得上是美人。

正当王怀仁不知所措时，王包发主动跟他打招呼。

"怀仁老弟，你还好吧？"

"哦，哦，是包发哥呀，你回来了？"

"回来了，带我媳妇回家过年。"说完，和身边的姑娘相视一笑，两个人的脸上都露出了幸福的笑容。

"哦，原来是……是带嫂……嫂子回家过年来了。"在一个陌生女人面前，王怀仁紧张得有点语无伦次了。

那姑娘倒是很大方，她见王怀仁只披着一件棉袄，而且棉袄上还露出了几个破洞，便一脸关切的表情对王包发说："看这位兄弟穿得这么少，你就别再跟人家聊了，快让人家进屋去吧，要不然把身子给冻坏了。"

听到女人这么提醒，王包发赶忙说："怀仁兄弟，天气太冷了，快进屋去吧，等改天请你到我家里喝一杯。"

"哦，好，好。"说完，王怀仁小跑着回家，反手把门一关，把破棉袄往床上一扔，便又钻到被窝里去了。

王怀仁蜷缩在越来越冷的被窝里，再也没有睡意了。他心里面反复念叨着刚才王包发媳妇说的话，回味着她那关心的表情，回想着她那慈善的面孔，渐渐地，便有了一丝暖意涌上心头。

除夕那天，为了感谢邻居对家里的照顾，王包发准备了一桌丰盛的年夜饭，把几个肯帮忙的邻居请到家里过年。王怀仁自然也在被邀请之列。

席间，王包发隆重地介绍了他的媳妇。

"我媳妇姓杨,叫杨菊兰,是黔西人。我们是在广东打工时认识的,今后还要请邻居们多多关照啰。"说完,他把媳妇叫出来,要她给大家敬酒。

杨菊兰站在王包发身边,从他手上接过酒杯,说:"各位邻居兄弟,我是嫁鸡随鸡、嫁狗随狗,从今往后,我就要在这里生活了,还望各位邻居兄弟关照。我敬大家一杯!"说完,举起酒杯,象征性地抿了一口。

邻居们都端起酒杯站起来,纷纷说:"谢谢嫂子,干杯!"说完,大家把杯中酒都干了,只有王怀仁象征性地举了一下酒杯,做了一个饮酒的动作,但并没有沾酒。

女人的心就是细,王怀仁的细微动作没能逃过杨菊兰的眼睛。但她并没说破,只是用关切的眼神看了看他,然后放下杯子进厨房去了。

王包发给大家续酒时,发现王怀仁没有干杯,便说:"怀仁兄弟,你太不够意思了,你是离我家最近的邻居,按理说,你应该带头干杯才对吧,你怎么能一点都不喝呢?来,喝光,我帮你再满上。"

"别,包发哥,"王怀仁双手按住酒杯,站起来说,"你是知道的,我拜过师、练过功,师父秉承的宗旨是修心、养性,遵循的戒律是清欢、寡欲。酒是乱性、纵欲的根源。所以做徒弟的不敢违背师尊,行好酒贪杯之事。望见谅!见谅!"

王怀仁说完,双手抱拳在胸,以示歉意。

"哦,是这样呀。我真的很佩服你,怎么就能禁得住酒的诱惑呢?这样吧,我就不劝你的酒了,你多吃菜,多吃菜,别客气!"王包发一手举着酒瓶,一手竖起大拇指,向王怀仁表示敬佩之意。

"好,好,谢谢!谢谢!"王怀仁又习惯性地做了个双手抱拳的动作,神情有些腼腆地说。

酒过三巡,大家都有些醉意了,只有王怀仁还清醒如初。

一位邻居带着醉意说:"我……我说包发老弟,你这长年累月在外面打工,家里的田地全靠你娘一个人耕种,这哪能行啰?我们这些做邻居的也只能在耕田耙地、抢收抢种时帮一帮,很多农活都得要老人家亲自去做,这哪能行呢?"

其他邻居也附和着说："可不是吗，这天长日久的，就凭老太婆那身子骨，哪能吃得消呢？你可得要想想办法。"

王包发说："是啊，确实得想想办法！可如果这几亩地不去耕种，让它荒芜在那里，心里又觉得怪可惜的。不过也不要紧，等我媳妇生了小孩后就会回来，到那时候她可以帮帮我妈。"

听王包发这么说，几个邻居都感到非常惊讶。

一个说："啥？你媳妇？瞧她那水灵灵的样子，你还真舍得让这么漂亮的媳妇去种地？"

另一个说："是呀，有个成语叫什么来着？暴……"

"你是说'暴殄天物'？"王包发毕竟在外面闯荡的时间长，见多识广，懂得几个成语。

"对，暴殄天物。包发老弟，你可不能做这种暴殄天物的事情呀！"

"唉，这不是没有别的办法了吗！再说了，我媳妇也是出身于农村，农村人不做农活，那还能干啥呢？"王包发叹息了一声说。

听着大家的议论，王怀仁眼前又浮现出了杨菊兰那白净漂亮的脸庞、和善慈祥的眼神，还有那关切温柔的话语。再想想自己这些年来的痛苦经历，孤苦伶仃，无依无靠，生也好，死也罢，从来就没有人关心过、问候过。哪怕是一个关心的眼神、一句关切的话语，都从来没有感受到过。然而，在不经意间，这一切却在杨菊兰这个不沾亲不带故的陌生女人身上瞬间感受到了。这恐怕就是缘分吧！既然是缘分，那又何必装着不知道呢？

想到这里，王怀仁双手相握置于胸前，朝着王包发张了张嘴，一副欲言又止的样子。大家见状便停止交谈，都望着他，等着他把话说出来。

在几双眼睛的直视下，王怀仁显得有些不自在了。他扭捏了一阵才喃喃地说："我……我可以帮你解决这个问题。"

"你是说你可以帮我解决没人种地的问题？"王包发放下酒杯问。

"嗯，是的。"王怀仁点了点头说。

"怎么解决？"王包发紧盯着他问。

大家也都用迷糊的醉眼望着他，等待着他的回答。

"这很简单，你只要把地租给我种，问题不就解决了吗？"

"出租？对呀，我怎么就没有想到啊！"王包发挠了挠头发，有些兴奋地说，但立即又严肃起来，不无担忧地问："你大概一年要多少租金？咱们可得实话实说，如果你要得太多了，我可就出不起啰。"

"唉，乡里乡亲的，谈什么钱喽，谈钱伤感情，不谈钱，不谈钱。"王怀仁依然是双手抱拳于胸，轻声地说。

听王怀仁这么一说，王包发赶紧又叫来媳妇，夫妻俩一起热情地敬他的酒。

王怀仁租种王包发家的地的事，就这么确定下来了。

也就是从这天开始，杨菊兰漂亮、贤惠、温柔的形象，就更加深深地刻在了王怀仁的心窝窝里了。

春节过后，王包发夫妇又双双离开村庄，回到广东打工去了。王怀仁则开始张罗着春耕播种的事宜。

时光如梭，忙碌的一年很快就过去了。这一年的春节，王包发没有回家过年，据说是陪媳妇回娘家过年去了。到了第二年的秋天，中秋节的前一天，王包发突然把媳妇送回了家，并抱了个婴儿回来。

为了感谢王怀仁帮忙种地，夫妻俩还特意带了一些礼物送给他。

礼物是杨菊兰送到他家去的。

杨菊兰微笑着说："怀仁兄弟，也不知道买啥东西好，眼看着冬天就要来了，我记得第一次来时，看到你穿的还是一件薄薄的棉袄，这要是到了寒冬腊月，哪里受得了，还不得把人给冻坏啰，所以就和你包发哥商量，帮你买了一件羽绒服和一双旅游鞋，不知道你穿着合不合适，喜不喜欢。"

王怀仁扫了一眼那张漂亮的脸蛋，便迅速地低下了头，因为他没有勇气与那双温柔漂亮的眼睛对视。他就像个孩子般地勾着头，从杨菊兰手上接过东西，轻轻地说了一句："谢谢……谢谢嫂子！"

"谢啥呢，要说谢的话应当是我们夫妻俩，你帮我家种了地，这帮我们解决了多大的难题呀！"

"都是邻居嘛，顺手的事。"王怀仁依然是低着头，轻声地说。

"但不管怎么说，我们都得感谢你呀。"

"嗯，你这次回来还走吗？"话还未说完，王怀仁的脸早就已经红到耳根了。

"不走了，以后我们就是老邻居啦。"

"包发哥呢，他也不走吗？"王怀仁惴惴不安地问，嗓音低得几乎连他自己都听不见。

"他呀，他还是要走的，要不然的话，还怎么养家糊口和盖新楼房呢。"

"哦，哦……"王怀仁觉得心里有好多话要说，但憋了一阵，终究还是没有说出一句来。

杨菊兰环视了一圈屋内，说："怀仁哥，你好勤快哟，把家里搞得这么干净。"

"嘿嘿，你这样说，我就真是无地自容了。"王怀仁不好意思地说。脸更红了，头勾得更低了。

"我回去了，来家里玩哦！"

"嗯嗯。"王怀仁抬头看了一眼她，轻轻地应了一句。

杨菊兰走了，王怀仁还站在门口。

他手里抱着羽绒服和旅游鞋，望着她远去的背影发呆。但心里面却涌起了一股暖意。这暖意里，既有对母亲般的亲情，又有对爱人般的恋情。

果然如此，这一次，杨菊兰就真的没有再走了，而是落下脚来专心带孩子。王包发安顿好了媳妇后，仍然回到广东打工去了。

从此以后，王怀仁就不仅仅是帮杨菊兰家耕田种地了，而是心甘情愿地把她家里的所有重活、脏活都揽过来了，揽得忠心耿耿，干得情真意切。

从此以后，王怀仁就再也没有想过自己讨老婆成家的事了，而是决定要一辈子坚守在这个既像母亲又像爱人的女人身边，心里立下了誓言：披肝沥胆、至死不渝。

听完王怀仁的叙述，韩珂玉虽然早有预感和心理准备，但还是感到十分震惊，特别是辛丹青，更是惊讶得瞠目结舌，好一会儿才缓过神来。

"王怀仁，你家里为什么会有女人的东西？这些东西是谁的？又是怎么来的？"辛丹青回过神来后，连珠炮似的向眼前这个形态有些猥琐的男人发问，因为她一直觉得这个男人作案的嫌疑很大。

王怀仁忸怩不安地看了辛丹青一眼，不好意思地低下了头，然后轻声地说："是……是杨菊兰的。"

"杨菊兰的？她的东西怎么会在你这里？"

"是我趁她不在家时……偷的。"

"怎么偷的？说清楚！"辛丹青厉声质问道。

王怀仁抬头看了一眼韩珂玉和辛丹青，眼神中充满了悲伤和哀怨，然后把头勾得更低了，轻声细语地回答道。

"我因帮她家种地干活，所以经常要进出她家。有时候她会去镇上赶集或者外出办事，我就会在她家里坐一坐，趁着没人，就会打开她的衣柜和床头柜看一看，记下了她的短裤和胸罩的颜色和尺寸，然后就到镇上超市购买了相同类型的短裤和胸罩，等下一次她外出不在家时，就悄悄地用我新买来的替换了她原来的。那双丝袜是有一次她将其晾晒在屋檐下，被风吹到附近的菜地里了，于是我就捡回了家。"

"你确定就是这些东西吗？还有没有其他的？"辛丹青追问道。

"还有……还有……"

"哼！还有什么不好说的吗？别吞吞吐吐的了，快说吧！"辛丹青拍了一下桌子，大声质问道。

"还有一只避孕套，是我从她床头柜抽屉里拿的。"王怀仁像一个做错了事的孩子一般勾着头轻声说，说到后面声音细若蚊声。

"你这样做，难道杨菊兰就没有发现？"

"我猜想她应当是知道的，因为我拿去替换的短裤和胸罩，连标签都还没有剪掉。"

"一派胡言，杨菊兰如果知道是你换了她的短裤和胸罩，还不得把你骂得狗血淋头？"辛丹青依然用严厉的口气质问道。

"如果她真要是骂了我，或者是把这件事给捅破了，那么我在村子里也就再也无脸待下去了。到了那一步，我一定会离开她，从此以后远走他乡，浪迹天涯，永生不再回村里了。正是因为她不但不责骂我，反而一如既往地关心我，不嫌弃我，所以我就更加下定了决心要永远坚守在她的身边。"

"说说吧，你为什么要做这种偷偷摸摸的事情？"见王怀仁不像是在撒谎，韩珂玉便拍了拍辛丹青的肩背，示意她稳定情绪，然后接过话来，用缓和的口气问道。

"为什么要这么做？说心里话，我也不知道自己为什么要这么做。也许是鬼迷心窍吧。但你们一定要相信我，我绝对没有做过任何伤害她的事情，真的，你们一定要相信我！"

"为什么这么说？"韩珂玉不露声色地问。

"因为我太爱她了，爱得远远胜过了爱自己的生命，伤害她就等于是伤害我自己。你们说，我怎么会去伤害她呢？我怎么可能去伤害她呢？"说到后面，王怀仁几乎激动得要哭起来了。

"你先别激动，你冷静地想一想，杨菊兰家究竟有没有什么仇人？"

"仇人？不可能。王包发为人处事和善，不会与他人发生纠葛。胡老太婆又聋又哑，一般不与别人来往。杨菊兰一个外地人，又不会讲当地方言，语言上与村民们交流起来不是很顺畅，平时就是和李冬香、陆翠萍、邹虹等几个女人有些来往，因为她们几个人都有过在外地打工的经历，又会讲一点并不标准的普通话，所以她们还谈得来。"

"那你认为是谁杀害了这家人？"韩珂玉依然是面无表情地问。

"这个……这个……"说到关键问题时，王怀仁支吾了一阵后，便沉默起来了。

"你既然这么喜欢她，那就要对她负责，别再支支吾吾了，有什么情况应该大胆地说出来。"韩珂玉引导他说出心里话。

"嗯，好的，我说。我猜这事呀，十有八九是那个'小白脸'干的。"王怀仁沉默了一会儿，回答说。

"小白脸？谁是小白脸？"辛丹青抢着问。

"还能是谁？不就是那个看上去道貌岸然，其实心里面一肚子坏水的王松柏。"说这话时，王怀仁眼里喷射出了愤怒与怨恨的火焰。

"此话怎讲？"韩珂玉和辛丹青都感到十分震惊。

"他仗着自己长得有点模样，便统揽了我们戏班子里的小生这一主角多年，这还不是小白脸吗？"王怀仁依然是一副愤怒的样子。

"别再扯'小白脸'的事了，你就说为什么是王松柏干的。"韩珂玉打断他的话问。

"为什么？不就是因为他要勾引杨菊兰，遭到拒绝后，便实施报复、大开杀戒嘛。"

"你不是也一直暗恋着杨菊兰，同样也没有得到她，那为什么不可以是你报复杀人呢？"辛丹青直视着王怀仁，厉声驳斥道。

"我跟他不一样。"王怀仁躲开辛丹青直视的目光，低下头说。

"有什么不一样？"

王怀仁低下头，开始沉默起来了。

"王怀仁，你抬起头来，看着我的眼睛，如实回答我的问题！"辛丹青拍了一下桌子，厉声说。

王怀仁抬起头来看了辛丹青一眼，又慢慢地低下头，然后声音低沉而又缓慢地说："我是真心爱她，并且心甘情愿地为她付出一切，甚至包括自己的生命。而王松柏不同，他不是真心爱她，只是想占有她，玩弄她。当得不到她时，便恼羞成怒，蓄意报复。"

顿了顿，辛丹青用缓和一点的语气问道："那你说说王松柏是如何想占有她、玩弄她的。"

"从第一次见到她时，这个畜生就起了歹心，就想勾引她，"王怀仁举起矿泉水瓶子喝了一口水，继续说，"他利用自己那副上天赐予的好皮囊，引诱她去看戏，从而找机会下手。"

"得手了吗？"韩珂玉接过话来，一脸淡定地问。

"这我没有看到，但我敢肯定他们之间出了事。"说这话时，王怀仁猥琐的眼神里伴生出了怒火。

"为何这么说？"韩珂玉的脸上依然是一副淡定冷静的表情。

"这一点，我从他们的眼神和表情上就能轻而易举地看出来。自从他们认识后，杨菊兰的表情就开始大变。我经常看到她在家里坐立不安，左顾右盼，而那个小白脸在戏班子里也常常是一副失魂落魄、左顾右盼的神情。所以，我敢断定他们之间一定偷了情。当然，我认为这不能怪杨菊兰，因为毕竟她丈夫长期不在身边嘛。"

"你是算命先生吧，就凭察言观色，就能断定他们之间有男女关系？"韩珂玉反问道。

"我有证据。"

"证据？什么证据？"

"我看到过他们约会。"

"浑蛋，别半句半句地往外吐，一口气把话说完！"辛丹青接过话来，有点不耐烦地催促道。

"事到如今，我只好实话实说了。"王怀仁直了直身子，说，"为了不让杨菊兰受到伤害，我特意在朝她家方向的墙壁上掏了一个拳头大小的洞，以便观察她家的动静。如果发现有可疑人员进入她家，我好及时去营救。大约三年前的一天晚上，十二点多钟，我起来小便，顺便打开墙洞看了一眼杨菊兰的家，突然发现月光下，在她家门口，有两个黑影正在搂搂抱抱。仔细一看，是一男一女。当时我非常生气，认为一定是哪个不要脸的男人来勾引杨菊兰。于是，我就故意在打开房门时弄出较大的响声，并干咳了几下，结果那个男的就匆匆忙忙地逃走了。"

"你怎么能肯定就是杨菊兰和王松柏呢？"辛丹青问。

"没有错，那个男的就是王松柏。那女的就更不用说了，一定是杨菊兰，因为我看到她反身进屋，并关上房门。"王怀仁笃定地说。

"假设就如你所说，既然他们都已经发展到了偷情的境地，那王松柏为什么还要杀害她？"韩珂玉接过话来，故意轻描淡写般地问道。

"人心隔肚皮呀，鬼知道他为什么要这么做。我猜一定是杨菊兰后来醒悟过来了，想归心了，想要彻底摆脱他的纠缠了，于是他就起了报复杀人的念头。有句俗话就是这么说的，'自己得不到的东西，别人也休想得到'。像他这种人，简直是坏透了，天理难容啊！"王怀仁越说越激动，到最后几乎气得浑身战栗、咬牙切齿了。

"你还有什么要说的吗？"韩珂玉准备结束谈话了。

"还有一点不知道该不该说？"王怀仁怯怯地问。

"有屁就快放，不要吞吞吐吐的！"辛丹青厌恶地斜了他一眼说。

"好，我说。听说那个小白脸最近好像疯了。"

"什么？"辛丹青大吃一惊。

"这是什么时候的事？"韩珂玉依然是面无表情地问。

"唔，大概有几个月了吧。"王怀仁思索片刻后回答。

听到这个情况，韩珂玉心里想："这么巧，难怪他和杨菊兰的手机联系，在几个月前就突然中断了，原来如此。"

又是一个不眠之夜。

天亮了，太阳从东方冉冉升起，金色的阳光照在窗户玻璃上，映射出熠熠的光辉。

韩珂玉伸了伸懒腰，打了个哈欠，似乎要把一夜的疲惫都赶跑。他看了看辛丹青，见她已经把王怀仁的问话笔录整理好了，便轻轻地拍了一下她的肩膀，示意她到隔壁小会议室去商量下一步的工作打算。

两人在会议室里刚刚落座，派出所民警李辉便端了两盒已经泡好了的方便面走进来了。

"两位大侠辛苦啦，熬了一个通宵，肚子一定饿了吧，来，吃点早饭。"

韩珂玉摸了摸饥肠辘辘的肚子，感激地说了一声"谢谢"，便接过方便面大口大口地吃起来，也顾不上洗脸刷牙了。

辛丹青接过方便面放在桌子上，从公文包里拿出一包湿纸巾，抽出两张，扔了一张给韩珂玉，把另一张展开，在自己脸上仔细地揩拭了一遍，又从包里掏出一瓶矿泉水，用水漱了一下口，然后叉起几根面条送到嘴里慢慢地嚼着，似乎在品尝一般。但思维却一刻也没有离开过案情。

在辛丹青看来，这个王怀仁虽然对爱情忠贞不渝、誓死追求，令人感动，但正因为这份执着与坚守，才导致他容不得杨菊兰与他人交往。当他发现她与别人偷情时，便心生妒忌与怨恨，从而驱使他那本不健康的心理产生犯罪意图。正所谓"爱之深，恨之切"嘛。

可韩珂玉却不这么认为。他认为王怀仁从小失去家庭，在缺失母爱的环境中孤独地成长，由于不良的自卑心理作怪，导致他有恋母情结。当杨菊兰以慈母般的形象对他表示语言和物质上的关心支持时，便犹如在他早已干涸、枯竭的心田里浇灌了一场春雨，从而激活了他心中的爱意。于是，他开始不顾一切地去爱杨菊兰。但是，在他的这份爱意中，更多的成分是像对母亲一般的爱。因此，当这种潜意识里所塑造出来的母亲形象受到侵犯时，他最痛恨的不应当是母亲，而是侵犯者。如果他真的要意图杀人的话，那些所谓的侵犯者才是他攻击的目标，而不是代表母亲形象的杨菊兰。

由于观点不同，于是在决定是否要拘留王怀仁的问题上，两个人的意见完全相悖。一个认为还没有证据来确定王怀仁具有杀人重大嫌疑，不能刑拘；一个则认为有足够的理由怀疑王怀仁，应当对其采取刑事拘留强制措施，以确保侦查工作顺利进行。为此，两人争论激烈，互不相让。

"师兄，你凭什么说王怀仁对杨菊兰的爱，更多的成分是恋母情结？"辛丹青搁下吃面用的塑料叉子说。

韩珂玉喝下最后一点面汤，用湿纸巾擦了擦嘴，说："关于这一点，我有很多理由来说明。比如，王怀仁听说杨菊兰嫁到村里后要干农活，就主动把她家的地给租种过来了。当看到杨菊兰家平时没有男劳动力时，便又主动把她家的重活、脏活全揽过来了。特别是他在墙上挖个小洞，暗中观察、保护杨菊兰，可见其爱'母'的动机是如此突显。所以说，他不可能去伤害潜意识中的'母亲'。"

辛丹青辩驳道："难道说王怀仁私下藏匿杨菊兰的胸罩、短裤和丝袜的行为，还不是把她当成情爱对象的具体体现吗？特别是偷拿避孕套的行为，这显然是出于对性渴望的动机，这说明王怀仁不仅把杨菊兰当成了心目中的神圣不可侵犯的情爱对象，而且对她还有性的渴望。当他这些卑劣行为没有遭到杨菊兰的反感与揭露时，他便错误地认为杨菊兰已经接受了他的爱，或者说至少是默认了吧。在这种情况下，如果他发现了杨菊兰的隐情，岂能淡定处之？我敢断言，他一定会因爱生恨，行凶杀人。要么报复杨菊兰，要么报复情敌。所以说，应当对他采取刑事强制措施，以便开展更深入的调查。"

正当两人争论不休时，林云涛和文斌走了进来。于是，他们把调查王怀仁的有关情况作了汇报，又分别阐明了自己的观点。

文斌听完后，二话不说，立即拍板：放人。理由是王怀仁不符合刑事拘留的法定条件。

林云涛也点头表示赞同。

辛丹青虽然想不通、心有不服，但队长的命令还得要执行。她忿忿不平地回到谈话室，将文件夹往桌子上重重地一摔，瞪着一双眼睛对王怀仁骂道："你这个变态狂，别高兴得太早了，等我抓到了你的把柄再来跟你算账。滚，滚出去！"

王怀仁惴惴不安地站起来，怯怯地望了一眼满脸怒容的辛丹青，然后低着头往外走。刚走到门口，又遇到了韩珂玉。

"呃，小子，"韩珂玉叫住他说，"我警告你，今天在这里说的每一句话，对外一个字都不能透露出去，否则的话，一切后果由你自己负责。听懂了吗？"

"这个……我懂。"王怀仁脸色苍白，有气无力地点了点头，一副失魂落魄的样子。

送走王怀仁，韩珂玉和辛丹青又回到小会议室。林云涛和文斌还在那里等着他们。

看到辛丹青一副无法释然的样子，林云涛略微出声地笑了笑，对文斌说："呵呵，看起来这小丫头还是有点想不通哩。"

"唉，没事，林支队长，她是在生我的气呢。"韩珂玉用胳膊肘捅了捅辛丹青说。

"什么叫没事？说王怀仁没有嫌疑，我就是想不通嘛。"辛丹青不服气地说。

"你呀，难怪大伙给你取了个'铁血丹青'的绰号，真不愧是同事嘴巴里的'铁姑娘'，名副其实，就喜欢钻牛角尖、认死理。我们决定把王怀仁放了，只是因为他不符合刑事拘留的法定条件，并不等于就彻底排除了他的犯罪嫌疑。事实上，围绕着他，我们还有大量的工作可做呢。"文斌解释道。

"你的意思是说，对王怀仁要采取欲擒故纵、敲山震虎的秘密监视策略？"韩珂玉试探性地问道。

"呵呵，看来珂玉同志还算是个明白人啦！"林云涛笑了笑说。

"这一块的工作就不用你们操心了，我会安排别人去做。现在谈谈你们接下来该做的工作吧。"说完，文斌点上一支烟，吸了一大口，然后慢慢地喷吐出一串由小而大的烟圈，静静地等候他们的回答。

韩珂玉咳嗽了一声，清了清嗓子，用手扇开文斌喷吐过来的烟圈，说："据王怀仁讲，电工王松柏与杨菊兰之间可能存在着暧昧关系，他甚至怀疑王松柏就是杀人凶手。我觉得，王怀仁的话虽然不能完全相信，但毕竟不是空穴来风，我们应当引起高度重视。"

"唉，师兄，刚才王怀仁不是说王松柏最近患上了精神病吗，'8·28'凶杀案能是一个精神病人干的？"辛丹青提醒道。

"话可不能这么说，在现实生活中，疯子杀人的案件多了去了，更何况王松柏究竟是真疯还是假疯都还难说呢。"韩珂玉像是在自言自语地说。

"也许你是对的，但我保留自己的意见。"辛丹青仍然坚持自己的观点。

"谁对谁错现在还很难说，"韩珂玉接过话来说，"事实上，除了王怀仁、王松柏以外，还有两个人也应当纳入我们的调查范围，那就是乡卫生院院长柯星河和小学老师刘瀚林。因为从杨菊兰手机里的电子数据明显看得出来，这两个人和她的关系也不一般。"

文斌把烟蒂按熄在烟灰缸里，正要说话，只听得门外有个沙哑的声音喊"报告"，知道是吴良义来了，便应了一声"进来"。话音刚落，吴良义、鲁大明和陈亮三人依次走了进来。

"你们来得正好，我们就在这里开个简短的碰头会吧。"文斌抬了抬手，招呼大家坐下来，接着说，"刚才韩珂玉和辛丹青把调查死者的邻居王怀仁的情况介绍了一下，现在请大家谈谈各自的工作进展情况吧。"

吴良义晃动着他那高大的身躯坐下来，先是解下缠在手腕上的一条白毛巾，擦了擦额头上渗出来的汗珠，然后沙哑着嗓子说："按照指挥部的安排，我把全县发生的拐卖、偷盗儿童案件全部梳理了一遍，基本上可以排除与'8·28'凶杀案件的关联。不过还有一起拐卖儿童案，由于案件一直没有侦破，被拐卖儿童去向不明，罪犯也不明确，所以无法作出准确判断。"说完，吴良义脸上露出了失望的表情。

"既然这块工作已经展开了，那就要做得彻底，不能煮成夹生饭，留下疑问和死角。"文斌坚定地说。

"你是说要重新调查那起儿童被拐卖案，先破案，后找与'8·28'凶杀案的关联性？"

"你说呢？"文斌反问道。

"嗯，我明白了。"吴良义点了点头回答。

陈亮打开笔记本，看那架势像是要详细汇报工作。文斌见状，便提醒道："你不用介绍工作过程，只谈结果。"

"好的，在韩哥的指导下，我对案发当天漫游到苍山乡的五个外地手机号码进行了落地核查，很遗憾，他们都与本案无关联。"

"这有啥遗憾的？这个结果早就是预料之中的。排除嫌疑也是工作嘛。"林云涛点了点头，微笑着安慰道。

鲁大明右手按着笔记本，左手习惯性地将右边短袖子撸到肩膀上，说："昨天晚上，我又召集了几个村干部座谈，他们反映杨菊兰与邻居王怀仁、电工王松柏的关系有点不清不楚。"

"呵呵，巧了。我们在研判杨菊兰手机里的电子数据时，恰好也发现了这两个人的疑点，在王怀仁家里秘密搜查时还有一些重大发现呢。"辛丹青满脸自豪地说。

"村干部反映的情况有具体内容吗？"文斌面无表情地问。

"没有。都说只是看到王怀仁和杨菊兰及其家人亲热得像一家人似的，但并没有谁亲眼看到过他们俩做了什么见不得人的事情。至于王松柏嘛，那更是传闻而已。"鲁大明摇了摇头回答。

"这就奇怪了，"文斌吐出一股烟雾说，"就那么一个屁大的村庄，如果一个女人同时与两个男人有着不正当的男女关系，村民的知情度就只是停留在传闻层面，而没有一点实质性的内容，真是不可思议啊？！"

"据王怀仁讲，他曾经看到过杨菊兰与王松柏晚上在家门口搂搂抱抱。我想，这应当算得上是实质性的内容了。"韩珂玉说道。

"仅此而已吗？"文斌问。

"仅此而已。"辛丹青插话回答。

林云涛微笑着说："也难怪，与杨菊兰最亲近的两个人，一个长期在外地打工，看不到；一个又聋又哑，听不到。邻居王怀仁虽然也算得上是与她家比较亲近的人，可惜他自己的屁股也不干净。但不管怎么说，既然在村民中有这种传闻，那自然就有它的出处和传播途径。你们说对吧？"

说完，林云涛看着鲁大明，轻轻地拍了拍他放在桌子上的笔记本。

鲁大明点点头，说："你说得对，林支队长，我一定深入群众，再做更细的调查工作。"

正在这时，派出所民警李辉敲门进来，说王村长陪同一名妇女来找专案组的领导，说是有情况要反映。

文斌朝韩珂玉抬了抬下巴，示意他去接待，韩珂玉便起身出去了。

韩珂玉跟着李辉来到派出所的接待室，看到王水生村长和一个三十来岁的妇女坐在木制沙发上。

见韩珂玉进来，王水生站起来介绍道："韩警官，这位是我们村里的村民，叫邹虹，她算得上是杨菊兰的闺蜜了。她今天主动到村里来，说是有关于杨菊兰的事情要反映。因事关命案，我觉得一定是非常重要的，所以就骑摩托车把她送到专案组来了。"说完，他又对那个妇女说："这位是专案组的韩警官，你把所知道的情况向他汇报吧。"

邹虹点了点头，一边站起来，一边微笑着说："韩警官，我回忆起了一些有关杨菊兰的事情，不知道该不该向你们反映。心里面一直在犹豫，拿不定主意，所以就去找村干部。王村长听说后，认为有必要向你们报告，就骑摩托车送我来找你们了。"

韩珂玉急忙拦住她，说："别站起来，别站起来，坐下说，坐下说。"

邹虹重新坐下后说："王村长、李主任召集村民开会，动员大家向专案组提供线索。我今天来，就是要反映一些杨菊兰的情况，不知道对你们破案有没有帮助。"

"说说看？"

"嗯，是这样的，唔……我觉得杨菊兰与苍山乡卫生院的柯院长关系非同一般。"

"哦，是吗，你有什么依据吗？"

听到邹虹反映的是柯星河，韩珂玉不禁心里一阵窃喜，心想："刚才大家还在担心没有实质性内容，这转眼的工夫不就来了吗。"但他脸上却未露出半点声色。

"我和杨菊兰是最要好的朋友，算得上是闺蜜了，我们俩经常结伴去乡里集镇上玩。有几次我们逛街时走散了，后来都看到她从卫生院宿舍里出来。当时我问她去哪里了，她说找柯院长看病去了。我问她什么病，她要么支支吾吾，好像是在搪塞我；要么就随口说晚上失眠，整夜整夜地睡不着，找柯院长开点药。但看她的脸色和气色，又完全看不出像是彻夜失眠的样子。所以我怀疑……"说到这里，邹虹抬眼看了看韩珂玉和王村长。

"我明白你的意思了，"韩珂玉接过话来说，"你反映的情况很重要，谢谢你！你还有什么要跟我们说的吗？"

"嗯，还有……"邹虹一副欲言又止的样子。

"我说大妹子，在公安同志面前，你就不要有什么顾虑了，要敞开心扉来说话，把所知道的全部说出来，千万不要藏着掖着了！"王村长在旁边对她进行教育鼓励。

邹虹望了一眼王村长，点了点头，然后对韩珂玉说："其实杨菊兰曾经跟我说起过，说王怀仁对她的好，是出自内心的好，是真心喜欢她。不像村里村外的一些男人，都只是看她长得漂亮，想要占她的便宜而已。"

"她有没有说过是哪些男人？"韩珂玉依然面无表情地问道。

"这倒没有。"

"你既然和她是闺蜜，那你对她的情况肯定是最了解的了？"

"嗯，可以这么说吧。"

"那我问你，杨菊兰究竟与哪几个男人有瓜葛？"

"你所说的瓜葛是指……"

"哎，就是男女之间的那点破事呗。"王村长在旁边插话解释道。

"哦，我懂了。她与柯星河院长的关系，虽然在我面前没有直言承认过，但我觉得她应当是默认了的。她与王怀仁的关系就不用说了，全村人都在怀疑他们之间有不正当的男女关系，很多人都为她感到惋惜，说是'一朵鲜花插在牛屎上'。不过她跟我说的却不是那么一回事，她跟我说，王怀仁是真心对她好，而她只是把他当成亲兄弟看待而已。"

"除了这两人，还有吗？"

"还有……还有……"邹虹不安地看了一眼四周，一副欲言又止的样子。

韩珂玉见状，便对李辉、王村长说："你们俩先出去吧，我还有一些事情要单独向邹虹了解，等了解完后再叫你们。"

李辉应声出去了。王村长走到门口时又转回身来说："韩警官，如果没有什么事的话，我就先回去了，反正我在这里也帮不上什么忙。你有事就打个电话，我一定随叫随到。"

"这样也好，你先回去吧，真是太谢谢你了！"韩珂玉走过去握了握王村长的手说。

"哎哟，谢什么呀，都是我应该做的。走了，再见！"王村长边说边往外面走。一会儿，就听到王村长骑摩托车离开的声音。

韩珂玉递了一瓶矿泉水给邹虹，说："请你把所知道的情况详细地说说吧。"

"其实杨菊兰心里有一个心仪的男人。"

"心仪的男人，谁？"

"就是戏班子里的王松柏。"

"你说的是那个在戏班子里专门扮演小生的王松柏？"韩珂玉不露声色地问。

"对，就是他。"

"怎么个心仪法？"

"我不知道你见没见过王松柏，"说到这里，邹虹忍不住地多看了几眼眼前这个英俊潇洒的男人，然后说，"说实在话，他的确是长得一表人才，就像武侠小说里形容的玉树临风、风流倜傥的那种。特别是在戏台上，他扮演的小生更是风度翩翩、儒雅俊朗。杨菊兰曾经多次在我面前流露出对他的爱慕。"

"他们之间的关系发展到了什么地步？"

"幽会，偷情。"

"能说具体点吗？"

"大概是三年前的样子吧，具体时间我也记不清了。有一天，杨菊兰来我家里坐，闲聊中，她几次拐弯抹角地向我打听王松柏的情况，眼神里流露出热切渴望的表情。那时候，我就意识到她在心里面已经喜欢上了王松柏。后来有一次，她邀我去集镇上赶集，刚到街上，她要我在超市里等她一会儿，说是要去办点事。可我在超市里左等右等，都不见她回来。大约过了一个多小时，我决定不等了，先回家。正当我要离开超市时，突然看到她从超市旁边的一家小旅馆里走出来，过了一会儿，王松柏也从旅馆里出来了。两人的表情都有点怪怪的，像是做贼心虚的样子。回村的路上，我问她刚才去哪里了，她支支吾吾不肯说，我就故意逗她，问她是不是和哪个相好的幽会去了，她红着脸说没有，谎称是去邮电所寄信件去了。从那时起，我就主观判定他们俩有不正当的男女关系了。"

"后来呢？"

"后来他们的关系应当是黄掉了。"

"为什么这么说？"

"因为后来我发现杨菊兰与卫生院的柯院长有了来往，而此时王松柏的神经也开始有点不正常了，言行也开始变得有点怪异了。"

"既然你和杨菊兰是闺蜜，那你一定知道她究竟是怎样的一个人了？"

"怎么说呢，她漂亮、好打扮，就连上个街都要描一描眉、抹一抹脸、涂一涂唇。性格比较开朗、温和，我从来没有见她生过别人的气。嘴巴比较稳，对自己的隐私守口如瓶，从不外泄，也从来不在背后议论别人、说三道四。"

"在闺蜜面前也守口如瓶吗？"

"怎么说呢？在我面前应该是有所流露的，至少是在表情上有所外露吧，但她从不直接说明。这可能与她的性格有关吧，她是一个一心一意要维护团结、和谐的人。"

"据你了解和观察，杨菊兰究竟有几个相好的男人？"

"我前面不是跟你说了吗，杨菊兰的嘴巴比较稳，她心里的秘密，别人一般是套不出来的。柯院长、王松柏与她的关系，都是我通过日常观察判断出来的，只不过当我在她面前提起时，她并没有否定而已。至于他们的关系究竟怎么样，其实我也说不清楚。"

"那好吧，我们先谈到这里。谢谢你！回去后如果想到了什么，可随时来找我。"说完，韩珂玉加了邹虹的微信，并安排李辉开车送她回村。

临别时，邹虹从车窗口探出半个脑袋，看了看韩珂玉帅气的脸蛋和修长的身材，调皮地笑着说："唉，韩警官，要是你到戏班子里去扮演小生，恐怕还要胜过王松柏呢！"

韩珂玉不好意思地笑了笑，动作潇洒地挥了挥手，说："别开玩笑了，一路平安，谢谢啰！"

送走邹虹后，韩珂玉回到办案中心。大家还在等着他。

看到韩珂玉一副面无表情的样子走进来，大家都有些失望。辛丹青忍不住地抢着问："哎，师兄，看你的表情似乎没有什么收获喽。"

"嗯，也不能说完全没有收获，人家还是反映了一些情况的。"

"那你脸上怎么一点表情都没有？"

"表情？哦，不是，我刚才正在思考一些问题。"

"珂玉，你把情况介绍一下吧。"文斌一边点烟一边说。

"刚才苍山下村的一名叫邹虹的妇女来反映情况，因她说和杨菊兰是闺蜜，所以我就顺便了解了一下杨菊兰的情况。"说到这里，韩珂玉一边动作缓慢地拿起一瓶矿泉水，细细地啜了两口，一边在大脑里快速地把邹虹反映的情况捋了一遍，然后放下矿泉水，接着说，"据邹虹讲，杨菊兰与柯星河、王松柏都有不清不楚的关系，先是王松柏，后是柯星河。至于邻居王怀仁嘛，那只是一厢情愿，杨菊兰一直把他当成亲兄弟来看待。"

"哎，什么叫不清不楚的关系？你怎么也学得咬文嚼字了？"文斌轻轻地敲了敲桌子说。

"不是，老大你别急嘛，我还没有说完呢。这杨菊兰有一个与众不同的特点，那就是一切隐私和秘密全都烂在肚子里，从不外泄。邹虹虽然和她关系好，但也无法从她嘴里掏出任何东西来。前面说到的那三个人的情况，也都是邹虹在和她日常交往中通过观察所得出的结论，她只是怀疑杨菊兰与柯星河、王松柏之间有不正当的男女关系，至于他们的关系究竟怎么样，她也说不清楚。"

"果然如此，杨菊兰和柯星河、王松柏这两个男人之间还真的有故事，看来对电子数据的分析没有错啊！"辛丹青感叹道。

"你说得对。"韩珂玉竖起大拇指做了一个点赞的动作。

"嗯，只要深入调查下去，像这样的故事怕是不会少吧。"林云涛一边把烟蒂摁熄在烟灰缸里，一边说。

为了提高工作效率，文斌把调查任务稍微作了一些调整。韩珂玉和辛丹青调查王松柏，吴良义继续沿着'拐卖儿童'这个思路开展侦查，鲁大明负责调查学校老师刘瀚林。他自己则围绕柯星河展开调查。

文斌布置完工作，林云涛接着强调道："分组不分家，各小组在调查过程中，如果发现了其他组的有关信息，都要及时地沟通、共享。"

十　不明的自杀动机

文斌把阶段性的工作情况向冯江作了汇报后，冯江立即以副县长的身份，安排政府办的同志在县政府的政务平台上，故意发了一则虚假消息，用以掩护专案组同志的调查工作。

消息称：为了整顿文教、卫生系统"四风"乱象，全面提升干部队伍的工作效能，县委纠风办决定近日派人深入一线开展巡察。为此，特聘请文斌等四位同志为巡察专员。

有了这个虚假消息做掩护，对柯星河的调查工作就方便多了。

文斌故意选在晚上八点钟前往苍山乡卫生院，想通过使用这种突然袭击的方式，搞清楚柯星河晚上一般的活动情况。

乡卫生院并不是很大，占地面积也就几十亩。

进卫生院大门后是一片不太大的空地，穿过空地就是一栋三层的门诊大楼，大楼后面是一栋两层的住院部。两栋大楼之间有一条走廊相通。门诊大楼的右后侧是一排平房，里面设置了锅炉房和太平间。门诊大楼的左边是围墙。围墙上开了一个"Ω"型门洞，门洞外是医护人员的生活区，里面有一栋四层楼房和一些停车位。

杨师傅把车大大咧咧地开进卫生院，门卫不闻不问。

文斌和杨师傅跳下车，直奔二楼院长办公室。

院长办公室的房门紧闭，窗帘拉得严严实实，里面没有灯光。杨师傅走上前去敲了敲门，没有人应答。

一丝不安的感觉掠过文斌的心头。他要杨师傅赶紧去把办公室的同志找来。刚说完，一回头，发现行政办公室就在对面，里面也是黑灯瞎火的，于是就对他说："还是到急诊部去叫人吧，那里肯定是有人值班的。"

"一个卫生院院长，不在办公室里给病人看病，跑到哪里瞎搞去了。"杨师傅一边自言自语地嘟囔着，一边往门诊部那边走。

门诊部值夜班的黄医生听说杨师傅是县纠风办派来巡察的，便显得异常热情，屁颠屁颠地就跟着他去见文斌了。

"领导好！领导辛苦了！"见到文斌，黄医生弯腰伸出双手，要与文斌握手。

文斌故意摆出一副巡察专员的架势，挺直着身子不理会他，并打着官腔说："卫生院里当班的医生和护士都在岗在位吧？"

"都在，都在。"黄医生点着头回答。

"那柯院长呢，怎么不在？"

"柯院长？在吧。没有听他说过要去哪里呀。"

"听他说？难道他外出时要跟你打招呼？"

"哦，是这样的，我是副院长，柯院长如果要外出的话，一般都会跟我说一声。但没有听他说过今天要外出的呀。"

"你最后一次看到他是什么时候？"

"昨天傍晚在食堂里吃饭的时候。"

"你赶快联系他一下，就说县委巡察组来了。"杨师傅口气有些生硬地说道。

"好的。"

黄医生紧张地从衣服口袋里掏出手机拨打电话。电话拨通后，却从院长办公室里传出了略显刺耳的电话铃声。

文斌惊愕地叫了一声"不好"，便果断地抬脚使劲一踹，将院长办公室的房门给踹开了。

文斌不顾一切地冲进屋，反手按了一下房门旁边的电灯开关，灯亮了。

灯光下，只见一个身穿白大褂的男人坐在办公桌前，双手相握置于腹部，头朝后仰靠在藤椅背上，一动不动。看上去样子挺安详，表情也很平静，似乎是在打盹，抑或在冥思。文斌用食指和中指探了探他的鼻息，又摸了摸他的颈动脉，发现他已经无生命迹象了。

文斌亮明了身份，叮嘱黄医生把通往行政办公区的那道铁门给锁上，不让无关人员进出。然后要杨师傅打电话通知刑事技术人员火速赶来。

安排好后，文斌开始打量死者以及现场的情况。

死者五十来岁，身高一米七左右，体形保养得较好，五官端正，梳了一个三七开中年发型，戴一副金丝边近视眼镜，看上去显得成熟精明。

这是一间行政办公室，兼院长坐诊室。靠后墙有一个白色的双门壁柜，里面摆放了一些医学书籍。壁柜前有一张藤椅，柯星河的尸体就坐在藤椅上。藤椅前有一张白色的办公桌，桌子上有一台台式电脑和一部品牌手机，手机旁边有一个贴了"阿普唑仑片"标签的空药瓶和一只陶瓷茶杯。桌子旁边有一张供病人坐的白色小方凳。进门左边靠墙，摆放了一张白色的长木椅。

从现场情况来看，柯星河应当是服用了过量的安眠药导致死亡的。

文斌推断这是一起自杀事件。理由是：柯星河既是卫生院院长，又是副主任医生，凭其专业知识，绝不至于犯"吃错药、超量吃药"这种低级错误的，只有一种合理解释，那就是柯星河的行为结果是自找的，即自杀。至于其死亡时间及自杀动机等问题，则只有等到尸体解剖和深入调查后才能搞清楚了。

技术人员赶到后，钟天法医对尸体进行了检验，证实死者外表无任何机械性损伤，死亡时间在18个小时前、22个小时内，即凌晨一点至四点之间。吕玫对死者的胃内容物和血液进行了检验，证实死因是摄入过量"阿普唑仑片"安眠药，导致在沉睡中呼吸抑制而死亡。

郭弘对现场进行了仔细勘查，发现房门和窗户都是从里面锁上的，外人无法进入。现场干净整洁，亦无搏斗痕迹。

文斌在柯星河的办公桌抽屉里，发现了一张"阿普唑仑片"处方单，上面写的数量是一瓶，落款是柯星河，日期是2016年8月30日。也就是凶杀案发生后的第三天。看来柯星河在两天前就有了自杀的意图，并为此准备好了安眠药。

抽屉里还有一本暗红色皮革封皮笔记本，里面记录的全是柯星河平时摸脉问诊的心得体会，以及他对四诊八纲的理解与看法，还有一些摘录的中药土方子。在笔记本中间的位置夹了一张纸条。纸条上有一行字："若要人不知，除非己莫为。善恶必有报，只是时未到。"纸条上的文字是打印的。纸条有些折痕，看样子不像是打印后直接放进笔记本里面的。

在纸条的下面，压着一张对折的信纸，上面写了几行字，像是柯星河自己手写的，是写给他女儿的一封信。

萌萌：

　　当你看到这封信时，我们可能已经阴阳相隔了。

　　我们父女一场，不求你原谅，只求你不要悲伤，我在天之灵一定保佑你过得平安、幸福。

　　我之所以选择逃避，实属无奈。自己种下的苦果，只有自己吞下，怨不得别人。

　　今生无缘再做人，但愿来世做圣人。

　　永别了！

爱你的爸爸
2016年9月1日

文斌将信纸上的字迹和笔记本上的字迹进行了比对，发现完全一致。由此可以确定，这封信是柯星河自己手写的。

郭弘仔细地检查了柯星河的手机和办公桌上的茶杯、空药瓶，发现这三件物品上的指纹全是柯星河自己的，没有发现别人的指纹。并且柯星河在自杀前，已经把手机里的电子数据全部删除了。

在黄副院长的协助下，技术人员又勘查了柯星河的住处。

柯星河的住处在医务人员的宿舍里，也就是门诊大楼左边围墙外的那栋四层楼房。楼房有两个单元，共有十六套住房。柯星河的住房在一单元一楼 101 室。

这是一套两室两厅的房子，屋内家具摆设较为简单。客厅里面只有一张暗红色三人皮革沙发和一张乳白色大理石茶几，对面墙上挂了一台 48 英寸超薄型电视机。茶几上有一只玻璃保温杯和一个电视遥控器，还有一包抽纸。

厨房里有一个灰白色大理石灶台，上面放了一台电磁炉，炉子上搁了一个钢精锅。从灶台和炊具的使用痕迹来看，很显然，柯星河已经很久没有使用过这些炊具了。灶台上还有一个电热水壶，旁边有一只保温瓶。郭弘用温度计测了一下保温瓶里面水的温度，有 52 摄氏度。郭弘推断：水应当是头天下午或者晚上烧的。

靠厨房边是一间面积较小的房间，里面摆放了一台全自动麻将桌和四把椅子。墙角有一箱已经拆开了箱的矿泉水。

卧室位于客厅的另一侧。里面有一张沙发床和一个大衣柜。衣柜里面的衣物虽然摆放无序，但还算整洁。床上有一床随意折叠的空调被。左边床头柜上有一包抽纸，右边床头柜上有一台笔记本电脑。文斌戴上手套，打开电脑检查了一下，发现里面下载了一些黄色短剧和三级片。文斌重点检查了床头柜抽屉，发现里面有一盒"杜蕾斯"牌避孕套。这时，郭弘侧过身子有些吃惊地说："哎呀，真是无巧不成书呀！在杨菊兰家的床头柜抽屉里，也发现了同样的东西，连牌子都一模一样。"说完，他从文斌手里接过避孕套，打开盒子数了数，里面还剩 6 只，原装是 20 只的，看来已经用掉了 14 只了。

郭弘又对柯星河的小轿车进行了仔细勘查。小轿车停放在楼下 01 号停车位上。那是一辆白色的越野车，里面非常干净、整洁，没有发现与杨菊兰有关的痕迹物证。

从现场勘查和尸体检验情况来看，柯星河属于自杀无疑。但要深究其自杀的动机，却又是迷雾重重。

郭弘把从柯星河床上和沙发上提取的一些毛发交给吕玫做 DNA 检验，结果显示毛发中有杨菊兰的。

不可否定，柯星河与杨菊兰之间应当存在着某种关系，但究竟是什么样的关系呢？现在恐怕谁也说不清楚了。

杨菊兰的好友邹虹说过，曾有几次看到她从卫生院宿舍里出来，侦查人员又在柯星河住处发现了她的毛发，由此看来，基本上可以肯定他们之间应当存在不正当的男女关系。但究竟是性伴侣关系，或是其他，这就不得而知了。

要解开这些谜团，搞清楚柯星河的自杀动机，文斌觉得现在只有依靠深入调查了。因为两个当事人都已经死亡，死人是不会开口说话的。

文斌走访了卫生院黄副院长等几位资历老一点的医生、护士。据他们介绍，柯星河是五六年前调来当院长的，性格比较孤傲，医术精益求精，平时除了坐诊，就是看书，不善于与他人交往。一些日常性的管理工作都交给黄副院长处理了。家庭成员比较简单，他和妻子在很多年以前就离婚了，身边只有一个女儿。女儿叫柯萌，在县中医院当护士。由于他女儿也已经嫁人了，有了自己的家，所以他平时就很少回县城的家了，一般都是吃住在卫生院里。当问到柯星河与杨菊兰的关系时，大家都一头雾水，说不清楚。都说一个乡镇就一家卫生院，几乎每天都有不少的病人或者病人的家属进进出出，没有谁去特别关注柯星河与哪个女人的关系如何。

文斌又重点调查了柯星河服用的"阿普唑仑片"的来源。

据药房里的医生介绍，柯星河晚上睡眠一直不好，经常会开处方单来买安眠药。8 月 30 日下午，柯星河又拿着自己开的"阿普唑仑片"处方单到药房来拿药，说是这段时间工作压力太大，整夜整夜地睡不着，所以要开点安眠药。

还叮嘱药房里的同事不要对外张扬，怕丢面子。同事知道他是一个特别爱面子的人，又是院长，不敢多嘴，所以对他服用安眠药一事，一直守口如瓶，对外从来没有透露过半点。就连他女儿柯萌都不知道这件事。当问到处方单时，同事解释说，柯星河每次拿了药后，都会把处方单要回去。同事以为他是担心处方单被别人看到后，把他服用安眠药的事给捅出去，造成负面影响。

文斌本想到保安室调阅监控视频，却发现卫生院还没有安装监控系统。于是，只好调取了 8 月 27 日至 28 日杨菊兰遇害的那天卫生院的值班记录。

值班记录显示，案发当晚不是柯星河值夜班。这天院里也没有其他的活动，比如开会、学习等。同事们也都说那天没有看到过他。

这就意味着"8·28"凶杀案案发当晚，柯星河是可以自由行动的。因此，从这点上来说，柯星河是具有作案时间的。

文斌把杨菊兰的相片拿给卫生院的门卫看，门卫看后说有点印象，说这个女人确实多次来过卫生院，每次来都是去找柯院长，柯院长还会带她去他住的地方，所以他一直以为这个女人是柯院长家的什么亲戚。

柯星河的死，虽然看上去只是一起简单的自杀事件，但由于他与杨菊兰之间可能存在着某种特殊的关系，导致其自杀动机被包裹上了一层浓浓的迷雾，叫人看不清、猜不透。由此，"8·28"凶杀案的案情变得更加扑朔迷离了。

十一　戏痴

傍晚时分，韩珂玉和辛丹青在王水生村长的陪同下，前往王松柏家调查。

王松柏的家位于村子西头，是一栋古老的青砖瓦房。

刚走到村西头，便听到有吹奏笛子的声音传来。

王村长说那是王松柏在吹笛子。他介绍道，王松柏人很聪明，吹拉弹唱，几乎样样都会。

笛声里，虽然有个别音符音节吹奏有误，但还是听得出来这是采茶戏《毛洪记》剧中第五场的乐章，表达的是生离死别的情景。

正当王水生村长要走上前去叫门时，被韩珂玉拦住了。韩珂玉先是朝他摇了摇头，示意他不要叫，然后又朝他摆了摆手，示意他先回去。

待王水生村长走后，韩珂玉和辛丹青便驻足在门口，一边倾耳细听，一边朝屋子里探望。

屋里的光线有点暗，能隐约感觉到有一丝阴冷的气息迎面吹来。韩珂玉和辛丹青不禁打了一个冷战。

大厅里，一个身穿白衬衣的瘦高个男人，坐在一张八仙桌旁，正在专心致志地吹奏笛子。

笛声哀伤幽怨，悲凉凄楚，如泣如诉，令人听了不禁感到有些心酸。

一个段落吹奏完后，男人双掌抚脸开始哭泣。只见他哽咽着，双肩不停地抽搐颤抖。哭声悲恸，令人哀怜。哭毕，深深地哀叹了一声，才抬眼看了看站在门口的来人，然后就低下了头，自顾自地抚弄着手里的笛子，不再搭理别人了。

韩珂玉一边往屋里走，一边问："是王松柏吧？"

见男人没有应答，便顺手拖过来一把竹椅子，在他旁边坐下，然后对他上上下下地打量起来。

辛丹青则在屋子里到处转悠，仔细地打量起屋子里的各种摆设和物件。

男人三十来岁。白净的脸上，神情略显憔悴，清秀的眼睛里，眼神有些恍惚。一头乌黑浓密略带卷曲的头发几乎遮盖住了双耳。身上的白衬衣不仅干净，而且穿得十分整齐，领口和袖口的纽扣都扣得紧紧的。

从衣着表情来看，韩珂玉知道，眼前这个男人的确有心理障碍，但是还没有病到精神严重不正常的地步。

"王松柏，我们是公安局刑警队的，我姓韩。"韩珂玉一边说，一边掏出警官证出示给他看。

王松柏并没有伸手接，只是漫不经心地望了一眼，便无精打采地低下了头。

"我们今天来找你，是因为有些事情需要向你了解，希望你能如实回答。"韩珂玉知道，和一个有心理障碍的人谈话交流，一定不能去刺激他，只能尽量用平缓的语气。

王松柏只是抬了抬眼皮，然后低着头一言不发。

"我们知道，你和杨菊兰的关系非同一般，请你详细谈谈有关她的情况。"

听到调查人员提到杨菊兰，王松柏脸上的肌肉抽搐了一下，然后将笛子往八仙桌上一扔，双手扶头，开始不停地抓头发，脸上顿时露出了一副焦虑、烦躁的表情。

过了好一会儿，王松柏又突然"嘿嘿"地笑了两声，然后开始喃喃自语道：

"我晓得，她不辞而别，是因为不喜欢我的采茶戏……"

"你能回答我几个问题吗？"韩珂玉打断他的话问道。

王松柏慢慢地抬起头，用一双浑浊无光的眼睛看了看韩珂玉，面无表情地点了点头。

"你和杨菊兰是什么关系？"

王松柏嘴唇哆嗦了一下后，缓慢地说："她喜欢我，我也喜欢她，可我不能和她好呀。"

"为什么？"

"因为她只喜欢我这个人，却不喜欢我演的采茶戏，这不是有意要侮辱我吗？喜欢的人，并不等于爱的人。爱一个人，就要爱他的全部，包括他所追求的事业，对吧！"王松柏目不转睛地望着桌子上的一本采茶戏手抄剧本，像是在自言自语地说。

"那你刚才为什么痛哭流涕呢？难道不是因为她？"

"为什么痛哭流涕？你难道没有听到我刚才吹的曲子吗？那可是采茶戏《毛洪记》里的第五场，生离死别。我是有感而发啊！"

说完，王松柏便挺直身子，摆了个姿势，右手亮出个兰花指，开口唱了起来。

"好马不配双鞍子，烈女不嫁二夫君，孩儿嫁与毛家去，忍心饥寒守贫穷。要我嫁到肖家去，宁愿一命做亡魂。毛洪有日他高中，荣华胜过肖翰林……"

见王松柏完全沉浸在戏曲中，韩珂玉便友善地伸手在他的大腿上轻轻地拍了拍，以提醒他回到现实中来。

"你知道杨菊兰是怎么死的吗？"

"死？别开玩笑了！"王松柏停止唱腔，慢条斯理地说，"她年纪轻轻的，身体又那么好，怎么会死呢？"

说完，王松柏歪着头，好像是在凝眸回忆杨菊兰的样子。

"怎么，你认为她没有死？"

"好端端的，她怎么会死呢！"

"你以为我在骗你？"说完，韩珂玉打开手机，从里面调出一张杨菊兰的受害照片给他看。

王松柏望着杨菊兰的照片，脸上的肌肉颤动了几下，声音低沉地嘟囔了一句"怎么真的就死了"，然后就双手抱头，开始哭泣。哭了一会儿，问道："她是怎么死的？"

"这个问题，恐怕得问你才对吧？"

"问我？我怎么知道？"王松柏瞪着一双迷茫的眼睛回答道。

"根据现场勘查，可以认定杨菊兰是被害的。因为你和她是相好，所以希望能在你这里得到答案。"

"我们算什么狗屁相好呀，她连我的戏都不喜欢，我能和她相好？我没有这样的相好！"王松柏越说越激动，说到最后竟有些烦躁不安起来了。

韩珂玉急忙对他做了一个安抚的动作，示意他少安毋躁。

王松柏慢慢地低下头，双手十指叉进长发里，使劲地抓了抓头皮，然后长叹了一口气，抓起桌子上的手机要发微信。韩珂玉赶紧侧过身子去扫了一眼，发现微信是发给"兰花"的，内容是：你生前不喜欢采茶戏，希望你死后你的灵魂会喜欢。这样也不枉我们相识一场。发完微信，王松柏又从手机里调出了一段自己录制的采茶戏，跟着里面的节奏，旁若无人一般开始自顾自地哼唱起来，不再理会韩珂玉了。

见此情形，韩珂玉知道，王松柏一定是因精神障碍而产生了幻觉。如果再追问下去的话，不但问不出个所以然，搞不好还会刺激他的精神病发作，于是只好暂时作罢。

望着眼前这个半疯半醒的英俊男人，韩珂玉的心里面，不由得生出了一股莫名的酸楚与怜悯。

正当韩珂玉准备起身离开时，一对老夫妻出现在了门口。

女人五十多岁，手持镰刀走在前面；男人看上去有六十多岁，肩扛锄头走在后面。

老女人看到调查人员，先是一愣，然后将镰刀往墙缝里一插，摘下草帽挂在刀柄上，拖过来一把竹椅，重重地跌坐下去，肥胖的身子压得椅子"吱咯"作响。她表情淡漠，神色傲慢；老男人看到调查人员，立即放下锄头、摘下草帽，谦卑地弯了弯他那又高又瘦的身体。他点了点头，以示打招呼。

见此情景，韩珂玉立即断定：在这个家庭里，一定是女人主事。于是赶紧给老女人打招呼。

"阿姨你好！我们是公安局的调查人员，有些事情要向你们了解，希望你们能支持和配合。"韩珂玉站起来，彬彬有礼地说。

老女人翻了翻眼皮，不高兴地说："没有看到我儿子现在的状况吗？你们找他有啥用？有什么事找我就是了。"

说完，老女人向老男人招了招手，示意他过来扶她起来。老男人急忙过来把她扶起来。老女人走到一间卧室门口，朝老男人挥了挥手，示意他去厨房里做饭，然后回过头来朝调查人员招了招手。韩珂玉知道老女人是要调查人员跟她进卧室里谈，便迅速给辛丹青使了个眼色，辛丹青心领神会，立即走过去，跟着她进了卧室，并反手把门关上。

卧室里，有一张老式雕花旧床，旁边有一个老式旧衣柜。床的对面墙上有一扇窗户，窗户底下有两把老式雕花旧太师椅，椅子之间有一个四四方方的老式旧茶几。

老女人在太师椅上坐下，示意辛丹青坐在另外一张椅子上，然后拿起茶几上的一把蒲扇，一边给自己扇风，一边慢条斯理地说："有什么事你说吧。"说这话时，她脸上毫无表情。

"你家里就三口人吗？"辛丹青问。

"唉！原来有五口，后来儿子离婚了，儿媳妇带着孙女走了，现在就剩下三口了。"老女人叹息了一声说。

"能详细谈谈吗？"

辛丹青敏锐地感觉到这是一个非常好的切入点，所以就抓住不放。

"唉！家门不幸啦！"老女人又是一声长叹，然后抬手擦拭了一下眼角要流出来的泪水，接着说，"我们夫妻俩好不容易把这个儿子拉扯大，成了家，还有了一个可爱的孙女，一家人在一起和和美美地过日子，多好！可惜啊，天有不测风云。几年前，儿子不知道搭错了哪根筋，好端端地就迷恋上了采茶戏。迷恋就迷恋吧，本来也没有什么大不了的，毕竟还有那么多的人也迷恋采茶戏吧。可是，别人迷恋采茶戏是有分寸、有尺度的，不会忘了正事，而我这个傻儿子却迷恋到了走火入魔的境地。地里的活不干，家里的事不管，每天就知道抄剧本、练嗓子、耍把戏。到头来，气得老婆带着孩子走了，自己也变得疯疯癫癫的了。真是造孽啊！"

"你儿子不是村里的电工吗，难道他不要做这方面的工作？"

"唉，说是电工，其实他什么也没有做啊！一开始，他还会去帮村里催收一下电费，帮村民检修一下电路什么的，但自从迷恋上了采茶戏后，就再也不过问了，都是村里的王村长代劳了。"

"你儿子是什么时候开始疯癫的？"

"大概在三年前吧。"

"没有去治疗吗？"

"治疗了。一开始，他还只是有些神经质，晚上老睡不着，我们就叮嘱他去找医生看看。后来他确实去找过医生，开了一些药吃，但不见效，病情越来越严重了。"

"什么时候开始变得更严重的？"

"大概几个月前吧。"

"以前是什么状态，后来又是什么状态？"

"以前只是有点神经质，一年前病情开始有些加重，最近这几个月就更严重了。"老女人可能是怕儿子听到，故意压低了嗓子说话。

"你是怎么知道最近几个月病情更严重的呢？"

"唉，以前他只是有点烦躁不安，晚上老睡不着，后来慢慢地就一个人坐在那里自言自语，但那时候他脑子还是比较清醒的。最近这几个月就不行了，经常一个人坐在那里发呆，胡言乱语，脑子有时候也不太清醒了。"

"你家里还有他看病的病历吗？"

"早就没有了。"

"这是什么时候的事呀？"

"大概有两三年了吧。一开始，我儿子吃了医生开的药，效果还好，晚上能睡得着，情绪也比较稳定。但过了一段时间后，他的病又突然复发了，而且越来越严重了，吃药都不管用，后来就没有再吃药了。"

"你或者你老公的家族中，是否有类似的病人或病史？"

"没有。"老女人笃定地回答。

"你儿子是什么时候离的婚？"

"大概三四年前吧，小孩也判给了女方。我可怜的孙女，现在有七岁多了吧，也不知道读书了没有。唉！家门不幸啊！"说完，老女人又抬手抹了一下眼角流下来的泪水。

"阿姨，你知道你儿子与杨菊兰的关系吗？"见老女人的态度不是那么生硬了，辛丹青便抛出了关键性的问题。

"你是说王家二媳妇？"

"对，就是她。"

"她嘛，说实话，我也不傻，外面的确有一些风言风语，早就传到我耳朵里了。人家都说他们两个人私下里乱搞'破鞋'，但我是不相信的。"

"你儿子和杨菊兰有过来往吗？"

"唉，乡里乡亲的，有点来往不是很正常吗。"

"他们有什么样的来往呀？"

"也不是常有来往，以前她有时候路过这里，会到我家里来坐坐，跟我儿子聊聊天，但坐一会儿就会走。"

"后来呢？"

"近几个月就没有来了。"

"你知道杨菊兰出事了吗？"

"村庄就那么一点大，出了这么大的事，还会有谁不知道吗？"

"你觉得这件事会不会与你儿子有关联？"

"关联？什么意思？"

"我是说这件事有没有可能是你儿子干的？"

"不可能。"老女人断然回答。

"为什么这么肯定？"

"你没有瞧见他那个傻样子吗？整天坐在那里胡言乱语，连自己的生活都不能自理了，哪里还有本事去做这种事。"

"杨菊兰出事的那天，你儿子在干吗？"

"还能干吗，不就是你们刚才看到的那个样子，整天就知道坐在那里抄抄写写、哼哼唧唧的，什么事情都做不了。再这样下去呀，我们老两口都要被他气得发疯了。"话还没有说完，老女人已经流下了两行浑浊的泪水，脸上布满了忧愁。

"阿姨，你别急，依我看啦，你儿子还没有病到无药可治的地步。"辛丹青真诚地安慰道。

"什么？你是说我儿子的病还可以治？"

"当然，如果你们把他送到专业的精神病医院去治疗，一定能够治好。"

"是吗，你说的是真的吗？"听到辛丹青说儿子的病可以治好，老女人既高兴又担忧。

"真的，只要你们尽快送他去医院，就一定能够治好。"辛丹青笃定地说。

"真的吗？那真是太好了！可你刚才说的是什么医院？"老女人一边用扇子帮辛丹青扇风，一边问。

"精神病医院。"

"哦，精神病医院。可这医院怎么去呀？"

"怎么去？该怎么跟你说呢，其实我也没有去过。嗯……这样吧，等会儿我跟派出所的同志说一下，让他们派人帮助你。"辛丹青凝神思索片刻后说。

"真的吗？"老女人脸上露出一丝欣喜的表情。

"当然是真的。"

"那太好了！太好了！你真是观音菩萨再世，太谢谢你了。"老女人双手扶扇置于胸前，诚恳地朝辛丹青拜了拜，笑眯眯地说。

辛丹青走出房间来到大厅，见王松柏还趴在八仙桌上抄写剧本，一副旁若无人的样子。这时，韩珂玉正好从屋后厨房里出来，估计是去找了王松柏的父亲谈了谈。

两人汇合后正要告辞离开，这时老女人上前拉住辛丹青的手说："别走，别走，吃了晚饭再走。"

老男人也从厨房里追出来，手里捏着一沓百元钞票，说："吃了饭再走！吃了饭再走！"

"谢谢了，我们有事还要赶回去，"韩珂玉在旁边解释着说，"阿姨，刚才我跟大叔说了，你们要尽快送王松柏去医院住院治疗，别再耽搁了。"

"是，是，刚才这闺女也跟我说过了。"老女人点着头说。

"呵呵，我们又想到一块去了。"韩珂玉望了一眼辛丹青，会意地笑了笑说。

辛丹青瞄了一眼老男人手里的钞票，知道那是韩珂玉拿给王松柏治病的钱，于是热切地回望了他一眼，眼神里充满了自豪与幸福。

韩珂玉和辛丹青婉拒了老夫妻的挽留，想趁着天还未完全黑下来，赶回村部。

临走时，他们又回过头去深深地凝望了一眼英俊帅气，还在哼哼唧唧吟唱采茶戏的王松柏，然后心情沉重地离开了他家。

十二　谁是嫌疑人

　　韩珂玉和辛丹青急匆匆地赶到村部时，大家还聚在厨房边的简陋小餐厅里讨论工作，好像是刚刚吃过晚饭。

　　见他们两个回来，文斌忙招呼他们说："快来，吃饭。没有等你们啰，但是菜给你们留好了，边吃边聊吧。"文斌示意他们坐下，又挥了挥手示意其他同志到会议室去等。

　　"谢谢老大！"韩珂玉拿起筷子，扫了一眼桌子上的菜，显得很兴奋地说，"哇塞！今天改善伙食啦，还上了油炸小螃蟹。"

　　"哪里呀，这些小螃蟹是我师父亲自到村子前面那条河里捉的，我们都舍不得吃呢，特意留给你俩。"文斌有点夸张地说。

　　"哎呀！谢谢林支队！谢谢老大！"说完，韩珂玉夹起一只小螃蟹直接丢进嘴里，连壳带肉地咀嚼起来。一边咀嚼，还一边说："不愧是山泉水养出来的螃蟹，味道就是不一般，美味佳肴也不过如此吧！"

　　林云涛微笑着看着他俩说："谢什么呀，说实话，我也是去寻找一下小时候捉鱼摸虾的感觉，回忆回忆童年的味道。"

这时，杨师傅从厨房端了两碗米饭进来，一边递给他俩，一边说："你们两个人还真是有口福呀！本来有一大盆的，要不是文队长叫我藏了这一碗，你们怕是连螃蟹的毛都看不到啰……"

文斌打断他的话说："哎，哎，老杨，就你嘴巴多，吃都堵不住你的嘴。该忙啥忙啥去吧，我们要谈工作了。"

杨师傅反应过来，知道自己多嘴了，便有些不好意思地笑了笑说："不好意思，说漏嘴了。我还有事，我忙去了。"说完，就往厨房里走，走到门口时，又回过头来对韩珂玉和辛丹青说："饭只剩下这么多了，你们将就一下，不够就多吃点菜吧。"

"谢谢杨师傅！"韩珂玉和辛丹青异口同声地说。

"说说吧，情况怎么样。"文斌一边点烟一边问。

"唉，你也太心急了，等他们把饭吃完后再说也不迟嘛！"林云涛批评文斌道，但脸上依然带着微笑。

"那好吧，你们慢慢吃，我们到祠堂里去等你们。"文斌起身说。

"好的，我们马上就来。"韩珂玉一边咀嚼着饭菜，一边挥动着手里的筷子说。辛丹青则矜持地站起来，目送着林云涛和文斌出去。

等大家都走后，辛丹青端起自己的饭碗，说："师兄，我吃不了这么多，给点你吧。"

听到她这么说，韩珂玉便把碗伸过去。辛丹青几乎把米饭都分给了他，只剩下一小口，然后慢悠悠地扒拉着饭粒，亲昵地看着他吃。间或地说上一句"你慢点吃，吃快了对胃不好"。

吃完后，辛丹青从他手里接过碗筷，送到厨房里，交给正在洗刷餐具的杨师傅。

"杨师傅，你烧的饭菜真好吃，快赶上共同宫廷御膳了。"辛丹青甜甜地叫了一声"杨师傅"称赞道。

"哎呦喂，小丫头嘴真甜，将来呀一定能够嫁个好郎君！"杨师傅笑眯眯地说。

"谢谢杨师傅！"辛丹青朝杨师傅挥了挥手，像只欢快的小燕子一样，向祠堂飞去。

祠堂里的正面墙上挂了一面党旗，党旗下面贴了入党誓词。一张简易的长条形木桌摆在宣誓词下面，木桌后面是一把长条形简易木椅。

林云涛坐在木椅中间位置上，正在翻阅着工作日记。文斌手里夹着香烟，一边抽，一边不停地在木桌前面来回踱着步。只见他低着头、微蹙着眉，似乎在思考着什么疑难问题。其他同志都坐在简易的床铺上，他们有的在交头接耳地议论着什么，有的在独自整理工作日记，还有的在往身上涂抹风油精，以驱赶蚊虫。

文斌一支烟抽完，将烟蒂往地上一扔，用脚踩灭。朝大家挥了挥手说："各位兄弟，别闲着了，都起来，把床上的铺盖卷一卷，收起来丢到一边去，把椅子摆好，准备开会了。"

大家应声而起，动作麻利地把铺盖收拾好，把长木椅摆成了四排，然后纷纷坐下来等待开会。

见韩珂玉和辛丹青进来，文斌扫视了一眼大家，正要宣布开会的，可一看吴良义不在，便问："吴队副呢，怎么还没有到？刚才吃饭的时候好像就没有看到他。"

"听说他去追踪那起拐卖儿童案去了，已经不在我辖区了。"鲁大明所长抬起头来回答道。

"哦，是不是失踪婴儿有什么线索了？"文斌问。

"这个我就不知道了。"鲁大明回答。

"估计是没有，如果有的话，他应该早就向指挥部报告了。"韩珂玉走到第一排，一边落座一边插话说。辛丹青在他身边坐下。

"那好吧，我们现在开始开会。"文斌说完，回过头去看了一下林云涛，见他点了点头，便接着说："韩珂玉，你把调查王怀仁和王松柏的情况介绍一下，其他同志作补充。"说完，文斌绕到桌子后面，在林云涛旁边坐下。

韩珂玉站起来，挺了挺他那修长的身子，左手托着日记本，右手挥着笔，动作优雅，侃侃而谈。

"我们先后调查了王怀仁和王松柏，发现这两个人都有一定的作案动机，但仔细斟酌起来，又觉得很难确定他们的重大嫌疑。"韩珂玉顿了顿，低头扫了一眼日记本，继续说，"先说王怀仁吧，他是杨菊兰的邻居。由于其特殊的生活经历，导致他性格变得异常的自卑和孤僻。在一次偶然相遇中，杨菊兰在他面前，以女人特有的温柔和细腻，对他表露出了些许的关爱，突然间，他就似乎找到了一种可以激荡他心灵的爱，于是，在心里不断地把这种人际交往中原本最普通不过的关爱进行发酵、放大，然后发了疯似的去追寻、去珍惜，以至于不顾一切地坚守在杨菊兰的身边，心甘情愿地帮她种菜种地、干重活脏活，甚至日夜关注着她的生命安全。像这样一个单恋型痴情狂，完全有可能因为杨菊兰出轨他人而愤怒、暴躁，从而产生犯罪意图。从这点上来说，他应该是有作案动机的。但是，我们调查后发现，王怀仁对杨菊兰的爱，更多的成分是追求母性之爱，这种爱已经超越了粗俗的低级趣味，在王怀仁的心目中，这份爱是高尚和神圣的。为了坚守这份爱，他宁可终身不娶；为了维护这份爱，他宁可献出自己的生命。那么从这一点上来讲，我又觉得他还不至于去伤害杨菊兰的性命。"

说到这里，韩珂玉停顿下来，侧回头扫视了一眼大家，然后坐下来。

也许是故事本身太惊奇了，又或许是韩珂玉讲述得太精彩了，反正把大家深深地吸引住了，只见一个个都瞪大着眼睛、伸长着脖子、弓倾着身子，屏住呼吸认真聆听，没有人说话，会场里鸦雀无声，静得就连一枚针掉到地上都能听得见。

静寂了好一会儿，大家才长长地舒出了一口气，缓缓地回过神来，纷纷感叹道："原来如此啊！"

文斌扫了一眼大家，然后望着坐在韩珂玉身边的辛丹青问道："丹青有什么要补充的吗？"

辛丹青听到文斌点她的将，也站了起来。她先是做了个深呼吸，用纤细的手指把鬓角的头发捋到耳后，然后说："我有几点要补充。第一点，王怀仁有恋物癖。确切点说，是有恋女人贴身衣物的毛病。我们在他家中秘密搜查时，发现他把杨菊兰的胸罩、短裤、丝袜私自偷回了家，洗得干干净净后，藏在自己的枕头底下。第二点，王怀仁具有最佳的作案时间和空间条件。王怀仁的家离现场顶多三十米远，来回也不需要经过别人家门口。更可疑的是，他在自己家的墙壁上掏了一个小洞，用于观察杨菊兰家的情况。据他自己讲，那是为了保护杨菊兰的。但我认为，他的这个窥视行为，恰恰方便他作案。第三点，王怀仁交代，两三年前的一天晚上，他从墙洞里偶然发现一个男人在杨菊兰家门外，与她搂搂抱抱，后被他吓跑了。他认定那个男人是王松柏。由此说明，王怀仁对杨菊兰的越轨行为，主观上是明知的。"

"嘻嘻！'铁姑娘'，你漏掉了重要的一点还没有说呢，"郭弘坐在后面一排，接过话来故意嬉皮笑脸地调侃道，"王怀仁家里有和死者家里相同的避孕套。"

"这个重要吗？酸秀才。"辛丹青侧回头盯着郭弘反问道。

"怎么不重要？凭这一点，就可以证明王怀仁对杨菊兰是有性的欲望的。大家说对吧？"

大家纷纷点头，表示赞成。

"那又怎么样？凭这一点，顶多只能证明他对杨菊兰有性的意念而已，并不能证明王怀仁就是杀人凶手呀！你还是多下点功夫到犯罪现场上去吧，看看能不能从那里捕捉到他杀人的蛛丝马迹。"辛丹青不无嘲笑地说道。

"好了，好了，你们不要辩论了。"韩珂玉拉辛丹青坐下，阻止他们说，"其实郭秀才的想法我们早就想到了，只是我始终认为，王怀仁对杨菊兰的爱，更主要的是像爱护母亲一样的爱，其次才是情爱。"

"此话怎么讲？"文斌问。

韩珂玉重新站起来，说："据王怀仁交代，这么多年来，他从来就没有碰过杨菊兰，连手都没有摸过，可他还是一如既往、心甘情愿地坚守在她身边。所以我判断：在王怀仁的心目中，杨菊兰更像是母亲，其次才是爱人。之所以会这样，是因为王怀仁从小就失去了父母的爱，失去了家庭给予的温暖和亲情，过着四处漂泊的流浪生活，自卑、孤独，没有安全感。当杨菊兰在他面前表露出一点点关爱时，他便把它无限地放大，以至于激活了他那早已凝固的灵魂，融解了他那冰封的爱河。于是，他感觉到了暖意、幸福和自信。经过了这一番灵魂的洗礼和心态的变迁，杨菊兰的'母亲'形象，便在他心目中牢固地建立起来了。"

说完，韩珂玉坐了下来。

"那又怎么解释他私藏杨菊兰的贴身物品呢？"郭弘提出了疑问。

"这个嘛，呵呵，的确是一个谜题。"韩珂玉笑了笑说，"但我的理解是：性欲本是人类最原始的本能。面对身边漂亮、成熟、贤惠的女人，任何一个正常的成年男人，都有可能会产生性欲望。王怀仁当然也不例外。杨菊兰是一个漂亮、成熟的女人，每天生活在他的视野里，他又岂能熟视无睹、毫无反应呢？如果仅此而已，也许他真的会因为吃醋而杀人。但是，随着调查发现，王怀仁对杨菊兰的爱并不仅仅如此，而更多的是表现为对母亲一般的爱。所以我判断，他无论如何都不至于去伤害心目中的'母亲'。"

听了韩珂玉的分析，文斌不置可否。他转向望着辛丹青，说道："丹青刚才的话外之音我听出来了，你似乎并不完全同意珂玉的观点。对吗？"

辛丹青望了一眼旁边的韩珂玉，点了点头后迟疑地说："嗯，是的。"

"说说看？"文斌一边侧身帮林云涛点烟，一边问。

"王怀仁既有作案动机，也有作案时间和空间上的条件。更为重要的是，他几乎成了杨菊兰家的钦拨佃户，或者说是家丁长工，完全有条件做到和平入室，这一点，与现场的情况完全相吻合。还有，案件发现人是他，召集村民寻找婴儿导致现场被彻底破坏的也是他，这难道都只是巧合吗？所以我认为他有重大作案嫌疑。"辛丹青一边思索，一边说。

"大家有什么意见？"文斌扫视了一遍会场，问道。

"我同意'铁姑娘'的意见。"钟天和郭弘异口同声地说。

很多同志都点头表示赞同。

"好，王怀仁的情况就先说到这里。"文斌望着韩珂玉说，"你再接着介绍王松柏的情况吧。"

"在王怀仁的嫌疑问题上，我继续保留自己的意见。关于王松柏的调查情况，还是请丹青来介绍吧。"说完，韩珂玉朝辛丹青努了努嘴，示意由她来汇报。

"好吧，我来介绍一下王松柏的调查情况，没有说到的，就请师兄补充。"

辛丹青说着话正要站起来，见文斌示意她坐下来说，于是就点了点头，又坐下了。

"王松柏身高怕有一米八多吧，体形匀称，长相英俊。这个人没有其他的爱好，唯一的爱好就是迷恋采茶戏，是村里采茶剧戏班子里的男主角。由于他读完了高中，懂得农村基本的用电知识，所以又兼了村里的电工。不过据他母亲讲，近几年他几乎就没有履行过电工的职责了。王松柏特别迷恋采茶戏，已经到了走火入魔的境地。平时除了演戏，他基本上不出门，每天都是窝在家里抄写剧本、演练唱功，以至于妻子无法忍受，离婚后带着一个几岁的孩子回娘家去了。大约三四年前，一个偶然的机会，杨菊兰与王松柏相识，从此后，杨菊兰便喜欢上了采茶戏。说是喜欢采茶戏，倒不如说是喜欢上了王松柏这个人，正所谓'爱屋及乌'吧。这一点，连王松柏的母亲都看出来了。后来，王松柏因为恋戏太过，导致出现精神障碍，最后患上了精神病。从目前的调查情况来看，唯一可以得出结论的是，杨菊兰很喜欢王松柏。至于王松柏的作案嫌疑，我个人认为，虽然他有作案动机，但他的嫌疑基本上可以排除。正像他母亲所说'连自己的生活都不能自理了，哪里还有本事去做这种事？'"

文斌望着韩珂玉，说："珂玉有什么要补充的吗？"

"我是这么认为的，对'8·28'凶杀案而言，王松柏只有两种可能性：要么是精神病，不能作案；要么是假精神病，一定是他作案。由于我不是医生，无法诊断他的病情，因此，也就无法准确推定他的作案嫌疑。"韩珂玉一边思考一边说。

"诶，我说王松柏的病又不是突发性的，能够临时伪装得出来？那可是经过了几年的由轻到重的演变，怎么可能是假的呢？"辛丹青反驳道。

"你说得没错，王松柏一定有病。但究竟病情到了什么程度就很难说了。我们现在看到的都是表象，并不知道他真实的病情，甚至连他为什么会得这种病都还无法准确地推定呢。"韩珂玉解释道。

"不仅如此，我觉得就连杨菊兰和王松柏之间的关系究竟如何，我们都还没有完全搞清楚。毕竟杨菊兰已经死了，王松柏又是半疯半癫的状况，仅凭旁人的猜测和议论，怕是难以准确推定他们的关系的。"郭弘插话道。

大家纷纷点头表示赞同。

文斌扫视了一眼大家，说："其实还有一种可能性，那就是王松柏因为有精神病，所以才会走向极端，残忍地杀害多人。毕竟精神病杀人太普遍了。"

"文斌说得对，个人极端暴力犯罪分子，大多是有心理障碍的。但王松柏是不是属于这种类型，恐怕还有待于调查了。"林云涛接过话来说，"我看这样，王松柏的情况先讨论到这里，现在请鲁所长汇报一下对刘瀚林的调查情况吧。"

"刘瀚林的情况比较简单，"鲁大明直了直腰，左手按着调查材料，右手习惯性地把左臂处的短袖子往上撸，一直撸到肩膀上，然后接着说，"刘瀚林四十多岁，是小学老师，又是杨菊兰女儿王梓琪的班主任。据其同事介绍，这个人工作认真负责，作风踏实严谨，连续多年被评为'基层优秀人民教师'。但是，也有一个明显的缺点，那就是戴着'有色眼镜'看人。对待那些学习成绩差、又不求上进的学生，他经常打电话、发微信给他们的家长，态度生硬地批评这些家长不配合学校教育，责怪他们对孩子放任不管；而对待学习成绩好的学生则另眼相看，经常与他们的家长进行电话微信沟通，耐心地交流教育心得，热心地商讨对孩子的培育之策。王梓琪就是属于学习成绩特别好的那一种，因此，刘瀚林与杨菊兰电话微信联系得较多，而且都是属于正常的交流。"

"你们找过刘瀚林吗？他是怎么说的？"文斌问。

"找过，他的说辞基本上与同事们反映得差不多。"鲁大明回答。

"刘瀚林有不在场证明吗？"

"有。"鲁大明扬了扬手里的一沓调查材料说，"有人证明案发时间他在和别人打麻将，中途没有离开过。"

"那可以排除刘瀚林的作案嫌疑了？"文斌问。

"嗯，差不多吧。"鲁大明虽然犹豫了一下，但还是作了肯定地回答。

"接下来要重点讨论柯星河的问题了。"说完，文斌来回看了看钟天和郭弘，一副欲言又止的样子。

林云涛见状，便笑了笑说："呵呵，你也不用看他们了，柯星河的调查情况你最清楚，只有你自己来介绍了。"

"那好吧，我来介绍一下柯星河的调查情况。"

文斌点上一支烟，深吸了两口，喷吐出一股浓浓的烟雾，然后用沉重的语气说道，"柯星河身上的疑点，是通过分析杨菊兰的手机通话和微信数据发现的。可遗憾的是，正当我们对他展开调查时，他却突然服药自杀了。"

"耶！这也太蹊跷了吧，早不自杀，晚不自杀，偏偏在公安机关开始调查时才自杀，这不明摆着有问题嘛！"鲁大明不等文斌把话说完，便开始发表感叹了。

"是啊，的确有些蹊跷。我们对自杀现场和他的住处进行了仔细勘查，对他的自杀动机也进行了深入调查，但到目前为止，我们除了能够确定他是 9 月 1 日晚服用了过量的安眠药导致死亡，以及他与杨菊兰有不正当的男女关系外，其他的一无所获，甚至连他为何要自杀都没有弄明白。"说完，文斌的脸色显得异常凝重。

"对于'8·28'凶杀案而言，柯星河的自杀行为本身并不重要，重要的是其自杀动机，也就是说他为什么要自杀，是否与杨菊兰的死有关联。"林云涛接过文斌的话来说，"对此，我们有必要给予充分研究和讨论。"

林云涛的话音刚落，大家便议论纷纷。

一部分同志认为，柯星河的自杀，只是其逃避自我与现实的一种方法，与他人无关，与"8·28"凶杀案无关；另一部分同志则认为，柯星河的自杀，与杨菊兰的死有着必然的联系。理由是，柯星河深爱着杨菊兰，在得知心爱的女人与别的男人有染时，因爱生恨，大开杀戒，残忍地杀害杨菊兰一家后，自杀身亡。也就是通常所说的"畏罪自杀吧"。

文斌并不同意这两种观点。他认为柯星河虽然与杨菊兰有关联，但他绝不至于跑到杨菊兰的家里去大开杀戒，然后畏罪自杀。因为毕竟柯星河对杨菊兰的家庭情况并不是十分熟悉。他认为柯星河应当是在听到杨菊兰的死讯后，悲痛欲绝，为爱殉情自杀身亡的。

林云涛对这些说法不置可否，但他心里面却在不停地自问："柯星河为什么要在日记本里夹藏着一张纸条？纸条上的那几句话究竟是什么意思？自杀前，柯星河为什么仅给女儿写信？信中所提到的'苦果'又是指什么？除了大家所提到的上述三种情形以外，是否还有其他的可能性呢？"

一个又一个的疑团，在林云涛胸中萦绕、盘旋。

从杨菊兰手机电子数据中梳理出来的四个关系人，除了刘瀚林老师有不在场证明外，王怀仁、王松柏、柯星河三人都无不在场证明，并且他们都具有作案动机。那么究竟谁才是犯罪嫌疑人呢？

——王怀仁？

——王松柏？

——柯星河？

或是某个其他人？

十三　复仇者

　　遵照文斌的指示，陈亮配合技术侦查部门的同志，对王怀仁实行全天候 24 小时秘密监视。

　　陈亮先是秘密地在王怀仁家和杨菊兰家附近安装了监控设备，然后在村子里转了一圈，选中了青龙河岸的一栋三层楼房作为监视点。

　　这是村子里最高的房子，站在楼顶可以俯瞰全村，正好可以设为临时监视点。

　　一打听，巧了，那是村长王水生的家。

　　王村长听说侦查人员要临时借用他家的三楼和屋顶，二话没说，当即就同意了。

　　自从杨菊兰一家出事后，王怀仁便好像是换了个人似的，整日悲伤郁闷，失魂落魄。特别是被专案组找去谈话后，更是如此。

　　以前，他每天天不亮就起床，大清早就扛着农具、哼着采茶戏曲精神抖擞地到田间地头去干活。现在不一样了，他不但不下地干活，就连一日三顿饭有时候也懒得做了。

以前，他滴酒不沾，现在也开始喝上了。每天除了去村西头的小卖部买酒以外，其他时间都是把自己关在屋子里，更多的时候是醉卧在床上。澡不洗、衣不换、脸不刮，整个儿一副邋邋遢遢的样子。更为糟糕的是，他经常半夜三更被噩梦惊醒，醒来后，便从枕头底下拿出杨菊兰的胸罩、短裤，然后一边抚摸，一边哽咽。

时间过得很快，一转眼，三天又过去了。

这天晚上半夜时分，王怀仁迷迷糊糊地从醉酒沉睡中醒来，觉得头特别的痛，肠胃里不断地传出隐隐约约的灼烧感。他动了动四肢，竟发现手和脚有些麻木无力了，右手掌还有点微微颤抖。于是，他打开灯，从床头柜上拿起一瓶粗劣的谷烧酒，哆哆嗦嗦地打开瓶盖喝了一大口，然后放下酒瓶，又躺倒在床上了，希望能够像往日一样很快地就昏睡过去。然而今天却反常，他无论如何都无法入睡。杨菊兰那白净漂亮的脸蛋，总是浮现在眼前，那关切慈祥的话语，总是萦绕在耳边，抹不了、挥不去。于是，他索性坐起来，从枕头底下拿出所珍藏的杨菊兰的东西，一边轻柔地抚摸，一边喃喃自语，还忍不住地掉下了几滴伤心的眼泪。

"你倒好，一了百了。可我呢？我怎么办？没有了你，我活着还有什么意义啊！……是谁害了你啊……你托个梦告诉我，我一定给你报仇。我发誓：血债要用血来偿！"

念叨完后，王怀仁小心翼翼地把胸罩、短裤和丝袜叠好，下床找来一块干净的塑料薄膜，将东西精心地包扎起来，想趁着天还未亮，悄悄地把它埋在杨菊兰家屋后的竹林里。

王怀仁在黑暗中摸索着来到竹林里，选了一块较为平坦的草地，挖了一个坑，然后跪下来，双手捧着塑料包，小心翼翼地把它放入坑里，自言自语地说："我虽然不能安葬你的遗体，但我可以为你造一座衣冠冢，希望你在天国过得快乐……过得幸福，过得……"话还没有说完，人已经泣不成声了。

王怀仁哭了好一会儿，哭累了，才恋恋不舍地往坑里填土，并堆起了一个不大不小的土堆。堆完土，又跪下来，对着土堆虔诚地磕了三个头，然后才一步一回头地往回走。

虽然是深更半夜，但王怀仁的一举一动，还是被陈亮安装的热成像监控探头尽收眼里。

王怀仁回到家时，天已经亮了。

自从被专案组传讯回来后，王怀仁就再也没有打扫过家里的卫生了。家里面已经脏乱得不成样子了。

木制沙发上堆满了衣物，酒瓶子丢得到处都是，花生壳、食品包装袋撒落在地上、桌子上，甚至是床上。

过去，他每天都会花上一些时间来拾掇家里，现在再也没有这个心情了。

王怀仁冷淡地扫视了一眼屋子里那些肮脏凌乱的东西，口里念叨了一句戏曲唱词："花开花落易如意，心活心死难随缘。"

念叨完，便无精打采地跌坐在沙发上，静静地坐在那里发呆，一副颓萎、憔悴的样子。

也不知道过了有多久，王怀仁突然性情大变。

只见他双手捋了捋满头乱发，侧头闻了闻身上的酸臭味道，然后站起来，把身上臭烘烘的衣服脱下往沙发上一扔，做了一个戏台上的亮相动作，举目四顾，唱道：

"花到凋谢人悲切，仰头长啸问苍天。怒发冲冠为知己，抱怨雪耻法无边。"

唱罢，王怀仁"嘿嘿嘿"地怪笑了几声，脸上竟露出了神秘、诡异的微笑。

陈亮把王怀仁深更半夜给杨菊兰建造衣冠冢以及一个人在家里哭泣和怪笑等一些怪异举动及时报告给了文斌，文斌听后，略一思索，便在电话里提醒道："你可要注意了，这个王怀仁接下来还不知道会做出什么稀奇古怪的事情来，一定要小心提防。"

"就他？每天喝得烂醉如泥的，还能玩出什么新花样来。"陈亮不屑一顾地说。

"我说你呀，还是嫩了一点，想问题就是过于简单，"文斌像师傅教徒弟一般地教训道，"你知道杨菊兰在他心目中有多么重要吗？毫不夸张地说，那就是他赖以生存的生命支柱。现在杨菊兰死了，这就意味着他失去了生存的目标和意义，从此后，这个世界在他眼里已经变得可有可无的了。试想一想，一个对现实世界完全失去希望的人，又会做出什么事情来呢？"

"自杀？"

"对，自杀。但你只说对了一半。自杀也许只是其中的一种可能性而已，怕就怕还有其他的可能性，比如杀人。"

"杀人？杀谁？杀凶手？可是，连我们都还不知道凶手是谁，他杀谁去？"

"正因为我们不知道凶手是谁，所以我要提醒你保持警惕嘛！"

"嗯，我明白了。"

"明白什么啦，我话都还没有说完，你就明白了？你给我听清楚啰，虽然我们不知道杀害杨菊兰的凶手是谁，但并不代表王怀仁不知道。退一步讲，即使他不知道真凶是谁，但也不能排除他心目中就没有假想的凶手吧。万一他要对自己假想的'凶手'下手呢，你怎么办？"

"哦，经你这么一说，我突然想起来了。王怀仁一直怀疑王松柏是杀人凶手，一口咬定是他杀害了杨菊兰。"

"对啰，你现在明白自己的任务了？"

"明白了，一是防止他自杀；二是阻止他杀人。"

"知道怎么做吗？"文斌还是有点不放心。

"知道。他在家里的一举一动都在我们的掌控之中，想自杀没那么容易。至于到外面去行凶嘛，我得马上去勘探王松柏的居所，要制定一个完美的应急预案，以防不测。"

"这还差不多，有进步。"文斌表扬道。

然而，接下来发生的一件怪事，让陈亮又不得不改变了防备王怀仁自杀或杀人的观点。

这天下午，王怀仁一改往日邋里邋遢的形象，动手把家里打扫得干干净净，东西收拾得整整齐齐，然后给自己洗澡、刮胡子、换干净衣服，把自己打理得清清爽爽。又从衣柜里拿出了杨菊兰送的那双自己一直舍不得穿的旅游鞋，穿上后，大摇大摆地走出了家门。

目睹了王怀仁的突然变化，陈亮感到十分惊讶。他心里想："这个王怀仁，总算是走出了心理的阴影，终于大彻大悟了。看来文队长的担心是多余的了。"

陈亮悄悄地离开监控点，来到指挥部，向文斌请求批准解除对王怀仁的监视。

陈亮说："从王怀仁的情绪变化来看，似乎他已经解开了心结、走出了困境，心态恢复了健康，生活方式也回归了正常，无需对他继续实施监视了。"

文斌听了后，心里有些犹豫，便将请示的目光望向林云涛。

林云涛沉默了好一阵，才沉稳地说："假如王怀仁对杨菊兰的爱至深至切的话，面对杨菊兰的突然死亡，恐怕在短时间内，他是很难做到心绪释然、收放自如的境地的，除非他对杨菊兰的爱是假心假意、逢场作戏。"

"你的意思是还不能撤销对王怀仁的监控？"文斌问。

"不但不能撤销，而且还要加强！"林云涛用坚定的语气回答。

"明白。我马上安排。"说完，文斌侧过身子对陈亮说："林支队长的话你听到了吧，赶快回去工作吧。"

"可是……可是在一个小小的村子里，根本做不到在屋外近距离跟踪监视呀。"陈亮感到心里没底，有些迟疑地说。

"不能近距离跟踪监视，总可以远距离跟踪调查吧。"文斌说。

"我还是不明白。"陈亮瞪着一双迷惘的眼睛问。

"唉，我说你真是个书呆子。"

林云涛见文斌又要训斥人了，便急忙打断他，抢过话来说："你们队长的意思是，王怀仁走到哪，你就调查到哪。比如他到了什么地方，接触了谁，做了什么事，等等。然后根据调查收集到的情况进行综合研判，分析推断出他下一步的行动，从而决定应采取的对策。"

"哦，我明白了。"陈亮恍然大悟地说。

待陈亮走后，林云涛批评文斌道："小陈是刑侦线上的新兵，你不能用老侦查员的标准来要求人家。培养一名优秀的侦查员，不能光靠责怪训斥，而是要用耐心去引导、教育。"

"师父你批评得对！我这个急性子老是按捺不住，今后我会多加注意的。"文斌诚恳地点了点头说。

陈亮采取监视、跟踪和调查相结合的方式，很快就搞清楚了王怀仁的活动轨迹和内容。

原来王怀仁把家里打扫得整洁干净，把自己的外表捯饬了一番，穿上旅游鞋，大摇大摆地出门，竟是直接去了陆翠萍的家里。

"翠萍姐，明天是我三十岁生日，我想请戏班子唱三天大戏。"王怀仁找到陆翠萍，对她说。

"哎呦喂！太阳打从西边出来了吧？你从来不过生日，怎么会突然想到给自己过生日，还要搞这么大的排场？"陆翠萍惊讶地问道。

"男人嘛，三十而立，应该的。"

"恐怕演不了。"

"你是担心演出费吗？你放心，钱一分都不会少。"

"这不是钱的问题。"

"那还有什么问题？"

"唉！你又不是不知道，王松柏那半疯半癫的样子，还能唱戏吗？"陆翠萍反问道。

"能。他就是个戏痴，表面上看好像是半疯半癫，其实只要上了戏台，他就什么病都没有了。"王怀仁显得很内行的样子说。

"呀，还有这样的事？"

"当然有。"

"你怎么知道？"

"我咨询过医生，医生就是这么说的。"王怀仁笃定地说。

"经你这么一说，我倒想起来了，我好像在电视剧里也看到过这样的事情。"陆翠萍回忆道。

"你说得对，在电视剧里，特别是韩剧里，像这样的事情太多了。"

"咦，要是这样的话，说不定还能帮他把病治好呢！"

"那是当然！必须的！"

"那好吧，我们一起去跟他商量。"

"诶，这么简单的事，还用得着两个人一起去吗？不如这样吧，我们两人分工，你去找他商量，我去通知戏班子里的其他人。"

"好吧，就这么定了。"

"记得跟大家说，明天下午六点，各自带好服装、道具，到村西头的祠堂里集合，晚上八点准时演出。晚饭各自解决。"分手时，王怀仁对陆翠萍叮嘱道。

"王怀仁，你也太抠门了吧，哪有包场不管饭的？"听王怀仁说不管晚饭，陆翠萍有点生气地说。

"唉！我这不是没有办法吗，我光棍一条，谁来做饭？"

"那大家也不能饿着肚子唱戏吧？"

"这样吧，我多出点演出费，把吃饭的钱算到里面去，大家各自在家里吃，行吗？"

"这还差不多。"

"那就这么定了？"

"一言为定！"

听了王怀仁的提议，原本就对采茶戏同样酷爱的陆翠萍，兴致勃勃地来到了王松柏的家。

王松柏依然是坐在八仙桌旁，一边抄写剧本，一边哼唱着戏曲。陆翠萍一进门，便左手挽袖托臂右手食指搭脸，踩着戏曲里的碎步往里走，用戏曲腔调唱道："官人啦，你在做什么？"

听到陆翠萍的唱腔，王松柏立即放下笔站起来，眼睛里顿时闪耀出兴奋的光芒。他离开桌子，配合陆翠萍走了一趟圆场步，然后娴熟地做了一个甩袖亮相动作，唱道："娘子啊，夜静正是读书时，来年金榜题名归。"唱完后，两人相视而笑。

陆翠萍把来意说了一遍，王松柏听后，兴奋得双手抚掌，连叫了三声"好！好！好！"

事情就这么定下来了。

第二天下午六点不到，戏班子里的人就陆陆续续地来到了村西头祠堂。

王秃子和王麻子等人扛着服装箱、道具和乐器，兴高采烈地走来了。大家有说有笑，场面非常热闹，洋溢出节日般的喜庆。

陈亮一路跟踪王怀仁，也来到了祠堂。他混在瞧热闹的人群中，暗中观察周围的动静。

戏台是现成的，从祠堂盖起来的那天起，就搭建好了的，一直没有拆除过。

演员们开始忙碌起来了，他们有的在布置道具、有的在整理服装、有的在调试乐器，大家忙得不亦乐乎。

王松柏、陆翠萍已经开始化装了。在戏班子里面，他们两人是台柱式的人物，那些杂七杂八的事情，从来用不着他们去做。

陈亮观察了好一阵，没有发现什么异常，心想：光天化日之下，众目睽睽之中，出不了什么幺蛾子。于是就离开了。

陈亮回到指挥部，看到文斌、郭弘和林云涛三人盘腿坐在简易床铺上，正在讨论凶案现场有关问题。他不敢贸然进去打扰，便径直来到祠堂后面的厨房，看看还有没有吃的。刚好还有一些剩饭剩菜，于是，他坐下来，津津有味地享受起来。可刚刚吃了两口，就听到郭弘在叫他。他只好端着饭碗来到祠堂里。

郭弘说："队长已经看到你了，要你过来汇报工作情况。"

文斌招呼他在另一张床铺上坐下，然后问起王怀仁的情况。

陈亮索性把饭碗往旁边一放，简明扼要地把王怀仁过生日请戏班子唱戏的事做了汇报。

文斌听完后，沉默了好一会儿，问道："他的生日是今天吗？"

"我查过了，今天是他的阳历年生日。"

"唉，这就奇怪了。据我所知，这边乡下过生日，一般都是指阴历年。"

郭弘不愧为"秀才"，知道的就是更多。

"这么巧呀？"文斌像是在自言自语地说。

"可不是吗，当时我也感到有些蹊跷，但调查了以后就不觉得奇怪了，不管阳历也好，阴历也罢，毕竟是他的生日吧。"陈亮很自信地说。

"你不觉得奇怪？"文斌问。

"我去过演出现场，没有看出有什么异常。"

"今天他们演的是哪一出戏曲呀？"林云涛在旁边突然问道。

"这个我不太清楚。"

"唔，我总觉得有哪里不对劲。这样吧，你赶紧吃饭，吃完后回到演出现场去。要盯紧点。"文斌说。

"啊！有这个必要吗？"陈亮不解地问。

"有备无患嘛！"文斌表情严肃地说。

"那好吧，我这就去。"陈亮嘴里虽然答应着，心里却在嘀咕："是不是有点小题大做呀。"

待陈亮出门时，林云涛叮嘱道："到演出现场后，一定要打听一下今晚演什么曲目，及时向指挥部报告。"

"明白。"说完，陈亮饭也不吃，匆匆忙忙地走了。

没过多久，陈亮就从演出现场打来了电话，报告说今晚演出的曲目是《十五贯》。

林云涛放下电话，沉默了一会儿，问："几点了？"

"现在是八点差五分。"文斌看了一下手表，回答说。

"看来我们有必要去欣赏一下采茶戏了。"林云涛脸上露出了高深莫测的微笑。

"对,我们想到一块儿了。"说完,文斌从公文包里掏出了一支强光手电筒。

林云涛和文斌来到村子西头,循着锣鼓声找到了祠堂。戏已经开演了。

戏台下有不少观众,男女老少都有,他们或坐或站,都在认真看戏,秩序井然。

有一名妇女怀里的婴儿被一声响鼓惊醒,哇的一声大哭起来,那妇女也懒得哄他,直接把衣服往上一撸,露出胸部给孩子喂奶,孩子的哭声便戛然而止。

村妇女主任李冬香也在台下看戏,看到林云涛和文斌来了,便热情地过来打招呼,脸上堆满了笑容。

"两位领导,你们也来看戏呀?"

"来凑凑热闹。"文斌把头靠近她耳边轻声说。

"我去帮你们搬凳子。"

"不用,我们转一转就走。"文斌拉住她说。

林云涛退到祠堂大门口,招手要李冬香过去,然后问:

"我记得《十五贯》这出戏里面有几个主要人物,一个是屠夫尤葫芦,一个是知府况钟,还有一个是杀人越货的娄阿鼠。你知道今晚这三个人物分别都是由谁来扮演吗?"

"一般情况下,戏里的英俊小生和达官贵人都是由王松柏扮演,小旦由陆翠萍扮演,像'小蟊贼'这一类的丑角,一般都是由王怀仁扮演。不过有时候,根据剧情的需要,他们也会临时替换角色,毕竟演员不够嘛。"

这时,戏台上出现了一个左手提着一串铜钱、右手拿着一只酒葫芦的人。只见他举起酒葫芦做了一个仰脖饮酒的动作,然后开口唱道:"老汉我今年五十九,杀猪宰牛赚富有。你若问我多富有?嘿嘿!家财万贯胜官府……"

李冬香看到戏台上的人物,皱了皱眉说:"今天这出戏是怎么啦,他怎么扮演起屠夫来了?"

"谁?"林云涛问。

"王松柏。"

"啊！是他？"林云涛大吃一惊，赶紧望向戏台。

戏台上，屠夫好像在跳醉酒探戈一般，踉踉跄跄地走向一张长方形凳子，一屁股跌坐下去，用贪婪的眼神看了看手里的那串铜钱，又望了望周围，确认没人后，便把铜钱塞进怀里，用手在外面按了按，然后才心满意足地躺下睡觉。

这时，一个身穿黑色紧身衣的人，从戏台后翻着跟斗出场。看那穿着打扮，就知道那是"小孟贼"娄阿鼠。

林云涛问李冬香："这个'娄阿鼠'是谁在扮演？"

李冬香望了一眼戏台上，说："是王怀仁。"

林云涛惊叫了一声"不好！"

文斌听到后，立即撒开步子往戏台那边冲过去。

文斌冲到戏台下，正好看到"娄阿鼠"从腰间抽出一把明晃晃的尖刀，慢慢地向躺在凳子上假装睡觉的屠夫靠近。于是，他右手在戏台边缘一按，弹跳到台上，然后果断地来了一个鱼跃前扑，一下就将"娄阿鼠"扑倒在地，快速地从他手里夺过尖刀。"娄阿鼠"拼命地挣扎，大声地叫唤："放开我，放开我，我要替天行道，我要报仇……"

文斌给王怀仁戴上手铐，这时，陈亮从后台冲了过来。

文斌把王怀仁交给了陈亮，然后面对观众，双手抱拳，对观众说："各位父老乡亲，今天的演出到此结束，请你们回去休息，改天再给你们安排精彩的演出。"

李冬香也赶紧爬到戏台上，帮助文斌疏导观众散场。村民们虽然不清楚眼前发生了什么事情，但在她的指挥引导下，秩序井然地离开了现场。

面对侦查人员的审讯，王怀仁显得非常淡定和配合。

据他交代，之所以要策划杀害王松柏，是因为他心里面已经认定王松柏就是杀害杨菊兰的凶手，他要为她报仇。之所以选择在戏曲中杀人，除了有仪式感以外，更主要的还是因为他对戏曲《十五贯》的情节了如指掌，知道里面有一出戏是娄阿鼠为了盗抢铜钱，潜入屠夫尤葫芦家进行杀人越货。如果利用这个情节杀人的话，不仅可以大大地提高成功率，还可以把责任推到提供道具的王秃子身上，从而减轻自己的罪责。因为平时演出用的是一把橡胶匕首，只要悄悄地换成一把真的就可以了。

王怀仁因故意杀人（未遂）罪被刑事拘留。王松柏则由乡政府和派出所派人送到精神病医院住院治疗去了。

这场闹剧的发生，虽然可以证明王怀仁不是杀害杨菊兰的凶手，但无法排除王松柏的嫌疑。因为无论如何，一个能在戏台上唱戏的精神病人，当然是具有杀人的行为能力的。但杨菊兰究竟是不是他杀的，恐怕只有等到他的病情好转后才能搞清楚了。

十四　解救

在王怀仁策划杀害王松柏的这件事情上，陈亮总觉得自己经验不足，处置不当，差一点就酿成了大祸，于是主动向指挥部作检讨。

文斌收到陈亮交来的检讨书后，并没有批评他，而是引用了罗曼·罗兰的一段话来鼓励他："累累的创伤，就是生命给你的最好的东西，因为在每个创伤上面，都标志着前进的一步。"

陈亮把这段话抄写在日记本的首页上，作为座右铭。然后请示下一步的工作任务。

文斌权衡了一下，便安排他去支援吴良义。

陈亮找到吴良义时，他正在白田乡调查那起儿童被诱骗拐卖案。

吴良义坐在派出所的会议室里，正在和当年的办案人员交流。见陈亮来了，便简单地向他介绍了案情。

2013 年 5 月 13 日傍晚，白田乡白田村的一户肖姓人家，家里一个名叫肖欣欣的三岁儿童在家门口玩耍时，被人诱骗走了。当时正好有一个骑摩托车路过的外乡人看到人贩子是一个穿着比较洋气的妇女，但并不认识。由于现场附近没有安装监控探头，加上孩子的父母误以为孩子去了奶奶家，所以没有及时报案，导致案件侦查遇到了困难。

"你来得正是时候，"吴良义解下缠在手腕上的毛巾，擦了擦额头上的汗，沙哑着嗓子说，"我尝试过走访、悬赏、协查等各种传统的侦查方法，但仍然找不到突破口。你年轻，脑子转得快，帮我想想还有没有其他更好的办法。"

"吴哥，你太客气了，我是来跟你学徒的。再说了，我还不知道你的侦查思路是什么，怎么能想得出更好的办法呢？"

"我的思路很简单，就是先找到失踪的儿童，然后顺着他被拐卖的轨迹进行倒查，从而挖出人贩子，再从人贩子身上寻找与'8·28'凶杀案失踪婴儿的关联性。"

"哦，是这样呀。我还真有一个建议，不知道行不行？"

"说说看吧。"

"据我所知，公安部已经建立了失踪人员数据库，我们是不是可以利用一下这个平台，说不定会有所收获呢。"陈亮用略带谦虚的口吻说道。

"我听说这个数据库目前好像还不是很成熟，怕是效果不一定会很好啊。"吴良义有些担心地说。

"死马当活马医呗，说不定还真就碰巧撞上大运了呢。"

"那好吧，我们去受害人家里提取一些必要的资料。"

吴良义和陈亮来到受害人家里，看到的是一幕令人心痛、酸楚的凄惨景象。

幸福的家庭都是相似的，不幸的家庭却各有各的不幸。自从肖欣欣被人诱骗失踪后，原本幸福的一个家，就此滑落到了水深火热之中。

肖欣欣的父母为了寻找失踪的儿子，走南闯北，到处寻访，不仅耗尽了家里所有的积蓄，而且债台高筑，最后连房子都用来抵债了。

奶奶因痛失孙子，竟一病不起，没过多久，便在思念中怨恨地离世；母亲因痛失儿子，日夜哭泣，最后患上了严重的抑郁症；父亲因寻找儿子，心力交瘁，几乎到了精神崩溃的边缘。

吴良义怕刺激到这对可怜的夫妻，便故意隐瞒了苍山下村凶杀案，只说是公安机关重新启动了对肖欣欣失踪案的调查，希望他们能够提供一些相关资料。

在肖欣欣父亲的配合下，调查人员提取到了肖欣欣父母亲的血样，还有肖欣欣失踪前的照片及有关信息。

离开受害人家时，吴良义从公文包里掏出五百块钱交给陈亮，并给他使了个眼色。陈亮明白吴良义的意思，便也从包里掏出仅有的五百块钱放在一起，然后塞到肖欣欣父亲手里，说："这点钱你们先拿去用，寻找欣欣的事就交给我们来办，我们一定竭尽全力，尽快把你们的儿子寻找回来。"

肖欣欣父亲接过钱，泣不成声地说了一声"谢谢！"

陈亮将血样送到理化实验室，交给吕玫做 DNA 检验，待结果出来后，再输入全国失踪人口数据库进行比对。

检材交接完毕后，陈亮依然没有离开的意思，他望着吕玫，一副欲言又止的样子。

吕玫动作麻利地穿戴好检验防护服，走到 DNA 实验室门口，转过身来说："你是现在说呢，还是等我把工作做完后出来再说？"

"我就想说一句话，说完就走。"陈亮有点不好意思地说。

"那就快说呗！你没有看到我很忙吗？"吕玫故意装出严肃的表情说。

"我……我想……"陈亮脸蛋憋得通红，就是不好意思说出口。

"你再不说我就进去工作了。"

"我说，我想等'8·28'凶杀案件侦破后，带你去我家见见我父母。"

"瞧你这点出息，就这么一点事，还吞吞吐吐地不好意思说。"吕玫微笑着嗔怪道。

"我……我这不是怕你拒绝吗？"

"你就这么不自信？你从哪里看出来我会拒绝呀？"

"那你是同意了。"

"嗯，正好我爸妈也天天催着我带男朋友回家呢。"

"太好了！女神万岁！爸妈万岁！"陈亮兴奋得一边高呼万岁，一边连蹦带跳地跑走了。

望着陈亮欣喜若狂的样子，吕玫念叨了一句"真是个阳光小子"，心里不禁涌起了一汪清泉，甜甜的，温温的，润润的。

陈亮在全国范围内选择了几个重点区域，准备把肖欣欣的照片和有关信息通过微信公众号在网上发布。但吴良义认为，这样的信息发布，只相当于一份寻人启事，没有实质性的意义，应当要在网络协查上加上悬赏，这样才会引起别人的注意。

可赏金由谁来出呢？受害人家里已经是家徒四壁了，哪有什么赏金可谈。于是，吴良义电话请示文斌。文斌也做不了主，只好请示局长冯江。冯江当场拍板，设定了五万元的悬赏金。

重奖之下必有勇夫。悬赏通告在网上发布后，第二天就有人从外省打来电话咨询，求证悬赏金的事是不是真的。得到肯定答复后，对方提出在南方某城市某宾馆见面，一手交钱一手交情报，并发来了一张儿童的照片。

照片上，一个身穿灰色汗衫的小男孩，手里拿着一根棒棒糖，眼神里充满了紧张与恐惧。仔细一看，正是肖欣欣。

吴良义不敢贸然前往接头，便带着陈亮直奔指挥部汇报。

文斌听完汇报后，立即下令前往接头，尽快将肖欣欣解救回来。但被林云涛制止了。

"你们先别急着前往接头，我看这里面有问题。"林云涛仔细看了看照片后说。

"有问题？"大家不解地问。

"你们看，这照片上的孩子看上去顶多只有三岁，而肖欣欣是三年前失踪的，现在应该有六七岁了，如果照片上的孩子真是肖欣欣的话，那么这张照片就应当是三年前拍摄的。试想一下，三年前能给肖欣欣拍摄照片的人会是谁呢？"

"当然是与肖欣欣有过接触的人喽。"吴良义回答。

"那什么人能与他接触呢？"林云涛又问。

"唔，除了其父母家人外，应该就是他在被拐卖过程中与他有过接触的人，比如负责诱拐的人员、负责运输的人员、负责中转的人员以及买主等。"文斌一边思索一边回答。

"对，所以你们这次去，不是简单地去接头获取情报，而是要采取行动。"林云涛微笑着说。

"不会吧？如果这个人是人贩子的话，我相信他不至于愚蠢到这种地步，竟敢与警察玩捉迷藏的游戏。"吴良义摇了摇头说。

"我没有说这个人就是人贩子呀。"林云涛依然是微笑着说。

"林支队长说得对，这个人不一定是人贩子，有可能是在肖欣欣被拐卖过程中，在某一个环节与他有过接触的人。但有一点是可以肯定的，这个人应当与拐卖儿童案件有着某种关联。"

"那下一步怎么办？"吴良义问。

"去是一定要去的。唔，我看这样吧，你可以多带两个人去，以防万一。"林云涛思索片刻后说。

"队里已经没有人了，全部都在外面办案子。"吴良义说。

"这好办，案子是白田乡的，你让白田乡派出所派两个人和你们一起去，不就解决问题了吗？"文斌提醒道。

"对呀，我怎么就没有想到。"吴良义有点不好意思地笑了笑，然后向陈亮使了个眼色，两人匆匆忙忙地走了。

吴良义向白田乡派出所要了两名年轻的干警，一行四人马不停蹄地赶到南方某城市。

为了慎重起见，吴良义将陈亮等三人提前安排到约定的接头地点埋伏好，自己则按照约定的时间前往接头。

吴良义来到某宾馆大厅，一看时间，离对方约定的接头时间还差十分钟，于是便在大厅里的沙发上坐下来，一边观察周围的动静，一边等候对方。

上午十点，对方约定的时间已经到了。就在这时，一个五十多岁又矮又胖的男人鬼鬼祟祟地走进了宾馆，只见他东张西望，神色极为可疑。

一看那架势和神态，吴良义就断定这个人是来接头的，于是向他招了招手。矮胖男子看到有人向他招手，便慢慢地走过来，迟疑地看了看吴良义，然后小心翼翼地在旁边的沙发上坐下来。

"你就是打电话说要向我们提供线索的人吧？"吴良义直截了当地问。

"嗯，是。"矮胖男子点了点头。

吴良义解下手腕上的毛巾，做了个擦拭额头上汗水的动作，以此向设伏人员发信号。陈亮看到他发出的信号，便带领侦查人员从藏身处冲过来，将矮胖男子牢牢地摁在沙发上。

矮胖男子被这突如其来的阵势吓蒙了，一边挣扎，一边颤抖着说："别误会，别误会。这件事与我无关，我是来提供线索的……"

吴良义挥了挥手，示意侦查人员放开他，让他说下去。

侦查人员放开手，矮胖男子坐直了身子，揉了揉被拧痛的胳膊，用委屈责怪的眼神看了看旁边的侦查人员，然后对着吴良义说："你们真的是误会了，我不是人贩子，我只是一个开小餐馆的小老板，只不过在三年前，我曾经见过那个孩子而已。"

"你怎么知道我们在找那个孩子？"吴良义问。

"对不起，我可以先看看你们的证件吗？"矮胖男子有些不放心，提出要先看侦查人员的证件。

"当然可以。"

说完，陈亮掏出警官证给他看。矮胖男子接过去看了看后还给他，然后放心地点了点头。

"现在可以谈了吧？"吴良义问。

"可以。我是开小餐馆的，每天都有人通过网络订快餐。前天听一个送快餐的小哥说，网上有人悬赏五万元寻找一名被拐卖的儿童，于是我就想起三年前偶然拍到的一张照片。我从手机里调出照片，与网上登载的照片一比对，发现正是你们要找的那个孩子。"

"会有这么巧的事？你哄三岁小孩吧。快说，你把这孩子拐卖到哪里去了？"陈亮瞪大眼睛看着他，厉声质问道。

"真不是我！真的是碰巧拍到了那个小孩的照片。"矮胖男子急切地辩驳道。

"那你怎么会想到给我们打电话？"吴良义追问道。

"一是我觉得知情不报，良心上过不去；二是抵挡不住金钱的诱惑，想得到这笔赏金。所以就给你们打了电话。"矮胖男子有点不好意思地笑了笑说。

"仅凭这张照片就想拿到这笔赏金？你也未免太天真了吧！"陈亮用略带嘲笑的眼神望着矮胖男子说。

"这个道理我当然懂得，可我还有其他的线索呀。"矮胖男子脸上有了几分自信。

"嘿！我警告你，欺骗警察的后果可是很严重的！"陈亮厉声警告他。

"呃，你先别打岔，让他把话说清楚。"吴良义制止陈亮插话，然后对矮胖男子说："兄弟，请你把当时的情况详细地说说。"

"好的。那是三年前的事了，具体时间已经记不清了。由于我的小饭馆就开在本市长途汽车站附近，所以经常会有外地的乘客来店里吃饭。那天，有一对男女，带了一个三岁左右的小男孩到店里来吃饭，听他们口音不像是本地人。孩子是由那个妇女抱着进来的。由于孩子一直挣扎着要下来，并不停地哭喊着要妈妈，于是我就判断那两个人并不是孩子的父母。后来那男人从背包里拿出一根棒棒糖塞在孩子嘴里，孩子才停止哭喊。女人将孩子放在一张椅子上，就匆匆忙忙地上厕所去了。男人点了两份炒河粉，然后就从口袋里掏出手机来看。因当时我对那两个人的身份产生了一丝怀疑，所以就多了个心眼。我趁着那个男人低头看手机之机，用自己的手机悄悄地拍下了小男孩的照片。后来，我又把手机搁放在货架上，打开摄像功能，把那个女人买单的镜头给录下来了。"

"你当时为什么不报警？"吴良义问。

"当时我只是有点怀疑，并不十分确定。"

"照片和录像呢？"

"在我手机里。"

"手机呢？"

"没带在身上。"

"为什么？"

"我怕遇上骗子，所以就没敢带在身上。"

"嘁，你是怕得不到那笔悬赏金吧！"陈亮冷笑道。

"嗯，也有一点这个意思吧。"矮胖男子不好意思地笑了笑。

"你提供的情况对我们很重要，但必须经过我们查证，如果属实的话，赏金一分都不会少你的。这一点，请你务必要相信。"吴良义郑重其事地对矮胖男子说。

"我相信。"矮胖男子点了点头回答。

"那你现在带我们去拿手机吧。"陈亮把矮胖男子拉起来，挽着他的肩膀要往外走。

"不用出去，手机就在门口。"说完，矮胖男子朝大门口挥了挥手，一个年轻姑娘就跑了过来，将一部手机交给他。

陈亮警惕地问："这姑娘是谁？"

矮胖男子笑了笑说："是我店里的服务员。"

陈亮从矮胖男子手里接过手机，面对面地加了微信，然后把小男孩的照片和中年妇女买单时的录像发到自己的手机上。

"你还记得那两个人的口音像是哪里的吗？"吴良义趁着陈亮还在提取矮胖男子手机里的数据之机，继续向他提问。

"听上去有点像客家话。反正不像我们本地的口音。"矮胖男子回忆着说。

"那女人买单是付的现金吗？"

"是的。总共才十二块钱。"

"后来呢？"

"吃完炒河粉后，他们就抱着孩子走了。"

"往哪个方向去了？"

"不知道。当时店里正好又来了客人，我忙着接待去了，没注意。"

"你还有什么要向我们反映的吗？"

"没有了。"

"那好吧，你把家庭住址和通讯方式留下，先回去，待我们查证后再跟你联系。"

"好的。"

送走矮胖男子后，吴良义和陈亮开始研究那段视频。

陈亮打开笔记本电脑，从宾馆前台服务员那里问到了无线网络密码，登录后，将手机微信里的视频传输到了电脑上。

视频中，一个三十来岁的妇女站在小餐馆的柜台边付钱。体形偏瘦，蓄一头长发。脸上皮肤较白，颧骨较高，双眼凹陷，表情冷漠，眼神忧郁。从穿着和举止来看，不像是农村妇女。

吴良义用电话把接头的情况向指挥部作了汇报，又要陈亮把视频转发给了文斌，并强调人贩子有可能是本县或邻县的客家人。文斌接收到视频后，交代他们在原地待命。

文斌立即把韩珂玉和辛丹青召集到指挥部，安排他们对视频中的人贩子迅速展开调查。

辛丹青一看视频，立即就想到了一个人——王松柏的前妻曾小君。

文斌感到十分奇怪，问她是怎么看出来的。

"队长你忘了？前几天你不是派我和师兄去调查过王松柏吗，我和师兄去过他家里，看到墙上挂了一个镜框，上面有一张全家福合影照，里面就有视频上的这个女人。"辛丹青解释道。

"咦！我怎么不知道有这回事呀？"韩珂玉也感到有些奇怪。

"当时我们一进屋，你就忙着与王松柏谈话，我就在屋子里转悠，所以就看到了那张全家福合影照。"辛丹青脸上露出了自豪的表情。

曾小君是邻县枫树镇人，与苍山乡只有一山之隔。今年三十二岁。七八年前嫁给王松柏，婚后生了一个女孩。后因忍受不了丈夫的"戏痴"行为而闹离婚。离婚后带着女儿回娘家去了。

为了抢时间，林云涛一边指示邻县刑警大队对曾小君展开先期侦控，一边带领辛丹青驱车前往。

虽然是两个县，但相隔并不远，只有一个小时的车程。

林云涛赶到曾小君家时，当地警方已经在那里等候了。

曾小君的家里只有一个六十来岁的老太婆和一个七岁左右的小女孩。老太婆是曾小君的母亲，正在织毛衣；小女孩是曾小君的女儿，也是王松柏的女儿，正在做作业。

据老太婆讲，曾小君一直在南方某城市打工，只有逢年过节才会回来。平时也不会与家里联系，只是每次回来都会给家里留下足够的生活费。至于曾小君的工作单位、联系方式和住址，老太婆一概不清楚。

趁着林云涛与老太婆谈话之机，辛丹青亲切地坐在小女孩身边，一边温柔地抚摸着她那娇嫩的肩背，一边用温润的声音问："小妹妹，你今年几岁啦？"

"七岁。"小女孩抬起头，眨闪着一双纯真的眼睛看了看辛丹青那和蔼可亲的脸庞，用稚嫩的童声回答。从那眼神里，辛丹青似乎看到了王松柏的影子。

"读几年级啦？"

"一年级。"

"看你做作业这么认真，学习成绩一定很好吧？"

"嗯！"小女孩很自信地点了点头。

"咿呀，啧啧！小妹妹的字写得好漂亮呃……"辛丹青一边说着夸奖的话，一边装着很随意的样子翻阅起小女孩的课本和作业本来。当翻阅到一本微型记事本时，在末页看到写了两串手机号码，一个是"妈妈 151××××××××"，一个是"老师 139×××××××"。辛丹青不露声色地暗暗记下了这两串号码。然后朝林云涛使了个眼色。

离开曾小君家里，辛丹青快速默写下手机号码，交给林云涛，说："我判断其中的一个号码应当是曾小君的。"

林云涛接过号码，赞赏地点了点头，然后就给吴良义打电话。

电话接通后，林云涛直截了当地说："良义，根据调查，人贩子可能是王松柏的前妻曾小君。"

"啊！是她？！这天底下竟然有如此巧合的事！"吴良义沙哑着嗓子说。表情十分惊讶。

"嗯哼，还有更巧的事呢，她现在就在你们所在的城市里打工。"

"哦，那太好了！"吴良义兴奋地说。

"曾小君的照片你那里已经有了，我现在把她的手机号码发给你，请你立即展开侦查工作。相关法律手续随后就到。"

"是，保证完成任务！"吴良义用沙哑而又坚定的语气回答道。

根据手机里的电子数据，侦查人员很快就查到了曾小君的踪迹。

原来曾小君是在一处涉黄娱乐场所里做小姐领班。娱乐场所的名字叫"妖狐歌舞迪吧"。

夜幕降临，华灯初上。南方的城市，夜景格外艳丽。大街小巷灯火通明，喧哗热闹。

"妖狐歌舞迪吧"的门面装饰得金碧辉煌，霓虹灯变幻闪烁，光影耀眼，五彩绚烂。进到里面也是幻灯魔影、富丽堂皇。

在劲歌热舞声里，一群打扮得娇俏妖艳的坐台小姐分列于大堂两边，正在搔首弄姿、卖弄风情地迎接着客人。进到这里来的客人基本上是男士，他们有的色眼迷离，眼光不停地在小姐们的身上游走；有的醉态朦胧，口无遮拦，大有"我就是皇上，我就是玉帝"的派头。看上去，好一派灯红酒绿、纸醉金迷的奢靡景象。

陈亮换了一身便装，带了一名侦查人员，大摇大摆地进入迪吧。

他知道，来这种地方，虽然是来执行任务，但单位上是不管报销费用的，于是只好自掏腰包，开了一间最低消费为 888 元的小包厢，点了一些最便宜的啤酒。

他们刚刚坐下来，便有一个穿黑色职业装的女领班扭捏作态地走进来，问他们要不要叫陪酒小姐。陈亮一看，不是曾小君，便故意装着喝醉了酒的样子，含糊不清地说："你……你是小姐还是……领班？哦，对，你是领班。我……我不喜欢你，换……换人。真是的！什么样的将军带什么样的兵，什么样的领班带什么样的小姐。不喜欢，换人，去，快去，换人。"

"先生，我明白了。请问你需要什么样的领班来为你服务呢？"那领班用职业性的语言问他。

"唔，我喜欢骨感强的，眼神忧郁的，成熟……"

"噫，知道了，先生，请你稍等，我这就去换人。"还不等陈亮把话说完，领班小姐就打断了他。

过了一会儿，包厢的门打开了，一个身材偏瘦、颧骨略高、眼睛凹陷、眼神忧郁，身穿黑色职业装的女人走了进来，侧身坐在陈亮旁边，说："先生，对不起，刚才我在别的包厢服务，请问你在妖狐迪吧里有熟识的小姐吗？我优先帮你安排。"

这个女人一进门，陈亮就已经认出她就是曾小君。便故意说："我曾经在东南亚一些国家打拼过，对那里的女人情有独钟。"

"先生，我明白了，那里的女人大多长得像我这种类型。我们一起的同事常说我像东南亚国家的女人，也经常有客人这么说我。"

"呃，你真聪明！"

"那先生的意思是要我坐你的台啰？"

"不是坐台，是要带你去开房。"

"先生，我们平常都是陪酒、陪唱，陪睡属于特殊服务，是要另外付费的。"

"什么行情？"

"陪一次五百，陪一夜一千。"

"没问题，就你了。"陈亮故意装着醉意迷蒙的样子说。

"好吧，请你稍等，我去换下衣服。"

"我等你，快去快回。"

"好的，不见不散。"

女人走后，陈亮立即打电话报告吴良义，要他们做好准备，又安排一起来的同事先到大门口拦一辆出租车等候。

十分钟后，陈亮带着女人上了出租车。女人极其温柔地要往他怀里靠，但他有点不好意思，只好侧了侧身子，让她靠在肩膀上。

司机按照先前租车的侦查人员说的地址，直接把车开到了附近的一个派出所。

车一停，吴良义从外面拉开车门，对女人说："曾小君，下车吧！"

女人听到有人叫她的名字，先是一惊，待透过车窗玻璃看到了公安标志后，立即像泄了气的气球一样，瘫坐在车上。

几名辅警走过来，一把将她拖起来，直接拉到了办案中心。

也许是心存侥幸吧，曾小君对卖淫和介绍卖淫行为供认不讳，但对拐卖儿童的犯罪行为却只字不提。

吴良义把视频截图和肖欣欣的照片出示给她看，在铁的证据面前，她的心理防线终于彻底崩溃了。不仅交代了伙同他人诱拐肖欣欣的犯罪事实，而且供出了一个拐卖妇女儿童的特大犯罪团伙。

根据曾小君的交代，吴良义和陈亮不仅在南方某城市的一个海边山村解救出了肖欣欣，而且还配合当地'打拐办'，将该特大犯罪团伙予以摧毁，解救出了被拐卖的妇女儿童共二十余名。

经过进一步审讯和调查，证实该犯罪团伙与苍山下村"8·28"凶杀案并无关联。

曾小君的杀人嫌疑也很快被排除了。

吴良义和陈亮回到专案指挥部，两人的情绪完全不同，一个灰心丧气，一个兴高采烈。

吴良义因侦查思路出现偏差，导致侦查方向错误，因此感到情绪非常低落。他一个人坐在角落里闷闷不乐。陈亮则相反，因为侦破了一宗特大拐卖妇女儿童案件，而感到无比的兴奋和自豪，兴奋得总缠着吕玫，给她介绍侦破过程，讲述他如何化装潜入娱乐场所、如何将人贩子抓获归案、如何解救出被拐卖的妇女儿童等等，唠唠叨叨地说个不停。

郭弘见吴良义一脸郁闷不爽的样子，便故意用杜甫的诗句来逗他。

"三顾频烦天下计，两朝开济老臣心。出师未捷身先死，长使英雄泪满襟。"

吴良义听了后，苦笑了笑，说："你这个同志呀，我本来是要批评你的，但你形容得一点也没有错啊！"

"什么叫形容得没有错呀，要我说是大错特错，"文斌接过话来说，"虽然你们这一趟没有找到凶杀案的线索，但误打误撞，破获了一起特大拐卖妇女儿童案件，成功解救了二十多个被拐卖的妇女儿童，为数十户家庭解除了失去亲人、骨肉分离的痛苦，这是何等了不起的大事啊！"

"话是这么说，可我毕竟还是侦查思路走偏了呀！"吴良义自嘲地说。

"呵呵！吴队副，你是剑走偏锋，竟有意外收获啊！"韩珂玉笑着说。

文斌先是瞪了韩珂玉一眼，示意他不要再说了，然后对吴良义说："这不能怪你，是我同意你这么干的。"

林云涛站起来制止大家，说："大家都别自责了，也别说风凉话了，'8·28'凶杀案至今未破，我们在座的谁也脱不了干系。我们还是静下心来，认真地商量商量下一步的工作怎么做吧。"

十五　不同症状的精神病

"大家都谈谈下一步该怎么办吧。"林云涛的话音刚落,大家就都沉默不语了。他们有的坐在长条会议桌边闷头抽烟,有的靠在简易床铺上闭目沉思。

见大家都不说话,吴良义便直了直他那高大的身躯,用沙哑的声音说道:"与杨菊兰有关系的三人中,王怀仁已经被排除嫌疑了,还剩下王松柏和柯星河。而这两人一个在精神病医院住院,一个在阎王爷那里当差,现在要想彻底排除他们的作案嫌疑,恐怕难之又难啦!"

"是呀,不要说排除他们两人的作案嫌疑,现在就连他们与杨菊兰之间的关系究竟怎么样都还是个谜呢。就拿柯星河来说吧,他究竟为什么要自杀,自杀前,他在给女儿写的信中所提到的'苦果'究竟是指什么,他的笔记本里所夹的纸条子究竟是什么意思,等等,这些问题我们至今都还没有弄明白。"文斌说。

"可是他已经死了,这些疑点恐怕再也无法弄清楚了。"韩珂玉不无惋惜地说。

"是呀!"大家都点头表示颇有同感。

"关于这几个问题，我是这么认为的，"文斌将烟蒂摁熄在烟灰缸里，说，"柯星河的自杀，一定与杨菊兰有关，但究竟有什么样的关联就很难说了。就我个人意见，我认为他不像是畏罪自杀，也就是说，他不像是杀害了杨菊兰以后再自杀。他在给女儿写的信中所提到的'苦果'，我认为那就是指他与杨菊兰之间的不正当的男女关系。至于他为什么要在笔记本里夹一张纸条，这就不得而知了。"

"从纸条上的内容来看，柯星河似乎是在谴责自己的不良行为。这与那封信中所提到的'苦果'应当是相对应的。"韩珂玉分析道。

"那纸条上后两句话'善恶必有报，只是时未到'又是什么意思呢？"郭弘不解地问。

"一个被杀，一个自杀，这个结果不是正好体现出了这两句话所要表达的含义吗？"辛丹青若有所思地说，右手手指不停地旋转着一支水笔。

"但是，大家注意到了没有，那张纸条可不像是打印后直接夹进笔记本里的呀。"林云涛提醒道。

"是呀，那张纸条看上去皱皱巴巴的，好像是在他身上放了一段时间后才夹进笔记本里的。难不成柯星河早就预料到了现在这个结果？"文斌像是在自言自语地说道。

"我觉得这并不奇怪。毕竟柯星河和杨菊兰的关系也不是最近才建立起来的，应该有很长一段时间了。在他们最早发生这种不正当的男女关系后，他便有了反省和思过之心，于是把心里的想法写下来夹在笔记本里，以警醒自己。"韩珂玉说。

"师兄的意思是说，柯星河打从与杨菊兰勾搭上后，就已经预料到了会有现在这致命的结果？"辛丹青依然是一副若有所思的样子问。

"从柯星河的素质来看，他应当具有这样的预判能力吧。"韩珂玉说。

"既然有反省和思过之心，又预料到了可怕的结果，那他为什么后来还要与杨菊兰保持着联系呢？"辛丹青又问。

"呵呵！正所谓色胆包天嘛！"韩珂玉略微笑出声来说。

"嗤！"辛丹青白了他一眼，对此不以为然。

"大家还有其他的想法吗？"林云涛扫视了一圈会场，问道。

"我有一个想法，我始终认为王松柏的嫌疑还不能完全排除。虽然说他患有精神病，但一个可以在戏台上正常演戏的人，是完全有能力去行凶杀人的。更何况他还是一个戏子，戏子不是擅长表演吗？"韩珂玉一边分析一边说道。

"可是他已经住院治病去了，能不能治好还很难说呢。"鲁大明所长提醒道。

"王松柏虽然有作案嫌疑，但看不出有什么明显的作案动机呀。"吴良义沙哑着嗓子说。

"的确如此，王松柏为什么要杀害杨菊兰呢？"辛丹青停止手上旋转的笔，望着韩珂玉问道。

"咦，精神病杀人，还能有什么正儿八经的作案动机吗。"韩珂玉回视着辛丹青说。

"嗯，说得也对哟。精神病杀人，的确往往是动机不明的。唉，有没有可能是因为杨菊兰瞧不起采茶戏这个原因，招来的杀身之祸呢？"辛丹青迟疑了一下，缓缓地说。

"有这种可能。事实上杨菊兰的确有瞧不起采茶戏的意思和态度。这一点在王怀仁那里已经得到了证实。"韩珂玉说。

"从目前的情况来看，王松柏身上确实还有许多疑点。"文斌用肯定的语气说。

"那我们还要继续调查王松柏吗？"韩珂玉朝着林云涛和文斌问道。

"当然要调查。"林云涛态度非常坚决。

"还有柯星河的问题也要进一步查清。"文斌补充道。

"对。"林云涛点了点头。

为了给韩珂玉提供一个勘查王松柏住所的机会，同时也是为了了解他的病情，辛丹青以探望病人的名义，驾车到村里接上了王松柏的父母，一同前往市里的精神病医院。

韩珂玉和郭弘、陈旭东三人，在王水生村长的见证下，对王松柏居住的房间进行了仔细检查。

从房间里的摆设和卫生情况来看，王松柏应当有较严重的洁癖和强迫症。他把所有的衣服和裤子，都用同一种材质的衣架，全部挂在一根竹篙上，按照春、夏、秋、冬四个季节严格排序。衣架的颜色也全是一色的蓝。袜子也是全部搭在墙上的一根晾毛巾的架子上，并依照薄厚不一进行排序。地上靠墙脚处有一个鞋架，上面摆满了各种各样的鞋子，有夏天穿的凉鞋，也有冬天穿的棉鞋，还有雨天穿的胶鞋，但也是按照季节来排的序，整整齐齐，一丝不乱。床头柜旁边的墙壁上，钉了几枚钉子，似乎是经过了测量一样，每一枚钉子的高度都是一模一样的，分毫不差。每一枚钉子上都挂了一些乐器，有二胡、笛子、唢呐、竹板，也是严格按照乐器的长短来排的序。

郭弘用激光物证发现仪对屋内所有的物品和角落进行了扫射，发现并提取了大量的生物检材。

陈旭东法医用"蓝星试剂"对王松柏夏天穿的衣服、鞋子和生活日用品进行了检验，没有发现有血的反应。又对王松柏家里的所有工具进行了检验，也没有发现有血的反应。

所提取的生物检材被送到了理化实验室，吕玫对这些检材进行了检验，发现只有王松柏的 DNA，并无杨菊兰的。

对王松柏居住地的勘查，以失败而告终，既没有发现能够证明他有作案嫌疑的证据，也没有发现他与杨菊兰有亲密关系的痕迹。

但有一点可以肯定，那就是王松柏有较为严重的强迫症。

辛丹青找到精神病医院的主治医生葛长根，向他了解王松柏的病情。

据葛长根医生介绍，王松柏的病与别的精神病人的病有些不同。

对此，辛丹青感到有些奇怪，便与他详谈起来。

"葛医生，你是指王松柏的病症与别人的不同吗？"在医生办公室里，辛丹青问道。

"症状不同只是一个方面，更主要的是患病的原因我觉得有些不一样。"葛长根医生回答道。

"是吗？怎么不一样？"辛丹青更加来了兴趣。

"一般来说，精神病的起因大致有两个方面：一是遗传因素，二是生活因素。先说遗传因素吧，我了解过，王松柏的家族中，从来没有过精神病病史，因此，也就不存在遗传方面的因素了。"葛长根医生喝了一口茶，接着说，"所谓生活因素，通常是指生活上或工作上存在着巨大的压力，或者长期处于极度疲惫、失眠状态，导致精神崩溃、神经紊乱，从而患病。我问过王松柏的父母，一方面，他家的经济条件并不是很差，还不至于有生活方面的压力；另一方面，他父母没有离异，家庭成员关系比较和谐，既不是成长于单亲家庭，也不是成长于关系十分恶劣的家庭，因此，也就不存在家庭和社会环境给他带来压力，使他精神崩溃。"

"那你认为是什么原因导致他患病的呢？"

"说实在话，我到现在都还没有诊断出他的病因。"葛长根摇了摇头，苦笑着说。

"据我们调查，在他身上曾经发生过两件大事，不知道会不会引起他患病？"辛丹青提醒道。

"噢，有这样的事？说来听听？"

"一是王松柏酷爱采茶戏，爱到了走火入魔的境地。为了采茶戏，他几乎可以放弃一切，包括爱情、家庭。像这种'戏痴'，会不会转为精神病呢？二是几年前，王松柏与妻子离了婚，妻子带着一个几岁的孩子回娘家去了。像这种婚姻变故，又会不会引起精神病发作？"

"离婚的事我听他父母说起过，但据说离婚的原因是出在王松柏身上，如果真是这样的话，我认为不会引起他精神病发作。至于'戏痴'会不会转为精神病，这就很难说了，如果一个人的心理素质和自我调控能力足够的话，一般是不会转为精神病的。当然，也不能完全排除这种可能性。"

"也许王松柏就是个特例？"

"可能吧。"

"你刚才说他的症状与别人不一样，是啥意思呀？"

"大多数精神病人的症状，都是表现为失眠、幻听幻觉、自言自语、抑郁、躁狂、迫害妄想、强迫症等，特别是迫害妄想症表现得更为突出。而王松柏除了具有较强的行为强迫和轻微的幻听幻觉以外，其他的症状都不明显，而且他的意识还算清楚，智能也基本上正常。如果说他是双相精神障碍的话，他又不具有躁狂性特征，因此，我认为他还处在精神分裂症的初期阶段。"

"这说明了什么？"辛丹青抓住问题紧追不放。

"这个我也说不清楚，我只是觉得有些奇怪，如果在很多年以前他就患上了精神分裂症的话，经过这么多年的演变发展，怕是症状会更严重些吧。"说完，葛长根医生又摇了摇头。

"王松柏的病能治好吗？"

"我每天给他按时服药，又给他做心理治疗，现在病情有明显的好转。凭我的经验，他的病应该可以治愈，只是治愈后是否还会复发，那就要看他自己和他的家人了。"

"听他母亲说，他以前也看过医生，吃过药，好过一阵子，后来又复发了，并且越来越严重。这是什么原因呢？"

"专业的事还得专业的人来做，胡乱吃药怎么行呢！"葛医生有些生气地说。

"你说得对！那我们什么时候可以与他谈话呢？"见葛医生有些不高兴，辛丹青只好换了个话题问道。

"说实话，王松柏的病并不是很严重，如果早送来治疗的话，应该早就好了。你们过两三天再来吧，那时候他应该可以与你们交流了，但如果要达到完全正常交流的程度和水平，恐怕还得要过上一段时间，毕竟拖了几年才来治疗嘛。"

辛丹青谢过葛医生，又开车把王松柏的父母送回村里，并安慰他们说王松柏的病很快就会好起来，不要多久就能出院回家了。

王松柏的父母紧紧拉着辛丹青的手，千感恩、万感谢地说个不停，真把她当成了活菩萨了。

又过了三天，韩珂玉和辛丹青再次驱车来到市精神病医院。

葛长根医生把他们领到王松柏的病房。一进门，王松柏便从椅子上站起来，对他们点了点头，有些腼腆地说："你们来了。"

看上去，王松柏的情形大变样了。一头盖耳的长发略显韩式潮流，脸色也不是那么苍白了，眼睛也不像原来那样无神了，人也更有精神了，衣着仍然是那么整洁干净。

"王松柏，这两位是你们县里来的公安同志，来找你聊一聊。我回门诊部去了，有什么事就到那里去找我。"葛医生介绍道。

"好的，谢谢葛医生！"王松柏说起话来彬彬有礼。

当葛长根走到门口时，王松柏又叫住他说："葛医生，请问我什么时候可以出院？"

"唔，一个星期吧，再过一个星期你就可以出院了。"葛长根考虑片刻后回答。

"哦，好的，谢谢葛医生！你去忙。"说完，王松柏脸上露出了一点笑容。

待葛长根走后，韩珂玉和辛丹青开始与他谈话。为了不刺激他，他们决定不做记录。

"王松柏，看到你恢复得这么快、这么好，我们都为你感到高兴呀。"韩珂玉说。

"谢谢！谢谢！谢谢！"王松柏连说了三声"谢谢"，表现得还是有那么一点腼腆。

"王松柏，我们从县里赶来见你，你应当知道是为何事了？"韩珂玉采用迂回询问法进行问话，以免给他那脆弱的神经带来刺激。

"知道，是因为杨菊兰的事。"

　　王松柏点了点头，一边轻声回答，一边从裤子口袋里掏出一个皮夹子，从里面抽出一张照片递给韩珂玉，说："这是我们刚认识时，她送给我的照片，是她在沿海地区打工时拍的。也不知道什么原因，我竟然还一直留着它。"

　　韩珂玉接过来一看，是杨菊兰站在海边拍的生活照片。

　　照片上的女人身穿一条白色连衣裙，裙摆随风飘起，露出两条洁白修长的腿。一头乌黑的秀发飘扬在海风中，彰显出青春、靓丽的风采。她长着一张瓜子脸，柳眉杏眼，樱桃小嘴，再配上高挑的身材、如玉的肌肤，给人的感觉是漂亮、温柔、聪慧。

　　韩珂玉看完照片，心里不禁暗自赞叹道："还真是香润玉温、楚楚动人啦！"

　　他一边把照片还给王松柏，一边问道："既然你说到了杨菊兰，那就请你详细谈谈吧。"

　　"听我母亲说，我来医院住院的费用都是你们出的，我打心眼里感谢你们，我一定会把我所知道的一切都告诉你们，希望能为你们破案提供一些帮助。"说这话时，王松柏眼睛里闪耀着晶莹的泪花。

　　韩珂玉伸手在王松柏的大腿上安慰似的轻轻拍了拍，说："不说这些，我们不说这些，谈正事，谈正事。"

　　"好，谈正事，谈正事。"王松柏点了点头，侧身从床头柜上的纸巾袋里抽出两张纸，像刚演完戏卸妆一般，细心地擦去眼角的泪花，叹息了一声，然后接着说，"大概是三四年前吧，具体时间我已记不清了，有一天，我去杨菊兰家收电费，正好碰到她在家，当时王怀仁在帮她家掏大粪。我跟她简单聊了几句，就算是认识了。过了几天，也不知道她从哪里问到了我的手机号码，便给我打来了电话，要求和我加微信。加了微信后，我们就会经常聊天。由于当时我和妻子已经离了婚，她也正好老公外出打工不在身边，于是我们两个孤男寡女聊着聊着，就扯上了男女关系。我们有过几次性关系，不多，就几次。都是在乡镇上的一家小旅馆里开的房。这样的关系大约维持了两年，后来不知什么原因，我们慢慢地就疏远了，也不再来往了。"

"是什么原因使你们的关系疏远的？"

"具体我也说不清楚，因为那段时间我整个人都是糊里糊涂的，估计是因为我生病的原因吧。"

很显然，王松柏有段时间因为生病，对一部分生活经历出现了认识和记忆上的模糊。

"你们在交往过程中，发生过什么特别的事情吗？"韩珂玉引导式地问道。

"特别的事？让我想想……唔，我们在交往的这段时间里，由于我和妻子离婚后，她带着女儿走了，我心情特别不好，所以经常会心烦、失眠。杨菊兰知道后，非常关切，就强拉着我去过一趟乡卫生院看医生。医生说我是心理压力太大，吃点安神药调理一下就没事了。吃了药后，确实好多了。又过了一段时间，我发现杨菊兰根本不喜欢我唱采茶戏，甚至在言谈举止中还贬低、侮辱采茶戏，因此我知道，她并不是真心喜欢我，而只是把我当成她满足性欲的工具。对此，我心里很不乐意，于是，我又开始出现了心烦、郁闷和失眠的症状。她知道后，又帮我买了药。我吃了药后好了一些。也许是对药物产生了依赖性，后来只要一停药，我就会出现烦躁、失眠等症状。到后来感觉病情越来越严重了，就没有再吃药了，她也不再过问我的情况，也不再与我交往了。"

看得出来，王松柏现在的意识是清醒的，语言表达能力也基本恢复正常了。

"你一共去过几次医院？"韩珂玉问。

"就一次。"

"你能把那次去医院的情况详细说说吗？"

"可以。"王松柏腼腆地说，"三四年前，我和杨菊兰认识后，有一天，她约我去乡镇上那个小旅馆开房，这也是我们第一次约会，在那里我们发生了性关系。闲聊中，她听我说晚上老睡不着，总感到心里烦躁，于是就劝我去医院看医生。一开始我不愿意去，我说失眠也不是什么大毛病。她说小病不治，大病难医。说完，就强拉着我去了乡卫生院。"

"后来呢？"

"我们到了卫生院后，一打听，医生说治疗这种病必须得找院长，院长才是治疗这方面病的权威专家。我们去了院长门诊室。院长诊断后，说没有什么大碍，吃点安神的药就没事了，于是就给我开了一点安神的药。情况就是这样。"

"院长姓什么？长什么样子？"辛丹青抢着问道。

"我只记得他戴了一副眼镜，其他的现在都没有印象了。"王松柏摇了摇头回答。

"对于杨菊兰的死，你有什么要对我们说的吗？"韩珂玉旁敲侧击地问道。

"说句不怕你们笑话的话，我和她之间纯粹是性的交往，没有任何的思想基础，既没有共同的观念，也没有共同的爱好。所谓约会，就是做爱，没有别的。所以我对她并不是很了解。再说了，我们已经有很长一段时间没有来往了，根本就谈不出什么东西。"王松柏有点不好意思地笑了笑说。

"对她的死，你是怎么看待的呢？"韩珂玉面无表情地问。

"按照戏曲里面的说法，'红颜薄命'，大多离不开一个'情'字。杨菊兰长得那么漂亮，想在她身上揩油水、占便宜的男人肯定少不了。所以，我认为她的死，很有可能是死在'情'字上面。"

说着说着，王松柏不知不觉地就扯到戏曲里去了。

"你知道有哪些男人与她有染吗？"

"王怀仁不就是摆在面前的一个吗？为了这个女人，他竟然要在大庭广众的场合谋害于我，这是什么世道呀！"

"你以前知道王怀仁和她的关系吗？"

"以前不知道。如果不是这次他要谋害我，我可能到现在都还不知道呢。"

"除了王怀仁，还有别人吗？"

"我不是说过吗，我和她除了有几次性关系以外，其他的基本上没有什么交集。我平时就是在家里操练戏曲，她又特别不喜欢我唱戏，我们之间根本就没有共同语言，所以对她的情况，我并不是很了解。"王松柏歉然地说。

"杨菊兰被害的那天，你在干什么？"

"不记得了。说实话，在那段时间里，我脑袋里就像灌满了浆糊一般，迷迷糊糊的，除了戏曲，现在很多事情我都想不起来了。"

"杨菊兰帮你买的是什么药？"

"我只记得是安神的药，不记得具体是什么药，都是用纸袋子包装的，上面写了用法与用量。"

"好吧，我们今天就先谈到这里。如果想起了什么，你可以随时给我打电话。"说完，韩珂玉写了一个电话号码交给王松柏。

临出门时，韩珂玉突然转过身来问道："你和杨菊兰约会，除了在乡镇上的小旅馆开房以外，在别的地方还有过吗？比如她家里，或者你家里？"

"没有，从来没有过。这一点我可以对天发誓！"王松柏笃定地说。

回去的路上，韩珂玉闷闷不乐地坐在副驾驶位子上，回想着刚才与王松柏的谈话，心里感到无法释然。

辛丹青一边开车，一边斜眼瞄了瞄他，说："师兄，你还是放不下对王松柏的怀疑？"

"嗯，我总觉得有哪里不对劲，但究竟是哪里不对劲却又厘不清。"

"对王松柏家里的勘验，不是什么都没有发现吗？难道你认为他身上还有其他的疑点？"

"目前没有，但我总觉得在他身上还有一些问题没有搞清楚，可是认真思索起来，却又不知道是什么问题。唉！真是郁闷。"韩珂玉苦笑了笑，说道。

十六　隐形情人

　　韩珂玉和辛丹青回到专案指挥部，看到文斌铁青着脸，正在闷闷不乐地抽着烟。林云涛面对着黑板，似乎在研究贴在上面的几组照片。

　　见韩珂玉他们进来，文斌头也不抬地问道："王松柏的情况怎么样了？"

　　"没怎么样。从表面上来看，看不出王松柏有什么可疑之处。"辛丹青回答道。

　　文斌抬起头来先看了一眼辛丹青，然后望着韩珂玉。韩珂玉迟疑了一下，说："虽然王松柏和杨菊兰有不正当的男女关系，但从表面上来看，的确看不出他身上有什么可疑之处。不过，我总觉得在他身上还是有一些问题没有搞明白，具体是什么问题我又说不清楚。"

　　"你是说，王松柏的杀人作案嫌疑可以排除？"文斌面无表情地问。

　　"嗯，从目前的情况来看，好像是这样，不过……"

　　"不过什么，既然作案嫌疑可以排除，那就不要再去纠缠细枝末节了，别浪费时间。"文斌打断他的话说。

　　"明白。那我们下一步怎么做？"韩珂玉和辛丹青问。

　　"下一步……"文斌征求意见似的望向林云涛。

林云涛扫视了一眼大家，慢条斯理地点上一支香烟，吸了两口，然后思忖着说："我心里一直有一个想法，但由于没有什么依据，所以没有说出来。"

"什么想法？"冯江问道。大家也都用探寻的目光望着林云涛。

"你们考虑过杨菊兰的妯娌吗？我总觉得这个女人让人有些不放心啊！"

"呵呵，我们想到一块儿去了。"文斌笑了笑说。

"你们是说王包发的兄嫂、王全发的妻子彭招娣？"吴良义满脸狐疑地问道。

大家也都用惊讶的目光望着这师徒二人。

"对，我说的就是她。"林云涛铿锵有力地说。文斌也重重地点了点头。

"能说具体点吗？"冯江既兴奋又有些不理解地问。

"这个女人因为不能生育，已被老公抛弃多年。据说她老公在外面与一个贵州的女人生活在一起，而且已经有了一个三岁的孩子了。试想一下，一个三十多岁的外地女人，被老公抛弃，一个人在村子里孤独地生活，这样的日子，谁过得下去。换作是别人的话，还不早跟别的男人跑掉了，或者早就另寻出路去了。"林云涛分析道。

"可是，这跟杨菊兰的死又有什么关系呢？"冯江担心地问道。

林云涛没有回答，而是看了看文斌。文斌心领神会，介绍道："据调查，彭招娣特别喜欢杨菊兰的儿子，每次去杨菊兰家，都要抱着孩子又亲又吻的，就像是自己亲生的孩子一样，爱不释手。"

"你是说婴儿的失踪与彭招娣有关联？"吴良义显得有些兴奋地问道。

"不可能！"鲁大明所长断然否定道，"案发后的第二天早上七点多钟，彭招娣就到了现场，如果婴儿是她偷盗的，她哪有时间去处理婴儿？她家里的情况我们是知道的，根本就无法隐藏一个婴儿在家。难不成她把婴儿给活埋了？就算是活埋了，我们在村里村外翻了个底朝天，也没有发现任何踪迹呀！"

很多同志都摇头，表示不相信婴儿是彭招娣偷盗的。

文斌苦笑了一下，说："是呀，我一方面怀疑那婴儿的失踪与她有关，另一方面又觉得这里面有矛盾。如果婴儿是她偷的，那人又是谁杀的呢？她一个弱女子，能一口气连杀三人？显然做不到。但是，我和林支队一样，心里面有那么一种感觉，对这个女人总是放心不下。"

"不管怎么说，在其他嫌疑对象均一一排除的情况下，我们适时地调整侦查视线，总归是一种新的思路吧，"林云涛接过话来说，"大家还记得凶手用来勒胡老太婆脖子的电源线吗？那上面就有这个女人的指纹。"

"唉，那指纹是案发后第二天早晨，她帮死者解开脖子上的电源线时留在上面的。这一点，王水生村长和李冬香主任是可以证明的。"郭弘解释道。

"嗯哼，正因为案发后她在电源线上留下了指纹，所以就无法判断案发前电源线上的痕迹了。不是吗？"林云涛意味深长地笑了笑说。

"你的意思是说，有可能出现案后指纹掩盖案发时留下的指纹的可能性？"郭弘有些怀疑地问道。

"我的意思是说不能排除这种可能性。"林云涛含糊其辞地说道。

"这个女人是哪里人？"冯江问。

"据说是山南县人，是王全发在沿海地区打工时认识的。"鲁大明回答道。

"那就查吧！"冯江果断地说。林云涛和文斌都点头表示赞成。

"不过有一点很重要，在调查这个女人时，大家一定要注意她身边的关系人。毕竟她一个人是难以作案的，除非有帮手或者有合伙人。"林云涛提醒道。

"考虑到现在还是秘密调查，所以调查人员不宜过多，以免打草惊蛇。我看这样，前期调查工作就交给韩珂玉和辛丹青你们两人负责，其他同志在做好各自工作的同时全力配合好。有什么情况随时报告！"

"是！"大家应声而起，纷纷往外走。

韩珂玉朝辛丹青招了招手，也起身往门外走，辛丹青紧随其后。

刚走到门口，韩珂玉又突然转过身来，望着文斌和林云涛张了张嘴，一副欲言又止的样子。

林云涛见状，便微笑着对他说："小韩，你还有什么话要说吗？"

韩珂玉点了点头道："有一件事从表面上看，好像无关紧要，但我觉得还是应该向指挥部报告。"

"什么事？"林云涛问。

"王怀仁说过，几年前的一天晚上，看到过王松柏和杨菊兰在她家门口搂搂抱抱。但王松柏坚决否定有此事，他说除了在乡镇上的旅馆开房外，从来没有和杨菊兰在其他地方约会过。可见，在这件事情上，他们两人中有人说了谎话。"

"哦，还有这样的事？"林云涛不禁心里咯噔了一下，绷紧起来。

"的确如此。"辛丹青证实道。

"知道了，你们去吧。"文斌挥了挥手说。

待韩珂玉和辛丹青走后，文斌问林云涛："师父，你怎么看这件事？"

林云涛想了想，说："也许是他们中的一人撒了谎，也许是他们两人都没有撒谎。"

"此话怎讲？"文斌不解地问。

"你想一想，夜半三更的，相隔三十来米，加上王怀仁半夜起来上厕所，一定是睡眼蒙眬的状态，虽然有月光，但看走了眼也是在所难免的吧。"林云涛分析道。

"你是说那个幽会的男人不一定是王松柏，而是另有其人？"

"你说呢？"林云涛反问道。

"我看有这种可能。不过柯星河和杨菊兰也有着不正当的男女关系，那个男的会不会是他呢？"

"你觉得柯星河会深更半夜跑到这个偏僻的山村里来约会吗？"

"这个还真不好说。看来我得亲自去会会王怀仁这个诡异的邻居了。"文斌若有所思地说道。

"我和你一起去吧。"林云涛微笑着说。

林云涛和文斌叫上驾驶员杨师傅，驱车来到看守所。办理了提审手续后，王怀仁便被看守民警押解到了审讯室里。

王怀仁见到林云涛和文斌，还是一副忸怩不安、羞怯腼腆的样子。

"王怀仁，我们今天提审你，是有些问题要向你核实，希望你能如实回答。"文斌直截了当地发问。

"只要是对侦破案件有用的，我一定知无不言。"王怀仁咽了咽口水、舔了舔嘴唇，轻声回答。

"那好，我问你，你说曾经看到一男一女三更半夜在杨菊兰家门口搂搂抱抱，这是真的还是假的？"

"千真万确！"王怀仁笃定地说。

"男的是谁？女的又是谁？"

"男的是王松柏，女的是杨菊兰。"

"你看清楚了是王松柏？"

"不是他还能是谁？！"

"你当时看到的是什么样的情形？"

"我记得那天晚上我睡得比较早。晚上十二点左右，我起床去上厕所，顺便抽出墙上的那块砖头，从洞里往外查看杨菊兰家的情况。不料，月光下，竟看到有两个人在她家门口搂搂抱抱。于是，我一边开门，一边故意大声咳嗽。等我打开门时，那个男的就跑了，杨菊兰也进屋关门了。"

"这么说来，你还是没有真正看清楚喽？"

"这……这我知道是他呀！"王怀仁有些急了。

"你怎么知道是他？"

"在这件事之前不久，他们两人才勾搭上，然后约会、拥抱、偷情，这不是顺理成章的事吗？"王怀仁想当然地说得有鼻子有眼的。

听了王怀仁的解释，文斌和林云涛相视一笑，继续问道："王怀仁，请你仔细回忆一下，那天晚上，那个男人被你的咳嗽声吓跑后，是否出现过汽车、摩托车或者自行车发出的声音。"

"唔，那个男人跑走后，杨菊兰就立即进屋关门，然后……然后就安静了，对，我记起来了，四周一片安静，没有听到汽车或摩托车的声音。"王怀仁一边回忆，一边说。

"有灯光或者其他照明光吗？"

"绝对没有。"

"你能肯定？"

"绝对肯定！"

"还有一个问题，希望你想清楚了再回答。"文斌表情庄重地说。

"好的，我一定如实回答。"

"杨菊兰究竟与哪几个男人有一腿？"

"我认为只有王松柏。"

"为什么？"

"你们可能还不了解杨菊兰，她本是一个非常本分的良家妇女，高雅、漂亮、善良、和蔼，岂是男人想亲近就能亲近的。"

"那王松柏的事又如何解释呢？"文斌质问道。

"那是因为这个'小白脸'故意勾引人家，才使人家上当受骗。"说着说着，王怀仁的眼神里就充满了怒火。

"好吧，今天就谈到这里。"文斌见王怀仁有些怒气，便适时停止了讯问。

在回专案指挥部的路上，林云涛和文斌对这件事进行了认真研讨。

"这件事你怎么看？"林云涛问。

"我觉得那个与杨菊兰在家门口幽会的男人，既不是王松柏，也不是柯星河，而是另有其人。"

"哦，是吗，说说你的理由？"

"先说王松柏吧，王松柏已经非常坦诚地承认了与杨菊兰多次在旅馆开房，并发生了性关系，但为什么一个搂搂抱抱的幽会却又不承认呢？这没有道理呀。因此，我判断那个男人应当不是他。"

说到这里，文斌回头看了看坐在汽车后排的林云涛，见他点头表示认同，便接着往下说："柯星河的情况虽然复杂一些，但我还是觉得那个男人不会是他。理由是，柯星河是一个单身汉，在卫生院里又有单独居住的房子，可以说是拥有了和杨菊兰幽会的绝佳场所，根本犯不着冒这么大的风险行走十来里路，到一个人生地不熟的偏僻山旮儿里去幽会。从调查的情况来看，柯星河是一个做事十分严谨、小心的人，绝不至于做出这等轻率马虎的事情来。"

"你分析得有道理，看来杨菊兰不仅出轨于王松柏、柯星河，还可能有其他的男人啦！"林云涛感叹道。

"是啊！我们调查了这么久，竟然漏掉了一个隐藏的关系人。"文斌有点不好意思地笑了笑说。

"嗯哼，这恐怕还不是一般的关系人啰！"

"对，这应当是杨菊兰的一个隐形情人。对于一宗久侦未破的情杀案而言，隐形情人，往往就是案件的关键所在。我想我们接下来的工作重点，可能要转为深挖这个隐形幽灵了。"文斌征求意见似的说道。

"我同意你的意见。但有一点我要提醒你，既然是未露面的幽灵，那就意味着还有很多不确定的因素和变数。因此，对其他方面尚未查实的问题，还不能完全放弃，还要一查到底，力争做到清楚明白。"

"是，我明白！"

傍晚时分，汽车来到青龙河畔。林云涛提议下车走一走，就当是散散步。于是，文斌就让杨师傅自己把车开回老祠堂，因为专案指挥部设在那里，他陪着林云涛走路回去。

师徒二人踏上青龙河石拱桥，站在桥上放眼四周。这时，西边天空中的夕阳正浓，余晖笼罩着村庄和田野，给农舍和庄稼涂抹上了一层淡淡的血色。青龙河水在夕阳的映照下，犹如血水一般，红得使人眩晕。有些人家的屋顶上，开始冒起了炊烟，炊烟亦被余晖浸染得通红，让人看了后，心里面竟禁不住地生出一丝恐惧与不安。

过了一会儿，夕阳渐渐沉没，血色渐渐消退，夜色开始弥漫。

天空中，忽然吹过一丝凉风。河的水面，被吹皱起了一波又一波的细纹；

河畔的柳树，枝叶被风吹得轻轻地飘拂。

林云涛抬起右手叉开五指，捋了捋被风吹乱的头发，自言自语地说："山雨欲来风满楼呀！"

听到林云涛的感叹，文斌笑了笑，有些兴奋地说："看来'8·28'专案侦查，就要迎来一个重大的拐点了！"

林云涛也笑了笑，望着即将被夜幕吞噬的村庄说："但愿如此吧！"

回到指挥部，文斌顾不得去小厨房里吃晚饭，专心致志地在黑板上勾画着杨菊兰的重点关系人物结构图。有照片的，逐一配上照片；无照片的，则用文字标记。

一会儿，在"隐形情人"下面重重地打了一个问号，然后给吴良义打电话，要求他和鲁大明所长、陈亮等人马上赶到指挥部来。

林云涛到厨房里简单吃了点饭，就匆匆忙忙地来到了老祠堂。

杨师傅见文斌久久不来厨房，便打了一碗饭，在饭上面浇了一些菜，径直送到祠堂里。文斌接过饭菜，说了一声"谢谢杨兄"，便坐下来，狼吞虎咽般地吃起来。

林云涛盯着黑板上的照片和结构图发呆，过了一会儿，开口问道："如果要把彭招娣放在这张结构图中，你会把她放在什么位置？"

"目前只能把她放在亲情关系人的位置上。"

"那你怀疑她的理由是什么？"

"其实我心里也没有底，只是有一种感觉，觉得对她不放心。我想，你的感觉也应该跟我差不多吧。"文斌苦笑了笑说。

"说心里话，每次想到这个女人，我就会想起凶手用来勒死胡老太婆的那根电源线，就会想起电源线上面的指纹。"林云涛一副苦苦思索的样子说。

"只可惜，现有证据指向，指纹是在案后形成的呀！"文斌不无惋惜地说道。

这时，吴良义满头大汗、气喘吁吁地赶来了。紧接着，鲁大明和陈亮也陆续到了。

大家刚刚坐下，还没有来得及喝口水、喘口气，文斌就放下饭碗，把黑板拖到了大家面前，用右手指关节重重地敲了敲黑板，示意大家仔细看上面的结构图和照片。

吴良义解下缠在手腕上的毛巾，揩了一把流到脖子上的汗水，说："你的意思是杨菊兰除了与王怀仁、王松柏、柯星河有关系外，还有一个我们不知道名字的关系人？"

"嗯，不是关系人，而是重要关系人！"文斌强调道。

"队长，我有一个疑问。"陈亮站起来说。

"讲！"文斌用命令式的语气说道。

"既然是我们不知道的重要关系人，那就不一定只有一个，也许有两个，也许有三个，甚至更多。"

"你说得对。但不管是一个也好，两个也罢，只要是杨菊兰的关系人，就是我们需要寻找的重要目标！"文斌用坚定的语气说道。

"你是要我们把尚未暴露出来的、与杨菊兰有关系的人找出来？"吴良义试探性地问道。

"是的。"文斌回答。

"这也太难了吧，他们的关系又没有暴露出来，现在杨菊兰死了，那可真是天知地知，一死一知。只要这没死的不说，谁也不知道呀。更何况这没死的人是谁我们都还不知道呢。"鲁大明所长不无担忧地说。

"因为不知道，所以要找，再难也得找，就是挖地三尺，也要把他找出来！"林云涛一脸严肃，认真地说道。

"是！"大家唰地一下站起来，齐声回答。

走出指挥部，鲁大明就对吴良义抱怨。

"这方面的工作，其实我已经做过多次了，没有任何突破。现在最好的办法，就是去请个神仙来把杨菊兰唤醒，这样就可以搞清楚哪些男人与她有关系了。"

"别这样说，你刚才没有看到林支队长那严肃的表情吗？说明确实存在与杨菊兰暗中有一腿的男人。我们现在只有深挖细查,想办法把他找出来啰。"吴良义劝说道。

"鲁大哥,如果真能请到神仙,就用不着把杨菊兰唤醒了,直接问神仙不就得了。"陈亮故意逗笑道。

"话是这么说,可是,我们应当从哪里入手呢?"鲁大明习惯性地撸了撸袖子,表情茫然地说。

"我想,只有找村民调查了,毕竟群众的眼睛是雪亮的嘛。"吴良义苦笑了笑说。

"好吧,我们连夜召开村干部会,先做通村干部的工作,然后再由他们去发动群众,号召群众检举揭发,想必这样会有所收获的。"

鲁大明说完,就开始给村长王水生打电话,要他通知所有的村干部立即赶到他家,连夜召开紧急会议。

吴良义和鲁大明、陈亮赶到王村长家时,所有的村干部都已经到齐了。王水生村长正在门口迎接他们。

王水生的家虽然是一栋三层楼房,但屋里面的摆设还是比较简单的。一楼只有三间房,最大的一间为客厅,里面摆放了一套人造革皮沙发,穿过客厅往后就是厨房。客厅的隔壁是一间休闲房,里面摆放了一张自制的长方形桌子,围绕桌子摆放了一些高低不一的凳子和椅子,这可能是为了今天的会议临时从其他房里搬来的。靠后墙有一个简易的书柜,里面摆放了一些书籍,大多是乡里配发下来的政治学习资料,还有几本农业和农技方面的工具书。在书柜上面,搁放了村委和王水生个人历年来获得的先进奖状和荣誉证书。

村干部并不多,包括村长王水生在内也就五个人。他们围着长方形桌子而坐,正在等待开会。

王水生热情地招呼吴良义、鲁大明他们入座。

鲁大明坐下来后,咳嗽了一声,说:"实在是不好意思,这么晚了,还把大家请过来,确实是事出有因,迫不得已。现在就请吴副队长给大家谈谈具体工作吧。"

吴良义清了清嗓子，用沙哑的声音说："客套话我就不说了，今天找大家来，就是为了杨菊兰被害的案件。杨菊兰的案件，历时二十多天了，至今未破，其中的原因是多方面的，但主要原因有两个，一是我们能力有限，工作没做细；二是父老乡亲没有积极配合。今天召开这个紧急会议，就是动员大家不要有任何顾虑，要毫无保留地反映情况，同时，还要请大家会后去发动群众，号召村民积极反映有关杨菊兰的情况，为我们侦查破案提供帮助。"

"呃，吴队长，"王水生有些茫然地问，"不知道你们需要哪方面的情况？请你明示才好，我们也好做工作。"

"哦，对不起，刚才我没有说清楚。我们就是要了解有关杨菊兰生前的交往情况，特别是男女作风方面的情况。"吴良义表情极其认真地说道。

他的话音刚落，几个村干部便交头接耳地低声议论起来。过了一会儿，王水生村长代表大家发言。

"鲁所长，吴队长，还有陈警官，刚才我们私下讨论了一下，大家一致认为，在村干部这个层面所掌握的情况，都已经向专案组反映过了，新的情况我们也没有发现。"

"你们当中，有谁跟杨菊兰关系比较好？"陈亮问。

"我，"李冬香举了一下手说，"我跟她关系比较好，平时我会与她微信聊聊天，有时候会一起去集镇上赶集，没事的时候，还会在一起坐坐。"

"你们在一起坐时或微信聊天时，一般都聊些什么？"

"都是一些妇女同胞的事，没有什么特别的。"

"聊过有关男欢女爱、偷情幽会的事吗？"鲁大明提醒道。

"没有。杨菊兰是一个口风非常紧的女人，她说话、做事从来都不会伤害人，既不参与议论他人，也从不打听别人的隐私，就连她自己的酸甜苦辣也从不对外人倾诉。每天给人的感觉都是阳光、慈善、宽容。这或许就是我们谈得来的原因吧。"李冬香认真地说道。

"杨菊兰究竟与谁关系最好？"陈亮问。

"在女同胞中，与她关系较好的就只有邹虹、陆翠萍和我。比较而言，邹虹与她的关系最好。"

"男人呢，有谁与她关系好？"陈亮追问道。

"我只知道王怀仁帮她家种地，与她一家人关系很好，其他的我就不清楚了。"说完，李冬香望向其他村干部。其他村干部互相望了望，然后纷纷摇头，表示也不清楚。

"王松柏与她的暧昧关系，不是人人皆知吗？"鲁大明有些不客气地反问道。

"噢，那也只是个传闻而已，从来没有听说过有谁亲眼看到他们在一起偷情。"王水生村长解释道。

"不是说有人看到他们在乡镇上的小旅馆里开房吗？"鲁大明说。

"这个事我听说过，"李冬香抢过话来说，"是杨菊兰的一个好朋友看到她和王松柏从旅馆里走出来，怀疑他们是去开房偷情，但并没有亲眼看到他们偷情。"

"呀，有这样的事？怎么从来没有听你说起过？"王水生村长说话略带批评的口气，意思是责怪李冬香没有及时向他报告此事。

"哎呀，我觉得对一些没根没据的传闻，如果以讹传讹，随意上纲上线，恐怕会不利于团结。"李冬香解释道。

听到李冬香这么说，王水生村长和其他村干部都点头表示认同。

"杨菊兰的这个好朋友是谁？"鲁大明追问道。

"这个不好从我嘴里说出来，其实你们心里应当知道是谁。"李冬香摆了摆手，笑了笑说。看得出，李冬香不愧是一个说话注意分寸、处处维护和谐的好妇女主任。

吴良义拉了一下鲁大明，示意他不用追问这个问题，然后说："既然大家都提不出什么新的情况，那就请大家会后发动群众揭发检举吧。我相信，群众的眼睛是雪亮的。"

王水生扫视了一眼其他村干部，然后对调查人员表态说："请你们放心，我们一定深入群众中去做宣传发动工作，号召群众检举揭发、提供案件线索。"

正当调查人员起身准备离开时，王水生村长的妻子从厨房里跑出来说："几位领导辛苦了，我煮了一锅面条，大家吃点夜宵再走吧。"

王水生和其他村干部也都帮着挽留，说："是呀，这么晚了，领导辛苦啦，吃点东西再走。"

鲁大明听说有夜宵吃，高兴得乐呵呵地说："呵呵！还是弟媳妇善解人意，不愧为贤妻良母啊！恭敬不如从命，谢谢弟媳妇！"说完，就径直往厨房里走。

吴良义有些犹豫地搔了搔头，说："这恐怕不太好吧……"

"有啥不好的，又不是吃公家的，是吃村长私人的，怕什么？"鲁大明听到吴良义的话，停住脚步，还不等他把话说完，就抢过话来说道。

"对对，是私人的，与公家无关。"王水生解释道。

吴良义看了看陈亮，见他没有表示反对，便说："那好吧，盛情难却，我们一起吃吧。"说完，大家跟在鲁大明后面，往厨房走。

第二天，调查人员兵分两路，一路由鲁大明带队，在村里村外继续走访调查；一路由吴良义带着陈亮，前去拜访邹虹和陆翠萍。

邹虹这是第二次来派出所。前一次是她自己想到有些问题要向专案组的同志反映，所以在王水生村长的陪同下前来派出所反映情况。这一次是调查人员直接上门，开车把她接到了派出所。

两次询问的时间虽然相隔了一个多星期，但邹虹所说的情况却与上次反映的差不多。

邹虹所反映的情况大致是这样：王怀仁想与杨菊兰好，但杨菊兰却看不上他，只把他当作亲兄弟看待；杨菊兰想与王松柏好，但王松柏又不在乎，全身心迷恋在采茶戏上，并没有把她当成一回事。至于杨菊兰与柯星河的关系，那只是她根据日常交往的情况，通过观察得出来的推论。

"在你眼里，杨菊兰是怎样的一个人？"吴良义问。

"漂亮、和蔼、大方，是一个不多事的女人。"邹虹回答。

送走了邹虹，吴良义和陈亮又登门拜访了陆翠萍。

陆翠萍虽然是村戏班子里的女旦角，经常与王松柏搭戏，但是，她对王松柏和杨菊兰的情况却并不是很了解。

面对侦查人员的上门造访，陆翠萍显得有些手足无措。

"陆翠萍，我们知道你与杨菊兰的关系比较好，所以想找你了解有关情况。"吴良义诚恳地说。

"哦，是这样呀。你问吧，我一定如实回答。"陆翠萍小心翼翼地回答。

"你觉得杨菊兰这个人怎么样？"

"她？起码比我优秀吧。她漂亮、宽容、和善，是我们学习的楷模。"

"既然这么优秀，那一定有很多男人追求她啰？"陈亮见缝插针地问道。

"漂亮女人肯定有人追喽。"

"有哪些男人追求过她呢？"

"我只知道王怀仁追求过她，但是否追到了手我就不知道了。"

"你怎么知道王怀仁追求过她？"

"有一次，戏班子在新祠堂里唱戏，演出前，王松柏要王怀仁给杨菊兰打电话，邀她来看戏，王怀仁当场吃醋，与他吵了一架。当时我还劝过架。从这件事上，我就知道王怀仁在追求杨菊兰。"

"按照你的说法，那王松柏也在追求杨菊兰啰？"

"那不一定。王松柏酷爱采茶戏，又是戏班子里的台柱子，他当然希望来看戏的人越多越好喽。"

"那你认为杨菊兰和王松柏之间究竟有没有暧昧关系呢？"

"我认为没有。"

"为什么？"

"因为杨菊兰不喜欢采茶戏，而王松柏又把采茶戏当成了自己的生命，我敢肯定，他绝不会爱上一个不喜欢采茶戏的女人。"

"既然你和杨菊兰是朋友，那应该知道她和哪些男人有关系喽？"

"我还真不知道。"

"你认识乡卫生院院长柯星河吗？"

"不认识。"

十七 又一个失踪者

辛丹青一边开车，一边在韩珂玉面前抱怨。

"师兄，队长要我们去调查杨菊兰的兄嫂彭招娣，是不是有点有病急乱投医的感觉呀？"

"唉，话可不能这么说。队长既然要我们调查彭招娣，自然有他的道理。"韩珂玉劝说道。

"你认为彭招娣会是杀人凶手？"

"从现场情况来看，彭招娣不可能是凶手。"

"为什么？"

"因为凶手应当是一个男人，或者其中至少有一个是男人，否则的话，死者身上的伤痕创口不可能那么深。就她所能加害的暴力，不可能达到那么大的强度。"

"人们不是常说：女人狠起来比男人更狠吗？"

"有时候女人确实比男人更狠，但正常情况下，女人的狠往往会体现在行刺的动作数量上，即连续、多次地捅刺，但创口的深度却会大打折扣。我记得几年前侦破的一起案件，一名妇女在奸夫的唆使下，欲谋杀亲夫，她趁着丈夫酒醉不省人事之机，骑在他身上，用一把宰羊刀朝他胸、腹部连刺了八十三刀，但刀刀都是浅表性创口，竟然没有一处足以致命。最后还是在奸夫的配合下，放火将做鞭炮的火药点燃，才将亲夫活活地烧死。"

"既然彭招娣不可能是凶手，那我们还要调查她？"辛丹青不解地问。

"我猜队长的意思，应当是要我们从她身上寻找有关凶杀案件的线索吧，毕竟她是杨菊兰家最亲近的人嘛。"

"可我听说案发后没几天，她就离开了村子，好像回娘家去了。"

"什么？回娘家去了？你听谁说的？"

"我是在妇女主任李冬香家借宿时，听她说的。"

"早不去，晚不去，偏偏这个时候去。真是奇怪呀！"韩珂玉像是在自言自语地说道。

"一个嫁到外地的女人回趟娘家，不是很正常的事吗，这有什么奇怪的呢？"辛丹青还是有些不理解。

"她娘家在哪？"

"听妇女主任说，是山南县的一个偏僻的乡村，离这儿有好几百公里。"

"有联系方式吗？"

"应该有。你知道我有一个习惯，每次调查完后，都会把调查对象的联系方式储存在手机里。案发后我找她调查过，手机里应当存有她的联系电话。"

"快！打电话通知她回来配合调查！"

"好的。"辛丹青把车停靠在路边，然后掏出手机查找彭招娣的电话号码，找到后便开始给她拨打电话。可是连拨了几遍都没有打通。语音提示为：对方已关机。

"打不通，对方已关机。"辛丹青一边放下手机，一边摇了摇头说。一副莫名其妙的表情。

"我感觉这里面好像有问题。走，去调取她的手机通话记录。"韩珂玉果断地说。

辛丹青通过技术部门，很快就调取到了彭招娣的手机通话记录。

彭招娣的手机通话记录显示，除了与娘家那边联系得多一些以外，其他方面的联系几乎没有，就连和丈夫王全发的联系都很少。看来这夫妻俩的关系，真的是到了名存实亡的地步了。

韩珂玉和辛丹青找来了村长王水生，问他知不知道彭招娣回娘家去了。他说不知道。他说有关妇女同胞的事情，一般都是由妇女主任李冬香去理会。不过像这种外地嫁来的女子回娘家的事，村里是不会去管的，也不能去管。

经向指挥部请示后，韩珂玉和辛丹青请王水生村长带路，来到了彭招娣的家，准备对这里进行简单的检查，看个究竟。

彭招娣的家是一栋老式砖瓦平房。只见窗户紧闭、房门上锁。韩珂玉戴上手套，从工具箱里拿出万能钥匙，避开王水生村长的视线后，动作十分敏捷地打开了锁。

房门一推开，便有一股酸腐霉味扑鼻而来。

韩珂玉要王水生村长留在门外守着，不准外人靠近，然后自己和辛丹青小心翼翼地走进了屋子。

他们对屋里的东西进行了巡查式检查后，发现了一件不可思议的事情。一方面，从屋里的东西来看，看不出房子的主人要出远门。比如卫生间里的一只塑料桶里，还浸泡着两件未洗的衣服，一件白色女式短袖T恤，一条花色睡裤。特别是餐柜里，还有两只未收拾的菜碗，一只里面装了大半碗红烧肉，一只里面装了小半碗米饭。红烧肉已经开始变质腐烂，微微地发出臭味；米饭也已变质，正散发出一股酸味。另一方面，衣柜里的衣服，确实少了一部分，并且少的都是彭招娣的衣服，她的手机和身份证也没有发现，洗脸架上的毛巾和牙刷也不见了。从这些情况来看，似乎女主人又的确是带了自己的行李出远门去了。

辛丹青用手机摄像功能，对屋子里的物品和摆设进行了全方位、大角度的拍摄。

检查结束后，韩珂玉仍然将房门按原样锁好。

告别王水生村长后，两人驱车赶到专案指挥部，向林云涛和文斌汇报这里的情况。

听到彭招娣失联的消息，林云涛不禁暗自吸了一口凉气，自言自语地说："这怕是又要出什么'幺蛾子'了吧？"

"你是担心彭招娣出事了？"文斌有些不解地问道。

"不知道，只是心里有一种不好的预感。"林云涛满脸担忧地说。

"一个大活人，能出什么事？"大家都用惊讶的目光看着他。

"但愿如此！"林云涛摇了摇头，表情却显得有些凝重。

文斌找出彭招娣的询问笔录，查到了她丈夫王全发的电话号码，要韩珂玉打过去问问。

韩珂玉拨通了王全发的电话，但他说彭招娣既没有去找他，也没有跟他联系，他甚至说彭招娣根本就不知道他现在打工的地方。还说彭招娣有可能是回她娘家山南县去了。

"彭招娣是和杨菊兰一家人最亲近的人了，莫不是因为她发现了凶杀案的什么秘密，从而遭遇了不测？"辛丹青分析道。

"在事情没有查清之前，什么可能性都存在。"韩珂玉说。

"看来只有跑一趟山南县了？"文斌征求意见似的问林云涛。

"完全有必要，而且越快越好！"林云涛郑重地点点头说。

"是，明白！"韩珂玉和辛丹青齐声回答。

韩珂玉用手机拍下彭招娣在询问笔录中自述的老家地址，然后拎起出差行李包，和辛丹青驱车前往山南县。

一路上，两人轮流驾驶，马不停蹄地连夜赶路。原计划要四五个小时的车程，只花了三个多小时就到了。

当初升的太阳映红了东边天空时，两个年轻的侦查员风尘仆仆地来到山南县公安局，敲开了当地公安局刑警大队值班室的大门。

山南县也是一个山区县，经济条件比宁池县要差一些。

同其他落后地区一样，这里的年轻人都外出打工去了，留守的都是一些老人与儿童。大街小巷、村落家舍，看到的大多是花甲老人和背着书包上学的孩子。

在当地公安同行的协助下，韩珂玉和辛丹青找到了彭招娣的娘家。

这是一个靠山不能吃山的村落，周围的山都是火石山，光秃秃的，连根草都不长。传说这是当年孙悟空大闹天宫时，一脚踢翻了太上老君的炼丹炉，一坨火炭从天而降，落在了这里，便形成了方圆几公里的火石山。村民们的收入主要靠青年人外出打工赚点钱。

彭招娣的父母亲都是六十多岁的人了，他们听说公安局的同志来找彭招娣，都感到十分惊讶。他们说彭招娣根本就没有回娘家。还说九月初他们有过联系，但后来就联系不上了，电话打过去，一直是处于关机状态。

韩珂玉问老人家，彭招娣有没有可能去哪个亲戚朋友家。老人回答说没有这个可能，因为他们已经跟所有的亲戚朋友都联系过了，没有发现她的踪迹。又问老人家，她有没有可能私自跑到哪里打工去了。老人家说应当没有这个可能，她几年都没有外出打工，怎么可能会吱都不吱一声，突然就外出打工去了呢。

韩珂玉又询问起老人家的家庭情况，老人家介绍说他们共有三个子女，大的是儿子，两个小的是女儿。彭招娣是大女儿，嫁到宁池县，小女儿也嫁到外乡去了。儿子、儿媳妇带着孙子到外地打工去了，留下一个孙女由老人家照看。当问到孙女孙子多大时，老人家回答说孙女在上小学，孙子还小，只有两岁多。

山南县之行一无所获，韩珂玉和辛丹青不敢久留，只好买了一些面包和矿泉水丢在车上，就着矿泉水啃面包，轮流开车，马不停蹄地赶回了宁池县，直奔专案指挥部报告。

得知彭招娣没有回娘家，林云涛和文斌心里一紧——难道彭招娣真的失踪了？

这正是应了那句老话，叫作"怕什么就来什么"。

文斌望了望林云涛，见他板着一张严肃的脸，默默无言地低着头抽烟，便转向韩珂玉、辛丹青，用命令的口气说道："以疑似失踪人员被侵害事件，火速立线侦查！组织好技术人员，立即对彭招娣的住所进行勘查！"

"是！"韩珂玉和辛丹青齐声回答。

韩珂玉立即打电话联系郭弘和陈旭东，要他们带好勘查现场的工具，马上赶到彭招娣家，说自己会在那里等候。

打完电话，韩珂玉和辛丹青忙着去找王水生村长，请他到彭招娣家里来做现场勘查见证人。

待技术人员赶到村里后，大家在文斌的指挥下，对彭招娣的住所进行了仔细勘查。

通过勘查发现，屋里地面上只有韩珂玉和辛丹青的鞋印。这证明彭招娣在离家出走时，对居所进行了打扫清洗。现场没有搏斗痕迹，也没有发现指纹和手印，可以排除绑架和暴力伤害。由此可见，彭招娣应当是自己离家出走的。

但是，让侦查人员不能理解的是，彭招娣离开家时，竟然连浸泡在水桶里的衣服都没有洗好晾晒，特别是搁在餐柜里的剩菜剩饭也没有处理掉。是因为走得匆忙而忘记了吗？不像。如果是因匆忙而忘记了的话，又怎么能从容地收拾自己的衣服和洗漱用品呢？特别是从容到把家里打扫得干干净净才走的。

郭弘仔细地打量着屋子里的情况，发现屋内所有的房门都没有上锁，只有一扇侧门例外。这扇侧门是通往屋外的一间杂物间的。

"奇怪，卧室门都不用上锁，一间杂物间竟然要上锁？"郭弘一边在心里想，一边动手寻找钥匙。他拉开床头柜抽屉，看到里面有一把绑了一段红绳子的钥匙。预感告诉他，要找的就是这把钥匙。

果然没错，郭弘将钥匙插入锁孔，轻轻一拧便开了。

郭弘慢慢地推开门，看到里面的摆设后，不禁大吃了一惊："这哪里是什么杂物间啦，分明是一间用来设坛祭祀的佛堂嘛。"

在杂物间的后墙上，挂了一幅"观音送子"图，图下面摆了一张长条形供桌。供桌上摆了一台做工粗糙的泥制小香炉，香炉里插满了已燃尽的香竹签。香炉左右各摆放了一支红色塑料大蜡烛模型。香炉前搁放了一本从地摊上买来的经书，上面有一层薄薄的灰尘。供桌前面的地上，摆放了一个用稻草编织的蒲团，上面有两个深深的跪痕。

很显然，这里是彭招娣祷求神灵保佑、烧香拜佛求子的地方。

"真是一个奇怪的女人！"

在派出所会议室里，韩珂玉向大家汇报完对彭招娣家里勘查的情况后，感叹道。

"如果仅仅是做事情有些奇怪倒没什么，怕就怕另有隐情！"文斌一脸凝重地说。

"现在我们重点要考虑的是，这个女人怎么会突然失踪，失踪的原因是什么。"冯江提醒道。

"还有最重要的一点，就是这个女人的失踪，是否与'8·28'凶杀案件有关联，又是否与杨菊兰的那一个或几个隐形情人有关联。"林云涛加重语气补充道。

"可是，现在这个神秘的女人生不见人、死不见尸，该怎么办呢？"辛丹青有些担忧地问。

"唉！那个失踪的婴儿还没有着落，这又失踪了一个大人。真是'东家刚失火，西家又冒烟'啦！"吴良义沙哑着嗓子感叹道。

"失踪？但愿只是失踪！"郭弘像是在自言自语地说。

"此话怎讲？"冯江追问道。

"从现场勘查的情况来看，我总觉得这里面似乎有许多疑点。"

听到郭弘这么说，大家都把探寻的目光投向他。

郭弘摆正了一下姿势，接着说："一是失踪的时间不合时宜。从餐柜里的食物腐败程度来看，彭招娣应当是在杨菊兰被害后的第四或第五天失踪的。这早不失踪，晚不失踪，偏偏选择在这个时候失踪，似乎有些突兀。二是失踪的方式不合情理。如果是正常出行，完全用不着避人耳目、隐踪匿迹，搞得神神秘秘的。三是失踪的动机和目的不符合逻辑。从她带走的行李物品来看，似乎是要出远门，打算长时间不回来了，但从其屋子里留下来的本应处理而未处理的物品来看，又不像是要出远门的样子，倒更像是有急事临时外出。"

"我完全认同郭弘同志的分析意见。"林云涛停顿了一下，然后加重语气说："我们要尽快找到这个神秘的女人，解开失踪之谜。"

"我看这样吧，我们下一步的工作重点，就集中放在寻找失踪的女人和深挖杨菊兰的隐形情人上吧。"文斌征求意见似的望着林云涛和冯江说道。

"唔，把这两者结合起来，我看可以。"林云涛顿了顿，别有深意地笑了笑说。

冯江见状，便问道："听老哥的意思，好像话里有话呢？"

听到冯江问，大家又都望着林云涛。

林云涛摆了摆手，笑着说："没什么，没什么。只是每次说到彭招娣，我就会想起凶手用来勒死胡老太婆的那根电源线，就会想起上面的指纹。"

"诶，不是已经查明了吗，指纹是案后形成的。"冯江说。

"对呀，现场勘查已经证明了凶手是戴手套作案的，说明胡老太婆的死与彭招娣无关嘛！"吴良义接过话来说。大家也都点头表示认同。

文斌站起来说："不管怎么样，我们现在只有尽快找到彭招娣，才能彻底搞清楚究竟是怎么一回事了。"

"文斌说得对。"冯江握紧拳头，轻轻地捶了一下桌子说。

到了攻坚克难的时候了。指挥部决定兵分两路，一路由吴队副带队，继续深挖与杨菊兰有不正当关系的隐形情人；一路由韩珂玉带队，全力寻找彭招娣。

吴良义和韩珂玉虽然点头表示接受任务，但明显看得出，他们两人脸上的表情既庄重又严肃，心里面一定承受了很大的压力。

文斌习惯性地右手一挥，说了一声"开工"，大家便都起身离去。

散会后，大家匆匆忙忙地离开，按照各自的分工，迅速投入工作。林云涛和文斌又驱车前往设在村里老祠堂里的专案指挥部。

到达专案指挥部后，林云涛盘腿坐在简易床铺上，一边抽烟，一边想着心事。

身边搁了一只用空易拉罐做的烟灰缸。文斌则反剪着手，嘴里叼着一支未点着的香烟，一边慢慢地踱步，一边思考着问题。

林云涛思索了一会儿，猛吸了两口，撮着"O"形嘴喷吐出一串烟圈，然后望着袅袅飘升的烟圈，对文斌说："说实话，有一个问题一直困扰着我，让我百思不得其解。"

"是什么问题？"文斌停止踱步，侧过身来问。

"除了王怀仁、王松柏、柯星河这几个重点关系人以外，杨菊兰的手机数据里，并没有发现其他可疑男人的信息。那么，那个或者那几个隐性关系人又是怎么与她保持通讯联络的呢？"

"你是说杨菊兰还有其他的通讯联络工具？"

"无论如何，隐性关系人总得要和她联络吧，否则的话，他们怎么幽会呢？"林云涛双眉微蹙地说道。

"可是我们已经调查过了，并没有发现杨菊兰还有其他的手机号码。她丈夫王包发也证实了这一点。除非是她私下保存和使用了别人提供的手机。但现场勘查中，也没有发现其他的手机呀。"

"难道是被凶手拿走了？"林云涛问。

"有这个可能吧。"文斌说。

"她家里有固定电话吗？"

"没有，整个村子都没有安装固定电话。"

"移动基站数据研判有什么发现吗？"

"我已调度了技术侦查部门的工作情况，他们说没有发现杨菊兰使用过其他的可疑电话。"

"难道是我们判断错了，杨菊兰并没有其他的尚未暴露的情人？如果真是这样的话，那个在门口与她搂搂抱抱被王怀仁看到的男人又是谁呢？"林云涛皱着眉头，似乎在自言自语地说道。

"如果王怀仁和王松柏都没有说谎的话，杨菊兰至少应该有一个隐性关系人。"文斌很肯定地说。

"你看他们两人像是在说谎吗？"

"唔，我看不太像。"文斌想了想，然后摇摇头回答。

"我看也不像。"林云涛也摇了摇头。

十八　神秘的兄嫂

根据王全发和邻居们的介绍，侦查人员对彭招娣有了基本的了解。

彭招娣虽然长相一般，但做事很勤快、动作也麻利。

早年在广东的一家制鞋厂打工时，彭招娣与王全发在一个车间。由于她做事极其认真、非常能吃苦，深得王全发的欣赏和爱慕。

每当看到彭招娣专注、忙碌的身影，王全发就会浮想联翩，心想："要是能讨到这样的女人做老婆，那就真是有福气了！"

心里面有了爱意，行动上便有了作为。

王全发本是从事搬运、装卸工作的，一般晚上不加班，而彭招娣是做鞋子的，基本上晚上都要加班。于是，王全发便经常晚上借故加班，到车间去陪她。有时候还会算好时间，买好热气腾腾的馄饨、饺子、炒河粉等夜宵在工厂门口等她。

这一来二去的，没有多久，两个年轻人就坠入了爱河。

结婚后，王全发并不像弟弟王包发那样，有着赚大钱、盖大楼的远大志向，而是只想着带老婆回村里，踏踏实实地守着那一亩三分地过安稳日子，生几个娃，传宗接代，传承王家香火。

然而,事与愿违,几年过去了,彭招娣也没有给他生得个一儿半女的。一开始,王全发以为是自己的原因,便悄悄地跑到县医院做了检查。检查后,医生告诉他说没有问题。于是他就拉着妻子去医院做检查,结果查出她患了先天性不育不孕症。王全发带她跑了很多地方寻医求药,都没能治好。

对于一个传统观念十分严重的人来说,这个打击太大了。王全发完全不能接受这种结局,也不能接纳一个不会怀孕生崽的女人,一气之下,竟一个人独自跑到外地打工去了,并且在那里又和别的女人组建了家庭,还有了一个孩子。

王全发平时从不回家,只有到了农忙时节才会回来待上个三四天,帮家里收割完稻谷便走。偶尔过年也会回来打个转,住上两三天,给彭招娣留下几百块钱。

王全发曾多次向彭招娣提出离婚,但她坚决不同意,态度表现得异常固执。王全发实在拿她没有办法,只好作罢,不再管她了。

彭招娣是个基督教徒,又是一个处事认真、古板、固执的人。由于她并不知道丈夫在外面与别的女人组建了家室,也从不相信外面的有关她丈夫的流言蜚语,因此总觉得是自己的原因导致王全发断子绝孙的,心里不免滋生出了深深的负罪感。正是这种负罪感,使她觉得只有默默地坚守在家里,在孤寂中耐心地等候丈夫的归来,求得他的原谅,才能够彻底赎清自己的罪孽。

她把这种孤苦伶仃、无依无靠的悲惨生活看作是在为自己赎罪。

许多邻居都曾向她暗示过,含糊其词地告诉她王全发可能在外面有了相好的,不会再回来了,劝她多考虑考虑自己的将来。但是,她根本就听不进去,依然我行我素,孤寂地在家里苦苦挣扎着。

彭招娣的日常生活非常有规律,也非常简单。早晨一般都起得比较早,一起来就到门口的田里、地里干活,但不会干很久,一般都是干到太阳升起一竹竿高就收工回家,做饭吃。中午一般不出门。下午,当太阳偏西时,她又会下地去干会儿活儿。晚饭一般是不吃的,每当到了这个时间点,她就会独自躲在杂物间,心虔志诚地烧香拜佛半小时,祷求神灵保佑自己能生个孩子。

　　日复一日，年复一年，彭招娣就这样固执地坚守着，因为她坚信"锲而不舍，金石可镂"的道理。

　　直到有一天，婆婆胡美英跑来，比比画划地打着手势向她报喜，告诉她杨菊兰又生了一个崽，这时，她才彻底明白了：什么菩萨保佑、佛祖显灵。一切都是命中注定，命中有时终须有，命中无时莫强求。正所谓"万般皆是命，半点不由人"啦！

　　知道杨菊兰生了一个男孩，彭招娣既高兴，又痛苦。高兴的是，王家总算有了传承香火的人了；痛苦的是，她已经明白了自己再也没有生儿育女的机会了。

　　彭招娣怀着伤心郁闷的心情，口里反复念叨着佛经上的一句话："今世既无缘，鬼神亦不度……"然后长叹了一声，便默默地将杂物间的门锁上。从此后，她再也不去杂物间求神拜佛了。

　　彭招娣带着一种复杂的心情来到杨菊兰家，可当她看到胖嘟嘟的婴儿时，立即就母性大发，喜欢得不得了。

　　从此以后，彭招娣几乎每天傍晚都要去杨菊兰家，抱婴儿玩、逗婴儿乐、教婴儿说话，就像对待自己亲生的孩子一样。对此，杨菊兰非常高兴，也很感激。

　　可是有一天，情形突然就发生了变化。

　　在杨菊兰被害前的一个星期左右，一天傍晚，彭招娣像往常一样来到杨菊兰家。她从婆婆怀里抱过婴儿，一边逗着玩，一边仔细端详着他的相貌。突然，脸上的表情就有些怔住了。她左看右看，总觉得这婴儿一点也不像小叔子王包发，心里面隐隐约约地产生了一种似曾相识的感觉，但究竟像谁，又有些模糊不清了。

　　彭招娣脸上的表情变化，没能逃过杨菊兰的眼睛。她放下饭碗，快步走过去，说了一声"要给宝宝喂奶了"，便从她手里抱过婴儿，匆忙走进了卧室。

　　彭招娣是个生性多疑、性格固执的人，遇事总喜欢钻牛角尖。她疑虑重重地回到家，躺在床上翻来覆去就是睡不着。婴儿的形象总是浮现在眼前，她满脑子里都是疑问。"奇怪呀！这伢儿怎么会一点儿都不像他父亲？我怎么会突然有一种似曾相识的感觉呢？难道是……"

第二天傍晚，彭招娣依然准时去杨菊兰家。刚出门不远，就碰到了妇女主任李冬香。

"王家大媳妇，这是要去哪里呀？"李冬香主动跟她打招呼。

"哦，是李主任呀。我去小叔子家看侄儿。"彭招娣也热情地回答。

"听说小家伙长得蛮好？"李冬香又问。

彭招娣见四周无人，便把自己的重大发现告诉了李冬香，临了，还阴阳怪气地笑着说："唉，小家伙长得可好了，胖嘟嘟的，真是讨人喜欢。幸好不像他爸，黑不溜秋的，跟李逵似的。"

"呃，快别这么说，什么叫不像他爸，这无根无据的话不要乱说。像这种不利于团结的话，以后不要说了，要是被杨菊兰夫妻俩听到了可就不好了。再说了，婴儿那么小，哪能看得准，等长大了还会有很大变化的。"李冬香以村委会妇女主任的身份，对彭招娣予以了严肃的批评。

毕竟她是村妇女主任嘛，调和邻里之间、家庭内部的矛盾纠纷是她的责任。

"对，对，主任说得对。我不说了，不说了。"彭招娣被李冬香批评得有点不好意思，便匆忙与她告别，也不再往杨菊兰家去了，而是掉转头回自己家去了。

望着彭招娣急匆匆往回走的背影，李冬香感到有点莫名其妙。她无奈地摇了摇头，笑了笑，心想："这都是忌妒心在作怪吧，真是'吃不到葡萄，就说葡萄酸'。"

调查彭招娣失踪的工作有了一些进展。有一个目击证人反映，9月3日早上六点多钟，看到彭招娣拖了一只咖啡色旅行箱在苍山乡汽车站等车。侦查技术部门也证实，她的手机最后关机是在汽车站附近。

侦查人员分析，彭招娣应当是坐车离开了苍山乡。为了不让别人查到她的踪迹，便故意关机，造成失联。

韩珂玉和辛丹青调阅了9月3日从苍山乡汽车站发出的所有车辆的记录，

发现总共只有八趟车。其中发往宁池县城的有两趟，一趟是早上八点钟，一趟是下午四点钟；发往邻县的也是两趟，一趟是早上六点三十分，一趟是下午三点三十分。其他的都是发往本乡各个村的。根据目击证人反映的时间节点，韩珂玉判断彭招娣应当是乘坐了早上六点三十分去往邻县的班车。于是，他们驱车前往邻县追踪调查。

韩珂玉和辛丹青赶到邻县汽车站，调阅了9月3日的监控视频，果然发现了彭招娣的踪迹。

彭招娣所乘坐的班车是九点五十五分到达邻县长途汽车站的。下车后，她打了一辆出租摩托车走了。侦查人员沿着摩托车的行驶轨迹，通过街道上的天网视频监控工程，一路追踪，发现她在街上并未停留，而是直接去了城外的高速公路口。

从高速公路口的监控视频中，可以清晰地看到彭招娣下了摩托车后，拖着行李箱在路边等候车辆。

对此，辛丹青很不理解。

"师兄，候车不是应该在汽车站吗，她怎么跑到高速公路出入口去了？"

"傻丫头，连这个都不懂。也难怪，你已经很久没有坐班车出差了。告诉你吧，会进站的，一般都是短途班车，或者相邻县市的班车，长途班车大多是不进站的。"韩珂玉解释道。

"为什么？"

"这是行业的规矩呀。长途班车跑的是高速公路，而高速公路的进出口一般都建在城外，如果班车要进站的话，车子在街上拐来拐去，会耗费很多时间。另外，还有一个见不得光的潜规则，那就是所有的乘客如果都在车站上下车，车费就都让车站收去了，驾驶员捞不着半点好处。如果有乘客在路上上下车，车费就可以进驾驶员的私人荷包了。"

"哦，原来是这样。这里面还有这么深的道行。难怪彭招娣舍近求远，不在汽车站上车，而要花钱打'摩的'到高速公路出入口去等车，原来是迫于无奈啊！"辛丹青豁然开朗地说道。

"别感叹了，快看视频吧。"韩珂玉催促道。

视频中，一辆长途大巴车驶出了高速公路出口，停在路边等待乘客上下车。彭招娣走过去向驾驶员打探了一下，可能不是她所要乘坐的车，便又回到旁边去等候。长途大巴车司机待乘客上下完车后，调头又开进了高速公路出入口。

十一点三十五分，一辆由湘西开往浙江的长途大巴车驶出了高速公路出入口，停在路边等待乘客上下车。彭招娣走过去看了看汽车挡风玻璃上的指示牌，便提着行李箱上了车。乘客上下完车后，大巴车调头又重新进入高速公路出入口，径直往浙江方向驶去了。

"我们去汽车站调度室，看看能不能调取大巴车上的监控视频吧。"辛丹青提议道。

"我记得班车上的监控视频，一般只能保留一个星期，现在已经过期了。"

"那怎么办？"

"虽然班车上的视频只能保留一个星期，但高速公路上出入口的视频可以保留一个月。"

"这一路有多少个出入口呀，我们从何查起呢？"

"前面一辆大巴车是驶往福建的，彭招娣没有上车，而是毫不犹豫地上了驶往浙江的大巴车，说明她要去的目的地就是浙江。所以我们只要查浙江范围内的高速公路出入口的视频就可以了。"

"对呀！言之有理。"

正在这时，韩珂玉的手机响了，是文斌打来的。韩珂玉急着要汇报这里的调查情况，却被文斌阻止了。

文斌告诉他们，说是王全发反映了一条重要线索：很多年以前，彭招娣在浙江余杭打过工，是帮人家养殖珍珠。那是她第一次外出打工的地方，她很有可能又回到那里去了。

得到这个消息后，辛丹青有点半信半疑，心里想：彭招娣打工的地方又不止一个，为什么她就一定会去第一次打工的地方呢？于是忍不住地问道："师兄，怎么就能肯定彭招娣是去了余杭呢？万一她没有去的话，我们不是要白跑一趟吗？"

"噢，这是一个心理学的问题。对于一个想要躲避公安机关而欲隐身藏匿的人来说，其选择的藏身之处必须是既安全，又能生存。在现实生活中，最安全的地方是哪里呢？当然是荒无人烟与世隔绝的地方。躲在这样的地方，恐怕谁也无法找到。但是，这样的地方虽然安全，但很难生存。如果是男人，也许可以躲到这样的地方去试一试，但女人就很难做到了。女人一般只会选择藏匿到一个既有人烟又相对安全的地方。对于彭招娣来说，第一次外出打工的地方，就一定会成为她觉得相对安全的地方。所以，她很有可能去了那里。"

"哦，原来是这样，有道理。那好吧，我们赶快去吧。"

"好嘞，出发喽！"

说完，韩珂玉发动了马达，脚踩油门，汽车向着浙江方向飞驰而去。

韩珂玉和辛丹青赶到目的地，通过当地派出所，秘密地找到了珍珠养殖场老板。

由于珍珠养殖场老板阳奉阴违，当面答应保证把彭招娣送来，暗地里却给她通风报信，导致她侥幸溜走了。

据珍珠养殖场老板介绍，彭招娣外出打工找的第一份工作，就是来这里帮他养殖珍珠。

这份工作并不是很累，但要特别细心。每天都要划着一叶木舟在池塘里选贝、插珠、测水温和检测水质酸碱度等。

以前彭招娣在这里打工时，由于她十分喜爱养殖珍珠这份工作，所以工作得非常出色，深得珍珠养殖场老板的喜欢。

随着时间的推移，正值中年的老板对她由喜欢演变成了喜爱，并多次提出自己的非分之想。但由于他有家室，有老婆和孩子，故遭到了彭招娣的断然拒绝。然而，老板不死心，还是不断地对她进行纠缠。彭招娣本是一个情感专一、性格固执、处事较真的人，一气之下，就卷起铺盖离开了这里，辗转到广东打工去了。

珍珠养殖场老板说，当年彭招娣不辞而别，他非常生气，也非常恼火。这次她回来找他，实际上是走投无路才来投靠他的。他本来不想理睬她，但听说她是因为被老公抛弃，现在孤身一人，无依无靠，又卷入到了一宗凶杀案件中，心一下子就软了。怜悯之心驱使他毫不犹豫地把她收留了下来。

人安顿下来后，珍珠养殖场老板找了一个合适的机会，向彭招娣询问过究竟卷入到了什么样的凶杀案件中。据她说，婆婆家里发生了命案，一家三口被杀。案发那天，她赶到凶杀现场，看到杀人惨状时，当场被吓得晕厥过去了。后来被村长叫去帮婆婆解开缠绕在脖子上的电源线时，更是惊恐害怕。从此后，她便吃不下，睡不着。只要一闭眼，就做噩梦，一睁眼，血腥的场面就浮现在眼前。心里老想，下一个被杀的是不是就轮到她了。于是，她不敢再往下想，因为越想越害怕。三十六计，走为上策。还是逃吧。

珍珠养殖场老板又问她是如何逃出来的，她说那天天还未亮，她就匆匆忙忙地收拾了行李，拖了一只旅行箱，一路狂奔地到了乡镇上的汽车站。正好看到有一辆六点三十分发往邻县的班车，于是毫不犹豫地上了这趟车。到达邻县后，打听到高速公路出口就在城郊，于是打了一辆"摩的"，直奔过去。毕竟她在外面打工很多年，对长途班车的一些运行潜规则还是比较了解的。果然不出所料，大多数长途班车都是停靠在高速公路出口，上下完乘客后，立即调头开进高速公路，很少有去汽车站的。她在高速公路出口等了一阵，驶往浙江余杭的长途班车就开来了，于是就乘车来到了余杭找他。

韩珂玉追问珍珠养殖场老板，彭招娣是否还跟他说过其他方面的事情。但他一口咬定彭招娣只是说婆婆家里出了命案，她是因为害怕才躲藏起来的，其他的什么都没有说。

韩珂玉查看了珍珠养殖场老板手机里的通话记录，发现近几天突然冒出了一个新的号码，他敏锐地意识到，这个号码很可能与彭招娣有关联。于是，他不露声色，悄悄地向专案指挥部报告，请求技术支持。

林云涛接到请求后，立即通知技术部门对该手机号码实行监控。

果然没错，当天深夜，彭招娣就用那个新的手机号码给珍珠养殖场老板打了电话。

"老板，我是娣。公安局的人走了吗？"彭招娣压低嗓子轻声问。

"走了。"

"他们问了一些什么？"

"问了，但我什么都没有说。不管他们问什么，我都说不知道。"珍珠养殖场老板怕在彭招娣面前丢面子，不敢实话实说。

"真是奇怪，他们是怎么知道我躲在你这里的呢？"

"这我也不清楚。对了，他们离开时要我好好劝劝你，如果没有做什么亏心事，就用不着东躲西藏的，应该主动去找他们说清楚。哪怕是做了什么错事，也不要东躲西藏，而应该投案自首，争取得到从宽处理。"

"我害怕呀！我实在是说不清楚啊！"

"害怕什么？究竟发生了什么事情？"

"有人要杀我啊！"

"谁？谁要杀你？"

"这……这情况太复杂了，我一时半会儿也跟你说不清楚，你就不要再问了。有件事要麻烦你，昨天我走的时候比较匆忙，只带了一个随身包，衣服和洗漱用品都忘了拿，麻烦你去养殖场帮我拿一下，明天早上六点钟之前送到汽车站来。拜托了。"

"我觉得你应该见一见公安人员，把真实情况告诉他们，他们会帮你做主的。"

"唉！老板，你不知道情况有多复杂，我现在是跳到黄河都洗不清了呀！"

"你要相信公安同志！"

"你不了解情况。别的不说了，麻烦你去帮我拿下东西。拜托了！"

"那你今后有什么打算？"

"你瞧我现在这个样子，还能有什么打算，只有走一步看一步呗。当务之急，是先找到一个安身之所吧。"

"有具体目标吗？"

"还没有。我想，先离开这个地方再说吧。"

"那好吧。你自己多保重！"

这天晚上，韩珂玉和辛丹青并没有离开这里，而是趁着夜色，悄悄地把车停在珍珠养殖场附近，坐在车里严密监视着养殖场的动静。

半夜时分，正当两人感到疲惫失望，准备打道回府时，突然接到指挥部传来的消息，获悉珍珠养殖场老板要在天亮时去给彭招娣送行李。顿时，两人精神为之振奋，连日来的困乏与疲惫全抛到九霄云外去了。

为了做到万无一失，韩珂玉和辛丹青经过商量，决定分头行动，由辛丹青负责到汽车站去蹲守，韩珂玉则负责跟踪珍珠养殖场老板。

凌晨五点，韩珂玉看时间差不多了，便开车把辛丹青送到余杭汽车站。到站后，他把车停在站前广场的一个隐蔽处，帮辛丹青把双肩行李背包背好，又给她戴上一顶遮阳帽，然后右手在她肩膀上轻轻地拍了拍，关切地说："自己小心，注意安全。"说完，习惯性地竖起左手大拇指，以示给她鼓劲。

"放心吧，师兄，这又不是第一次单独行动。"辛丹青微笑着回答，脸上充满了自信。

辛丹青装扮成赶早班车的乘客，急匆匆地走进汽车站，一闪身，便隐身在候车的乘客中，暗中观察着周围的动静。韩珂玉则开车回到珍珠养殖场，继续监视着这里的一切。

凌晨五点三十分，珍珠养殖场老板从家里出来，到员工宿舍拿了彭招娣的行李箱，开了一辆黑色奥迪轿车往汽车站方向行驶。韩珂玉驾车紧紧地跟在后面。

珍珠养殖场老板把车开到汽车站站前广场，停好车后，提了旅行箱径直往候车大厅走。韩珂玉从后车厢里拎起一只双肩包，抓起一顶草帽戴在头上，紧随其后。

珍珠养殖场老板刚走到大门口，便从旁边闪出一个人来。韩珂玉只扫了一眼，便认出那人正是彭招娣。

正当彭招娣要从珍珠养殖场老板手里接过旅行箱时，韩珂玉突然叫了一声"彭招娣"。彭招娣听到有人叫她，先是一怔，朝声音传来的方向望了一眼，然后扭身便往候车大厅里跑。谁知辛丹青早就注意到了她，正在里面守株待兔。当她刚刚冲进候车大厅时，就被辛丹青一把给抱住，逮了个正着。

彭招娣被侦查人员带回了宁池县，但她一路上沉默不语，半句话都不肯说。

林云涛和文斌听完韩珂玉关于抓捕彭招娣的经过汇报后，都预感到彭招娣身上可能会有侦破案件的关键线索，于是决定亲自去见一见这个神秘的女人。

彭招娣身材适中，剪一头短发，上身穿着一件黑色短袖 T 恤衫，下身穿着一条蓝色牛仔裤。虽然体形偏瘦，但由于长着一张轮廓感极强的方形脸，加上皮肤偏黑，因此给人一种好强与坚韧的印象。

可能是第一次坐在审讯室里接受审讯的原因，彭招娣显得有些紧张，双手不停地微微颤抖。

文斌走过去，递了一瓶矿泉水给她，问："你为什么这么紧张？"

"我……我害怕。"彭招娣因紧张，哆哆嗦嗦地回答。

"你害怕什么？"

"我怕我说不清楚，我怕有人要杀我。"

"只要如实说，就没有什么说不清楚的；只要说清楚了，公安机关就一定会秉公执法，匡扶正义，任何人都不可能伤害你！"

彭招娣抬起头来看了看文斌，点了点头表示相信，然后低下头轻声说："我说，我说，我全说。"

文斌朝韩珂玉和辛丹青使了个眼色，示意他们做好记录和同步录音录像。

彭招娣哆哆嗦嗦地打开矿泉水瓶盖，喝了一口水，轻声说："那孩子是我抱走的。"说完，她怯怯地看了一眼审讯人员，然后提高音量说："但人不是我杀的。我对天发誓！"

"你别急，把事情的来龙去脉慢慢说清楚。"韩珂玉用缓和的语气稳定住她的情绪。

"我每天都会到杨菊兰家去，对她家的情况和生活习惯非常熟悉，知道婆婆是带着孙子睡的。8 月 27 日晚上，我又到她家去坐，帮着带孩子。九点左右，婆婆抱着侄子进房间睡去了，小侄女王梓琪也上床睡了，我和杨菊兰就在她房里聊天。十点左右，杨菊兰说想睡了，于是我就起身准备离开。走时，杨菊兰叮嘱我出门时帮她把大厅的门锁上，因为平时有时候她也会要我出门时帮她把门锁上。我在关大厅门时，故意先把锁舌调成开启状，然后用点力把门关上，这样听起来就好像是门被锁上了，实际上锁还是开启的。回到家后，我就打电话联系来接孩子的人，他们说已经到了，摩托车就停在村外的一片树林里。28 日凌晨零点三十分左右，我又悄悄地溜进杨菊兰家。听声音一家人都睡得正香。我熟门熟路地径直到了婆婆睡的房间，轻轻地抱起婴儿，按原路出来，直接将婴儿送到石拱桥桥头边的树林里，交给来接婴儿的人，目送着他们推着摩托车走过一个山湾，才回家睡觉。"

"后来呢？"辛丹青停止敲键盘的手，问道。

"第二天清晨七点多钟，我出门准备去地里干活，听到有人在说杨菊兰家死人了，当时我心里想：'不会吧，不就是丢了一个孩子吗，值得去寻死？反正她能生，再生一个不就得啦。'后来又听说是有人被杀了，我大吃了一惊，想怎么可能呢。于是就赶紧跑去看个究竟。当我看到她们那种血淋淋的被害惨状时，吓得差点晕死过去了。"

"人不是你杀的？"文斌用犀利的眼神盯着她问。

"不是，呜呜，真的不是，我发誓。呜呜……"彭招娣急得哭了起来。

"你抱婴儿走的时候，将房门锁上了吗？"见她情绪稍有稳定，文斌接着问。

"应该没有。当时我心里非常紧张、害怕，没有去想锁门的事。"

"你为什么要偷走婴儿？"

"唉！我命苦啊！我因为得了先天性不孕症，命中注定一辈子没有孩子，可我又不甘心，特别想要有一个孩子，加上我特别喜欢这个侄儿，所以一时糊涂就做了傻事。我现在好后悔呀！连肠子都悔青了！"

"你把别人的孩子抱走，考虑过别人的感受吗？"辛丹青厉声质问道。

"我当时只是想，反正杨菊兰能怀孕，现在计划生育政策放宽了，只要她想生，再生几个都没有问题，所以就没有去考虑其他的。"

"孩子现在在哪里？"

"在我妹妹家，我请她暂时帮我带几天。我原本想，等风声过去后，就离开这里回老家去，把孩子带在身边，当成自己的亲生儿子抚养。"

"孩子是怎么被接走的？"

"我骗我妹妹说我领养了一个一岁多的孩子，想带回老家去，但婆婆家不同意，因此请她配合，悄悄地把婴儿接回老家去。那天晚上，我妹妹和妹夫骑摩托车赶来了，预先躲藏在村外的树林里。我把婴儿偷出来后直接交给了他们，他们怕惊动村子里的人，就推着摩托车走了一段路，然后直接骑回家去了。"

"你妹妹的家庭住址？"

"也是山南县，但靠近宁池县这边，骑摩托车大约需要三个小时。"

"这么远的路程，婴儿在路上哭闹怎么办？"辛丹青问。

"不会的，我妹妹前不久刚生了一个女儿，正在哺乳期，有足够的奶水喂他。"

"想得真周到，你真是费尽心机啊！"辛丹青用讽刺的口气说道。

"唉！这不正应了那句古话：'机关算尽太聪明，反误了卿卿性命。'"彭招娣自嘲地笑了笑说道。

"你不是说你没有杀人吗，没有杀人怎么会误了你的性命呢？"文斌追问道。

"我真的没有杀人，你们一定要相信我。"

"你前脚进去盗走婴儿，别人后脚进去把剩下来的三个人全部杀了，有这么巧？谁信呢？"辛丹青质问道。

"真的是巧合，我真的没有杀人，呜呜。"说到这里，彭招娣又急得哭起来了。

"你没有杀人为什么要躲藏起来？"

"唉！因为婴儿是我偷的，一旦查出来，你们一定会怀疑人也是我杀的，我怕说不清楚，所以就想一走了之。"

"你偷盗婴儿的原因，真的只是想要有一个孩子吗？那可是一个活生生的人啊，不像其他物品可以藏着掖着，难道你就不怕日后被人发现？"林云涛一直没有作声，只是坐在旁边观察着彭招娣的表情，到这时才开口提问。

"呃，还有一个原因，"彭招娣抬头看了看林云涛，又看了看每一位审讯人员，然后下定决心似的说，"我怀疑婴儿不是王包发的亲骨肉。"

"是不是亲骨肉，这与你偷盗婴儿有何相干呢？"辛丹青质问道。

"我是这么想的，假如这个婴儿真的是个野种，杨菊兰夫妇不可能不知道，他们应当是心知肚明的。如果真是这样的话，我把婴儿偷走了，他们夫妇俩碍于脸面，不一定会去寻找，或者说至少不会竭尽全力去寻找。"说这话时，彭招娣的脸上竟然露出了阴冷的笑容。

"你怎么知道婴儿不是王包发的亲骨肉？"林云涛面无表情地问。

"我几乎每天都会去抱他，逗他玩，我越看越觉得他一点都不像他父亲王包发。"

"像谁？"林云涛依然是面无表情地问。

"一开始，我只是有一种似曾相识的感觉，但怎么也想不起来究竟像谁。直到那天……"说到这里，彭招娣四下张望，全身颤抖，紧张得说不下去了，眼神里充满了恐惧。

见此情景，辛丹青急忙起身走过去，用手轻抚了几下她的肩膀，说："别怕，有我们在，大胆说！"

彭招娣点了点头，举起矿泉水瓶子喝了两口水，紧张的情绪有所平缓。

"案发那天清晨，听到别人在议论，说杨菊兰家里发生了杀人案。当时我感到十分惊讶，明明只是婴儿失踪了嘛，怎么就变成杀人了呢？我不相信，于是就满腹疑虑地去看个究竟。当我到了杨菊兰家，看到她母女俩被杀的惨状时，立即吓得昏过去了。醒来后，王村长说去看看老太婆是不是还有救，于是我就跟他去了婆婆的住房，还和他一起把绑在婆婆脖子上的电源线给解下来了。"

"嗤，就这点事把你吓成这样？"辛丹青嗤笑道。

"我要说的不是这个，呜呜……"彭招娣话还没有说完，又哭泣起来了。辛丹青递了几张纸巾给她，安慰道："你不要有什么顾虑，有什么话就直说。"

彭招娣用纸巾擦了一把眼泪，点了点头，接着说："就在帮老太婆解脖子上的电源线时，我感觉到王水生村长一直在盯着我看，阴冷的眼神中似乎带有一丝凶狠的光芒。当时我有些震惊，以为他是在怀疑我杀了人，所以心里非常紧张，也非常害怕。"

"这就把你吓成这样？"韩珂玉问。

"可怕的事情还在后头。"彭招娣又喝了一口水，平稳了一下情绪，接着说，"接下来的几天里，王村长那阴冷凶狠的眼神一直盘旋在我眼前，赶也赶不走，挥也挥不去。于是，我就在心里面不停地琢磨这事，村长为什么要用那样的眼神盯着我呢？突然有一天……"话还没有说完，彭招娣已是脸色惨白、全身战栗。

"你的意思是说，突然有一天，你发现那婴儿长得像王水生村长？"林云涛不露声色地问。

"对，对。"彭招娣先是直点头，然后又叹息了一声，顿了顿，无奈地摇了摇头，接着说，"有天晚上，我躺在床上翻来覆去地睡不着，心里面一会儿想到胖嘟嘟、超可爱的婴儿，一会儿又想起王村长那阴冷的眼神。突然，一个可怕的念头从心里冒了出来，那个婴儿莫不是王村长的野种吧？难怪以前总觉得那婴儿有一种似曾相识的感觉，想不到这种感觉竟是来自王村长。"

"这就是你潜逃躲藏的真实原因吧？"说这话时，文斌眼神里流露出一丝兴奋的光芒。

"是呀，如果那个婴儿真是王村长的血脉，我把他的亲儿子给偷抱走了，他一定会认为杨菊兰和她的家人也是被我杀的。如果我不设法躲藏起来，一旦被他逮住了机会，还不得把我给活埋了！"

"你放心吧，谁都不能伤害你。"林云涛说。

林云涛说完，把文斌叫到审讯室外，要他下命令封锁消息，不能让外界知道彭招娣已经在公安机关手里，并按照关于证人保护的规定，安排专人对彭招娣实施秘密保护措施。

文斌把证人保护的任务交给了辛丹青。辛丹青立即启动证人保护呈批程序，并迅速落实好证人保护场所。一切准备就绪后，她亲自驾车，载着彭招娣直奔市公安局临时设置的"安全屋"。

十九 私生子

为了保密，林云涛决定把专案指挥部从老祠堂撤到苍山乡派出所，并召开了一个紧急会议。

会上，文斌通报了案件侦查最新进展情况。

当得知村长王水生有可能就是杨菊兰的那个隐形情人，并且那个失踪的孩子可能就是他的私生子时，大多数同志都表示不能理解。特别是鲁大明所长，更是表示怀疑。

"会不会是搞错了？"鲁大明右手将左手臂的袖子撸到了肩膀上，扫了一眼大家，继续说，"王村长一向做事认真，作风严谨，从来没有这方面的流言蜚语呀。"

"我也觉得有点牵强。毕竟杨菊兰的手机数据里还没有出现过有关王水生的信息。情人之间，不管是公开的也好，隐秘的也罢，总不见得从来不联络吧。"郭弘也提出了异议。

"假如他们之间真有一腿的话，那他们又是怎么约会的呢？难道真的像传说中的有'心灵感应'？"陈亮说。

"也许你们说得都有道理，但不排除你们所看到的都是表面现象，深层次的问题也许还没有浮出水面，还没有被我们发现。无论如何，既然已经关联上了王水生，虽然只是一条线索，但我们也要抓住不放，一查到底！你们说对不对？"文斌的话说得好像是在征求大家的意见，但脸上的表情却很坚决。

"文斌说得对。我们必须尽快查明两件事情：一是王水生究竟和杨菊兰有没有不正当的男女关系，婴儿是不是他的亲骨肉；二是王水生有没有作案动机和嫌疑。"林云涛补充说道。

"怀疑王水生与杨菊兰有一腿也就罢了，但要怀疑他杀人，我觉得有点牵强了。"吴良义也提出了反对意见，他用沙哑的声音说道，"大家都知道，王水生是村民公认的好村长，是乡政府培养的好苗子。不仅为人正派，表现优秀，而且对我们的调查工作也非常支持，随叫随到，积极主动地为我们收集线索，一旦有了什么线索，都及时地向专案组反映。还有特别重要的一点，就是他从来不向任何人打听案情。像这样的人，怎么可能会与凶杀案件扯上关系呢？"

"大家还记得凶手用来勒死胡老太婆的那根电源线吗？"林云涛说道。

"记得，上面有王水生和彭招娣两人的指纹，"郭弘接过话来说，"但据说那指纹是案后形成的。"

"据说？据谁说？据他们自己说吧。"林云涛意味深长地笑了笑说。

"关于这一点，村妇女主任李冬香也是可以证明的，她亲眼看到王水生和彭招娣进屋去帮胡老太婆解开脖子上的电源线。"韩珂玉说道。

"这一点我不否定。记得在第一次案情讨论会上，大家认为凶手作案后，并没有对勒死胡老太婆的电源线进行擦拭，原因是上面有死者的指纹，并排除了搏斗时所留。对此，我没有不同意见。但是，我反复研究了凶案现场的照片，发现了一个奇怪的现象。"林云涛顿了顿，继续说道，"凶手杀人后翻动现场物品时，在柜门上、抽屉上都留下了死者的血迹，这说明了什么？说明凶手戴的手套上沾有死者的血迹。既然凶手没有对那根电源线进行擦拭，那电源线上也应该会有死者杨菊兰或者王梓琪的血迹反映，对不对？但上面却没有。"

"如果是先勒死胡老太婆，再挥刀砍人和翻动现场物品，这不就说得通了吗。"郭弘抢着回答。

"是不是因为时间差异，导致手套上的血迹干涸，所以没有在电源线上留下血的反映。"吴良义分析道。

"也许你们分析得都有道理，但我在想，会不会有另外一种可能性。"林云涛一边思索一边说。

"什么可能性？"大家都把探寻的目光投向他。

"电源线上原本是有指纹的只不过与案后指纹混合到了一起，现在无法分辨、分开而已。"林云涛慢条斯理地说道。

"你是说彭招娣的指纹有可能是她在作案时留在电源线上的，案后去帮胡老太婆解开电源线只是一个幌子？"文斌惊讶地问道。

"不对呀，凶手作案时应当是戴了手套的。"郭弘争辩道，钟天和陈旭东也点头表示附和。

"你们觉得彭招娣能独自完成整个杀人盗婴案件吗？"林云涛提醒道。

"哎呀！我明白了。你是说彭招娣有一个同伙，他们一人负责杀死胡老太婆盗窃婴儿，一人负责砍杀杨菊兰和小女孩？"韩珂玉如醍醐灌顶一般地惊叫了一声，说道。

"难怪电源线上没有死者的血迹反映，原来勒死胡老太婆的凶手并不是杀死杨菊兰和王梓琪的人，这下说得通了。"郭弘茅塞顿开一般地说道。

大多数同志都点头说："原来如此！"

"可是她的这个同伙是谁呢？"辛丹青微蹙着眉，一边思索，一边自言自语般地问道。

文斌和林云涛相视而笑，然后说："这两个帮胡老太婆解开脖子上的电源线的人，一个是偷盗婴儿的人，一个是被害人的隐形情人，这是不是太过于巧合了？"

"啊！你是说王水生是彭招娣的同伙？"辛丹青惊讶地问道。

"怎么可能？王水生与彭招娣八竿子都打不着，怎么可能与她合伙杀人呢？"

"王水生德高望重，为人严谨，在他身上找不出半点可疑之处，怎么可能去杀人呢？"

……

大家你一言我一语，议论纷纷。许多同志都不认同王水生会是彭招娣的杀人同伙。

林云涛扫视了一眼会场，神秘地笑了笑，说："大胆推理，小心求证。"说完，便自顾自地掏出香烟，点上火，津津有味地吸起来。

见大家议论纷纷、吵吵闹闹，文斌只好站起来大声说："大家静一静！静一静！大家用不着多议论，我和林支队长也只是说存在这种可能性，并没有说一定就是王水生与彭招娣合伙作案。"

待大家安静下来后，文斌接着说："我看这样吧，我们在调查彭招娣的同时，把王水生一并考虑进去。先不管他有没有作案嫌疑，我们首先要搞清楚他与杨菊兰的关系，搞清楚那个婴儿是不是他的血脉，在这个基础上，再去考虑他有没有作案动机和嫌疑。"

"我同意文斌的意见。"林云涛赞同地点点头。

"这个问题应当很容易解决。"韩珂玉很自信地说。

"很容易解决？你是说把王水生村长抓来审讯吗？"陈亮因刚从法制部门调过来，对一些高尖端刑事技术还不是很了解，故说话说不到点子上。

"通过 DNA。"陈旭东法医抢着回答。

"说得对。"文斌点了点头后，开始安排工作，"韩珂玉？"

"到！"韩珂玉大声应道。

"火速联系山南县警方，请求他们协助提取婴儿的血样，检验后将结果输入 DNA 数据库。"

"是，明白！"

"吴队副？"

"在！"吴良义用沙哑的声音应道。

"你想办法秘密提取王水生的检材，送理化实验室做 DNA 鉴定。"

"明白！"

"鲁大明？"

"到！"

"你像往常一样，继续在村里面晃悠，但不得暴露我们的侦查意图，更不能惊动王水生。"

"是！不过有一点我要纠正一下，往常我不是在村里'晃悠'，我可是在摸底排查呢。"鲁大明略表委屈地说。

"哦，对不起，是我用词不当，向你道歉！"文斌笑了笑说。

"呵呵！这还差不多。"鲁大明一边撸着袖子，一边高兴地说。大家也跟着笑起来。

"我要提醒大家的是，从今天开始，所有的工作都必须在保密的前提下进行。明白了吗？"林云涛强调道。

"明白！"大家异口同声地回答。

吴良义接受任务后，心里就开始琢磨，既要提取到王水生的生物检材，又不能惊动他，这着实有点难度。如果直接到他家里去提取，虽然简单，但显然不妥。直接去找他本人提取，那就更不行了。正在他左右为难之时，陈亮给他出了个主意。吴良义听后，觉得是个好主意，于是，两人便依计行事。

下午，吴良义和陈亮徒步来到村里，找到王水生，说是要找几户有人在外地打工的人家调查，要他带路。王水生一听，二话没说，就带领他们挨家串门走访调查。当从最后一户人家屋里出来时，陈亮故意装作被门槛绊了一下，重重地摔倒在地上。王水生急忙上前去扶。陈亮一脸痛苦地说："哎哟！……哎哟！痛！痛！动……动不了了，脚崴了。吴哥，快……快送我去医院！"

吴良义知道陈亮是在按计划开始演戏了，心里直发笑，但还是不露声色地配合他演下去。

"完了，完了，痛得这么厉害，肯定是骨头摔断了，要赶紧送医院！"吴良义一本正经地说，"年纪轻轻的，千万不要落下什么残疾，要不然的话连找老婆都困难了。"

吴良义说完，望了望西边天空中正在落山的太阳，然后故意显出一副焦急的神情看着王水生，说："王村长，能帮忙在村里租辆车吗？"

"唉！村里哪来的车呀。"王水生苦笑了笑说。

"租辆摩托车也行，我会骑。"

王水生抬头看了看已经开始黑下来的天空，说："吴队长，你太见外了，说什么租摩托车，这说出去还不被人家笑话死了。公安的同志受了伤，用下摩托车还要付租车费，人家会说我这个村长当得太没有水平了。这样吧，如果不嫌弃的话，你们就骑我的摩托车回去吧，反正明天我要去乡政府开会，待散会后我去派出所拿就是了。"

"这样最好，太感谢了！王村长，你真是亲警模范啊！我保证明天把摩托车完好无损地还给你，完璧归赵。"说完，吴良义就跟随王水生回家骑摩托车去了。

不一会儿，吴良义骑了一辆摩托车过来。陈亮在吴良义的搀扶下，假装很吃力、很痛苦的样子爬上摩托车，两人一溜烟儿地骑回了派出所。

郭弘早就在派出所里等候，待摩托车一进院子，他便把大门一关，开始对摩托车进行检验。

为了慎重起见，郭弘不仅提取了摩托车手把上的生物检材，还对其他部位也进行了仔细勘查，旨在发现与"8·28"凶杀案有关联的其他痕迹物证。

勘查完毕，郭弘把生物检材交给陈亮，说："亮崽，给你提供一个机会，请你火速把检材送到刑警队理化实验室吕玫那里，要她连夜做 DNA 检验。结果出来后，要立即与杨菊兰儿子的 DNA 做比对。你要在那里等候检验结果，结果一出来，立即向指挥部报告。"说完，还故意挤眉弄眼地怪笑。

陈亮倒满不在乎，仍然一副热情洋溢的样子说："弘哥，谢谢啦！保证完成组织交给我的光荣任务！"说完，接过检材，钻进一辆标配捷达轿车，发动马达，脚踩油门，车嗖地蹿出去老远。

望着渐渐远去的车灯光影，郭弘微笑着摇了摇头，突然就文思泉涌，脑海里冒出了一首诗，于是，一边收拾勘查工具，一边用京剧唱腔唱道：

"一枝红杏香满楼，楼外行人正独愁。何日摘得花归去，喜烛映亮红盖头。"

林云涛刚好从外面回来，听到郭弘正诗兴大发，便说："好诗！早听别人说你是队里有名的秀才，果不其然，还真有些才气。"

"嘿嘿，哪里，林支队，让你见笑了。"郭弘本来是个很自信的人，但在林云涛面前还是显得有些谦虚，一来他是市局的领导，二来他是师爷级别的长辈，所以很敬重他。

"你这个同志呀，我要批评你，"吴良义站在旁边，用食指戳了戳郭弘，习惯性地用批评的口气说道，"一个有家室的人，还整天满脑子想些拈花惹草的事，你这是'小资'思想作祟……"

"嘿嘿，打住，打住。吴队副，你说得对，"郭弘嬉笑着打断吴良义的话说，"不是我拈花惹草，我是刚才看到陈亮那个兴奋的样子，不由自主地发表感慨而已。"

"陈亮？兴奋？为什么？"吴良义问。

"要去理化实验室送检呗。"

"哦哦哦！是去见那个'芭比娃'吧！"吴良义恍然大悟地说。

"对啰！"

"那我批评错了？"

"你说呢？"

"也不对呀，人家陈亮去看女朋友，你一个'楼外行人'独愁什么呀？"吴良义有些较真地说。

"我没有独愁呀。"

"你没有独愁？你没有独愁唱什么'楼外行人正独愁'。"吴良义煞有介事地说。

"唉，我说的'楼外行人'又不是指我自己。"

"那是指谁呢？"

"唉！不是指谁……唉，我怎么有点跟你扯不清楚了呢？"郭弘本想解释一番，可一急就又不知道从何说起了。

林云涛见状，赶紧打圆场说："老吴，你别逗他了。你明明知道诗歌讲究的是形象思维，强调的是朦胧的意境和丰富的想象。这'楼外行人'不一定是指具体某一个人，他既可以是诗歌中的主人公，也可以是作者本人，还可以是任何一个局外人。当指诗歌中的主人公时，所要表达的意思是，主人公因未俘获姑娘芳心，或未抱得美人归而忧愁；当指作者本人或其他局外人时，所要表达的意思就是替主人公担忧和操心嘛。"

"对，我要表达的就是这个意思。"说完，郭弘用敬佩的眼神看了看林云涛，然后有种如释重负的感觉。

"郭秀才，我是故意逗你的，谁不知道你是我们队里的才子呀。"吴良义拍了拍郭弘的肩膀，笑了笑说。

其实吴良义心里知道自己理解错了诗的意思，但又拿不下面子作让步，这时见林云涛搬了个"梯子"过来，便赶紧顺着梯子下台阶。

"郭秀才，我来考考你，刚才吴队副说到'拈花惹草'一词，你知道这个词原是出自哪里吗？"林云涛很欣赏郭弘的才华，便有意考考他。

"知道，出自元代杨立斋的《哨遍》。"说完，郭弘便摇头晃脑地背诵起来。

"前汉又陈，后汉又乏，古尚书团搭损殷周夏。五代史止是谈些更变，三国志无过说些战伐。也不希咤，终少些团香弄玉，惹草粘花。"

"不错，你还真是个名副其实的秀才！"林云涛对郭弘大加赞赏。吴良义也由衷地敬佩，竖起了大拇指。

第二天，吴良义特意把摩托车清洗了一遍，以免王水生发现留在上面的检验痕迹而起疑心。

中午时分，王水生在乡里开完会，便来到派出所拿车。当他看到摩托车被洗得干干净净时，心里很是感动，真诚地对吴良义说："老首长，你真是军人作风不减当年啦！临时用下车还要洗得这么干净，我要好好向你学习呀！"

"唉，这是应该的。"吴良义停顿了一下，接着说，"你可千万别叫我'老首长'了，叫我老吴就好了。"

"我听说你曾经当过消防兵的军官，可我在部队上时只是个大头兵，所以应该称呼你'老首长'才对吧。"

"唉，那是好多年以前的事了，不值一提啰。"吴良义摆了摆手，笑着说。

"陈警官的伤好点了吗？"王水生急切地探问陈亮的伤情，脸上露出关切的表情。

"唉，情况有点糟。昨天晚上就安排车送到县城医院去了。"吴良义本不是一个善于撒谎的人，所以说这话时，心里觉得特别别扭。

"唉！这一跤竟摔得这么重。"王水生一边说，一边发动摩托车。

"是啊！年轻人做事不知轻重，总是毛毛躁躁的。不过不要紧，年纪轻，恢复得也快嘛。"吴良义附和着他的话说道。

王水生跨上摩托车，回头对吴良义说了一声"代我向陈警官问声好"，然后就一溜烟地骑车走了。

吴良义对着他远去的背影，若有所思地说："放心吧，一定会把话带到。"

DNA检验结果很快就出来了。果然不出所料，失踪的婴儿还真是村长王水生的亲骨肉。

检验结果报告传到专案指挥部时已是午夜时分。林云涛和文斌还在派出所的会议室里研究有关案情。两人不停地抽烟，整个会议室里烟雾缭绕，熏得大家眼睛都睁不开了，空气格外浑浊。

郭弘得到这个消息后，兴冲冲地走进会议室，人还在门口，就开始嚷嚷："呵呵，千算万算，做梦都没有算到，这个失踪的孩子竟然是个私生子！"

"是啊，山穷水复疑无路，柳暗花明又一村。看来案件侦查终于有了转机了！"韩珂玉应声说道。

然而，林云涛却兴奋不起来。

"不用电话联络，他们这种隐秘的男女关系是如何建立起来的，又是如何维持下去的呢？"林云涛坐在会议桌边，朝坐在对面的文斌问道。

文斌撅起嘴唇，潇洒地吐出一串烟圈，轻松而又缓慢地说："我分析有两种可能性。这其一，是使用传统的联络方法，比如捎话、传纸条等。但这种方法偶尔使用一下还可以，如果要经常使用肯定是不行的。其二，恰逢一个偶然的机会，他们相遇并发生了一次性关系，导致杨菊兰怀孕，事后各奔东西，互不相欠，互不来往，就像什么事情都没有发生过一样。这样，他们之间就用不着联络了。"

"你是说和'一夜情'一样吗？"吴良义问。

"也许一样，也许不一样。"

"此话怎讲？"吴良义不解地问。

"'一夜情'一般是双方自愿的。杨菊兰就很难说了，她有可能是自愿的，也有可能是受到王村长的威胁，被迫与他发生性关系。"说完，文斌望着林云涛，似乎在征求他的意见。

"你的分析还是有点牵强啊。"林云涛沉默了一会儿，接着说，"毕竟王水生是一村之长，算得上是村里的土皇帝，在村里的威望极高，是个说一不二的角色。村里面好不容易来了一个娇艳的美村妇，你说他会见好就收，不多玩几次？在男女偷情这样的事情上，一般都是有一就有二，有二就有三。我真不敢相信，王水生不会一而再、再而三地起贪色之心，这恐怕不符合当代乡村的实际情况吧。"

"如果是这样的话，那他们究竟是怎样联络的呢？"吴良义问道。

"我想，他们之间应该有一种独特的、隐秘的联络方式，只是我们还没有发现而已。"林云涛分析道。

"这个王八蛋，真不是个玩意儿，不就是偷个情吗，犯得着费这么大的心机吗？搞得像做间谍一样。"吴良义沙哑着嗓子骂道。

"呵呵，也许这就是他精明的地方，做任何事情都滴水不漏，不让别人抓住把柄。"文斌笑了笑说。

"我有一个问题，"郭弘从证据的角度提出问题，"就算王水生与杨菊兰有不正当的男女关系，但仅凭这一点，恐怕还不能确定王水生就是杀人凶手吧？"

"对，说到问题的关键点上了，"文斌接过话来说，"到目前为止，我们还没有任何证据证明王水生就是杀人凶手，甚至连怀疑他的理由都还不是很充足。"

"我不这么认为。"林云涛动作缓慢地点上一支烟，吸了一口，慢慢地吐出烟雾，然后接着说，"我们至少搞清楚了两个问题。一是犯罪动机，王水生应当具有作案动机。事实证明，杨菊兰生下来的婴儿就是王水生的亲骨肉，这一点，我相信王水生是心知肚明的。二是犯罪特质，王水生应当具有作此案件的特质。王水生是一个十分精明、谨小慎微的人，这一特质正好符合杀人现场所体现出来的特点。如故意翻动物品伪造案件性质、利用杨菊兰的手机转移我们的侦查视线等。特别是他与杨菊兰的联络方式，我们至今都还没有弄明白，其狡猾、隐秘的手法更加证明了这一点。"

"你的意思是，凶手把杨菊兰的手机关机并清除上面的指纹，是故意把我们的侦查视线引向手机里的关联人员？"韩珂玉有些惊讶地问道。

"我是这么认为的。"林云涛点了点头说。

"对呀，这才符合逻辑。前面我一直想不通，罪犯为什么要关掉死者的手机，并擦掉上面的指纹痕迹，甚至删除手机里的部分信息，原来是为了转移我们的侦查视线。"韩珂玉显得异常兴奋地说道。

"呵呵，凶手这是弄巧成拙啊！他之所以这样做，其目的就是想把我们的侦查视线引向死者手机里的关系人，没想到，却恰恰反证了凶手本人不在手机关系人之中。这一点，也正好印证了王水生的精明、谨慎性格啊。"文斌笑了笑说。

"对，这也是我怀疑王水生与凶杀案件有关联的重要原因。"说完，林云涛抬眼望向窗外，似乎要透过暗夜，看穿深邃的苍穹。

"可是，这一切都是推理，证据呢？没有证据我们怎么将王水生绳之以法？"郭弘不无惋惜地说。

"这个人实在太狡猾了，把事情做得天衣无缝、滴水不漏。就目前的情况来看，不要说将他绳之以法，就连传讯他都会有很大的风险。"吴良义不无担忧地说道。

"不管怎么说，既然他有可能是与彭招娣合伙作案的人，那我们就有办法来对付。毕竟彭招娣现在落在我们手上，我们可以从她身上设法打开突破口。"文斌还是充满了信心。

"智者千虑，必有一失。再狡猾的狐狸总有露出尾巴的时候，再高明的罪犯也会露出破绽。我相信，只要我们工作做得够细、够深，就一定会找出他的破绽、揪住他的尾巴。"说完，林云涛将烟蒂重重地摁灭在烟灰缸里。

王水生今年四十一岁，曾在部队里当过侦察兵，于 1997 年退伍。回乡后，他先后办过小型造纸厂和竹制品加工厂。造纸厂生产的是做鞭炮引线的表芯纸，竹制品加工厂生产的是竹席子、竹椅子和竹地板。由于他思维活跃、脑子灵光，生意做得风生水起，没有几年，就积累了一定的财富，成为村里第一个盖楼房的人。后来，由于国家越来越重视环境和资源保护，两个工厂不得不陆续停产。在这个过程中，他讨了老婆，还有了两个女儿。老婆姓李，是村办小学的教师，两个女儿现在分别在读高中和初中。

王水生停办工厂后，乡党委、政府见他头脑灵活，能力强，又当过兵，于是就让他当上了村委会主任，乡里还把他列为乡镇后备干部培养对象。

当上村委会主任后，王水生不负众望，一边带领村民积极响应国家"退耕还林"政策，大搞植树造林运动，靠山吃山；一边狠抓村规民约等基层文明建设。

一手抓物质文明建设，一手抓精神文明建设，取得了可喜的成绩。经济建设方面，他为村民们打造了一个"绿色银行"，可以这样说，再过两三年，等山上的树木成林，竹林遍野，可以出材时，村民们的生活一定会大变样。精神文明建设方面，他出台了一套行之有效的村规民约，村民们没有谁敢违反。因此，苍山下村已经连续多年没有发生过刑事案件了，就连小偷小摸的治安案件都没有发生过。村里面一些闹纠纷的、闹矛盾的，不管闹得有多么凶，只要他一到场，严厉地训斥几句，便都乖乖地做出让步，自觉地将事态平息下去。

由此，苍山下村已连续多年被县里、乡里评为综合治理先进单位，王水生本人也多次被评为优秀基层村干部。

任何事情都有其两面性。随着调查的深入，调查组发现，作为一名村干部，王水生的确尽到了责任，成绩斐然，可圈可点，但这也造就了他说一不二的霸道作风，村里的大小事情都得由他一个人说了算，别人说的都是等于放屁。就连村民的婚丧嫁娶选个日子，都要向他请示，他说哪天是好日子，哪天就是黄道吉日；他说哪天是不好的日子，哪天就是黑道凶日。对此，村民们颇有意见，个别村民还在私下里评论，说他是一个人人惧怕的村霸。

村干部也好，村霸也罢，这些都不能证明王水生就是杀人凶手。

破案还得要讲证据。可是不管调查人员如何深挖细查，就是没有找到王水生杀人行凶的蛛丝马迹。

熬了一个通宵，林云涛和文斌虽然有些倦意，但心情却放松了许多。这也许是关于私生子的检验报告所带来的兴奋与紧张情绪吧。师徒二人迎着朝霞，漫步来到了乡镇上的一家早餐店。

时间还早，早餐店里没有一个客人。

店主是一对四十来岁的夫妻，他们正在灶台边忙碌着。见有客人来，女店主放下手上的活，面带着一张笑脸迎上来，说："两位早！吃点什么？"

"听说你们店里的土扎粉炒得好吃，来两盘吧。"文斌一边在小方桌旁坐下，一边轻揉着有些疲倦的眼睛说。

"炒扎粉是本店的招牌，还有煎荷包蛋也是本店的招牌，要不要也尝尝？"

"荷包蛋？煎荷包蛋还有什么特别的地方吗？"林云涛有些奇怪地问道。

"当然有，"男店主听到客人问，便接过话来，眉飞色舞地介绍起来，"别人煎的荷包蛋，要么就老了，蛋黄吃起来粗糙难咽；要么就嫩了，蛋黄成流水状，吃起来有股土腥味。我煎的荷包蛋，哼，我不吹牛，那是嫩而不老，蛋黄稠而不流，吃起来口感新鲜嫩滑，回味无尽！"

"听你说得这么好，不尝尝还真对不起这张嘴啰。这样吧，每盘炒扎粉里加一个煎荷包蛋。"文斌说。

"好嘞！请稍等。"说完，女店主乐呵呵地走进厨房去了。

文斌起身从餐柜里拿出了两双筷子和一只小碗放在小方桌上，又从柜台上拿起一个热水瓶，往小碗里倒了大半碗开水，然后将筷子头搁在开水中，一边轻轻地搅动，一边说："这种小餐馆的饭菜口味不错，就是卫生条件要差一些。"

"呵呵，在这样的小乡镇上，哪能那么讲究？正所谓'不干不净，吃了没病'嘛！"林云涛笑了笑说。

正说着话，女店主端了两盘炒扎粉上来了。两人接过炒扎粉，一边吃，一边时不时地轻声聊上几句。

林云涛因为一直担心前面的现场勘查工作做得不细，怕会有什么遗漏的地方，闲聊中，便向文斌提出要亲自复勘一次犯罪现场。

文斌听林云涛说要亲自去复勘凶案现场，兴奋地说："我正有此意！说实话，我也一直担心现场勘察工作做得不细，担心是不是有遗漏的地方，想请你亲自出马。这样吧，我们说干就干，吃了早饭我就陪你去凶案现场。"

"好，就这么定了！"

文斌立即打电话给郭弘，要他带着勘察箱到早餐店来接人。

不一会儿，郭弘开着车来到早餐店，接了他们两人就直奔凶案现场。

郭弘揭开封条，推开杨菊兰家的房门，三人依次进屋。

屋里空气中，仍然弥漫着一股血腥带腐臭的气味。郭弘从公文包里拿出棉纱手套和口罩递给林云涛和文斌，三人戴好手套和口罩，便开始检查现场的情况。说是检查现场的情况，倒不如说是检验以前勘查工作是不是到位了。

杀人现场完全保留了原样。地面上，尸体的位置标示图依然清晰可见，黑褐色干涸的血迹斑痕也一目了然。

由于卧室里的光线比较暗，郭弘便伸手按了一下床头柜旁边的电灯开关。可能是线路接触不良的原因吧，吊在天花板上的电灯泡闪了几下才亮起来。

林云涛看到闪烁的灯光，不禁想起了海上的航标灯，突然心里一亮："灯明灯灭，不就是一种联络方式吗？"想到这里，他似乎有了一种豁然开朗的感觉。

顺着这个思路，林云涛开始仔细检查杨菊兰家里的电灯线路了。他沿着电灯线路一路追踪，一直追踪到屋后墙壁上的电表箱。

让林云涛感到十分奇怪的是，杨菊兰家里虽然安装了电表，也安装了电压不稳时的自动断电安全闸刀，但杨菊兰卧室里的电灯线路，竟然没有接进电表和闸刀，而是从电表和闸刀旁边经过，便直接往西通往邻居家方向。如果不仔细看根本就看不出来。

这不符合常理吧。如果电灯线路不进电表，那怎么计算用电量和电费呢？难道是免费的吗？不进自动断电闸刀，又怎么防范电压不稳或雷击闪电时的用电风险呢？

"郭秀才，你在王怀仁家和彭招娣家搜查时，看到过电灯线路不进自家电表的吗？"林云涛突然想起郭弘曾去王怀仁家和彭招娣家搜查过，便问道。

"不会吧，怎么可能不进自家电表，不进自家电表，那不是偷电的行为嘛。"郭弘对林云涛提的问题感到有些莫名其妙。

"你能肯定都进了电表？"林云涛极其认真地问。

"不能肯定。说实话，这个细节我还真没有注意到。"

"是呀，这么一个微小的细节，恐怕谁都不会去注意喽。"林云涛像是在自言自语地说。

"什么细节？有问题吗？"文斌凑过来问。

"你们来看，"林云涛把他们引到屋后，指着墙壁上的电表箱说，"别的房间里的电灯线路都经过了电表和安全闸刀，杨菊兰卧室里的电灯线路则不同，没有经过这个电表和闸刀，而是在电表旁边虚晃一枪，直接通往邻居家方向去了。"

大家仔细一看，还真是这样。于是，他们把凶案现场重新锁上，决定沿着该电线进行追踪。

电线从好几户人家的屋檐下穿过，一直延伸到了村西头，通往一栋老宅子去了。

当三人快要接近老宅子边时，文斌朝周围的环境看了看，突然大吃了一惊，说："不好，快离开！"说完，拉住林云涛，向他使了一个眼色。林云涛心领神会地点了点头，随后三人匆匆忙忙离开了。

驾车回派出所的路上，郭弘几次想问为何要突然离开老宅子，但都被文斌制止了。

一回到专案指挥部，郭弘就迫不及待地问："老大，出什么事了？"

文斌没有正面回答，而是兴奋地望着林云涛。只见两人相视了一会儿，便不约而同地哈哈大笑起来。郭弘被他们两人弄糊涂了，整个儿一副丈二和尚摸不着头脑的样子，站在那里发愣。

笑罢，文斌神神秘秘地说："踏破铁鞋无觅处，得来全不费工夫。"

林云涛也笑着说："山穷水复疑无路，柳暗花明又一村。"

说完，两人又哈哈大笑。

郭弘还是不明白，便转问林云涛："林支队，究竟是怎么一回事呀？"

林云涛指了指天花板上的灯泡，又用食指指尖轻轻地敲了敲自己的脑袋，微笑着说："自己想去吧！"

郭弘没有得到明确的答案，只好站在那里自言自语道："电灯……脑袋……脑袋……电灯……"

文斌见状，便说："别瞎琢磨了，快去准备好现场勘查工具，有活要干了。"

"什么？又发案了？是哪里？"郭弘还没有回过神来，傻愣愣地问。

"发什么案，老宅子呀，村西头的老宅子，懂了吗？"文斌大声地说。

"哦，哦，难怪，我懂了。"说完，郭弘有点不好意思地笑了笑，摸了摸自己的后脑勺，跑出去了。

文斌打电话叫来鲁大明所长，在他耳朵边嘀咕了一阵，鲁大明会意地点点头，便匆匆忙忙地往乡政府去了。

傍晚时分，王水生从地里干完活回来，刚刚坐下来吃饭，就接到了乡政府办公室打来的电话。

电话通知他，晚上八点钟准时赶到乡政府去参加学习会议，要求各村村委会主任都要参加，不能请假。会议学习内容是中央一号文件——《中共中央 国务院关于落实发展新理念加快农业现代化实现全面小康目标的若干意见》。

接到通知后，王水生搁下饭碗，起身走到休闲兼学习的房间，从书架上找来有关学习资料，然后一边吃饭，一边翻阅起来。

该文件是 2015 年 12 月 31 日下发的，省里是 2016 年 3 月 25 日印发的，共分六部分 30 条。王水生把这些关键数据牢记在心里，以确保在乡长提问时能随口回答得出来。他做事风格就是这样，不管做什么事情，都得计划周全，一丝不苟。行事前，一定要做好充分的准备，总是三思而后行，绝不马虎敷衍，尽力做到不出任何纰漏或差错。平时去乡里参加各种会议，他一定要打听到会议议题，然后进行一番思考和准备，所以每次在会上发言，总能引起大家的关注，博得大家的钦佩。为此，乡党委、政府对他非常重视，早已把他列为乡政府后备干部培养，待下一届村干部换届选举时，就要把他调到乡政府去当干部了。

王水生吃过晚饭，跟妻子打了声招呼，便骑着摩托车到乡政府开会去了。

按照指挥部的安排，傍晚时分，陈亮就悄悄地隐身于苍山下村河岸边的树林里，远远地监视着王水生家里的动静。

晚上七点整，王水生不慌不忙地从家里出来，骑上摩托车，经过青龙河上的石拱桥，往苍山乡集镇去了。陈亮见状，便快速地向潜伏在村西头树林里的文斌发出了一条简短的信息："目标已离开！"

接到陈亮发来的信息，文斌回信息指示道："原地不动，继续监视，有情况及时报告，没有命令不能擅自撤岗。"

文斌给陈亮发完信息后，朝郭弘、陈旭东一挥手，三人直奔王水生的老宅子。

此时已是深秋季节，晚上稍稍有些许凉意。

天空中星不亮、月不明，四周一片漆黑。

一阵急促的秋风从树的缝隙间掠过，发出低沉、沙哑的"呼呼"声，仿佛是有无数的幽灵在吹奏魔笛，让人听了竟产生阴沉幽冥、腐骨噬魂般的情绪。间或又从村头巷尾的竹林里传出一两声枯枝被风吹折的"咯吱咯吱"的崩裂声，似乎是有一两只饥饿的野犬正在啃噬着动物腐烂的残骸。

郭弘换了只手拎着勘查箱，望了望漆黑的四周，不禁打了个冷战，轻声念道："持刀哄寡妇，下海劫人船。月黑杀人夜，风高放火天。"

陈旭东抬头望了望暗夜苍穹，轻声嘀咕道："乌云接日低，雨就在夜里。看来子夜过后怕是会有一场大雨。"

"嗯，可能吧，所以我们动作要加快啰。"文斌说。

为了不惊动村民，侦查人员不敢打开手电筒照明，只能在黑暗中摸索着往村子西头潜行，悄悄地靠近王水生家的老宅子。

老宅子里黑咕隆咚，一片静寂。郭弘二话不说，从勘查箱里掏出开锁工具就要去开锁，但被文斌一把拉住了，说：

"且慢，别急！"

说完，文斌靠近房门打开手电筒，双掌相握成嗽叭状，用以遮挡住外射的光线，仔细观察了门锁的位置和摆放形状，又察看了一遍门缝与门槛，见无异状，才在郭弘肩膀上轻轻地拍了拍，示意他现在可以开锁进去了。

陈旭东从包里拿出手套和鞋套发给大家，三人穿戴好鞋套和手套后，依次进入老宅。文斌反身把房门关上，扭亮电筒开始打量屋里的情况。

这是一栋三室的老宅，中间是大厅，左右各有一间房。大厅里堆满了各种各样的农具，有犁、耙、铲、锄，还有打谷桶、晒谷垫、风谷车等。左边房的房门上了锁，右边房的房门却敞开着。

侦查人员先检查了右边没有上锁的房间。

房间里的摆设比较简单。靠后墙有一间用铝合金玻璃隔出来的卫生间。卫生间里的玻璃墙上有一个挂钩，上面挂了一条毛巾。蹲式便坑旁有一张小凳子，上面放了一卷卫生纸。紧挨着卫生间的地方，有一个用砖和混凝土砌成的台面和一个洗漱池，台面上有一把电热水壶，还有一只玻璃杯，杯子里面插了一把牙刷和一支牙膏。靠墙有一根晾衣服的竹篙和一个简易的鞋架，但上面既没有晾晒衣物，也没有摆放鞋子。

郭弘动作熟练地用开锁工具打开了左边的房门，并在门框边找到了电灯开关。灯亮后，大家往里一看，大吃了一惊，这哪是什么老宅子呀，分明是一间高雅简洁的休息室嘛！浅灰色的墙面，美观舒适；本色竹质地板，柔和光洁。前墙边，摆放了一张做工精致的方形藤桌，配上两把同样精致的藤椅，看上去既朴实又不俗。藤桌上搁了一套古朴典雅的青花瓷茶具——一把茶壶带四只茶杯。后墙角摆放了一张暗红色实木贵妃躺椅，躺椅的靠背和扶手上雕刻的图案光滑细腻，线条流畅、自然、优雅，看上去简约而高贵，散发出慵懒与随性的气息，给室内空间增加了舒适与静雅感。房间中央有一张仿制红木靠背的双人沙发床，床的两边各有一个暗红色床头柜，其中左边床头柜上有一盏水红色的塑料台灯。

文斌用手机摄像功能对室内物品进行了拍摄，然后对着郭弘指了指藤桌，示意他去检查藤桌和茶具上的指纹，又对着陈旭东指了指沙发床和贵妃躺椅，示意他去检查床和躺椅，两人会意地点了点头，分别走向各自的目标。

文斌扫视了一眼室内，发现只有床头柜有抽屉可以存放东西，于是径直走过去拉开床头柜抽屉进行检查。左边床头柜抽屉里放了手机充电器、手电筒等物件，右边床头柜抽屉里放了纸巾、卫生纸等物。没有发现可疑的东西。

老宅左右两个房间原本是有窗户的，但都用砖块给砌上了，封堵得严严实实，不透一丝光线。

奇怪的是，文斌找遍了房里的每一个角落，都没有发现任何衣物和鞋子。看来王水生平时生活都是在楼房里，只是偶尔会到这座老宅子里来休息或睡觉。

文斌又详细检查了大厅里的农具，也没有发现足以形成杨菊兰母女俩创伤的作案工具。

初步勘查一无所获，文斌心有不甘。他想起杨菊兰卧室里的电灯线路，坚信这趟秘密搜查一定会有所收获。

怀着一颗焦虑与不安的心，文斌开始寻找电表和安全闸刀。由于大厅里农具太多，不方便检查，于是就先检查左右两边的房间，但经过仔细检查，左右两边的房间里都没有安装电表和安全闸刀。

没有找到电表，就很难追踪电路。文斌只好把注意力全部集中在大厅里。

文斌绕过各种农具，沿着墙壁仔细查看，一路搜寻。突然，有两卷斜靠在后墙上的晒谷垫引起了他的注意。他走过去，轻轻地挪开晒谷垫，终于找到了一只钉在墙壁上的木箱子。木箱子的门是关上的，搭扣是用一根竹制四方形插销闩住的。文斌记住了插销的方向和所插的位置，然后小心翼翼地拔出插销，打开箱子门，看到里面安装了一只电表和一只安全闸刀。此时，电表正在运转。文斌要郭弘把卧室里的灯熄了，结果电表便停止了运转。这说明该电表仅用于测量老宅子里的用电。

那么杨菊兰家卧室里的电灯线路连到哪里去了呢？到底有没有连接到这个电表上呢？文斌以电表为起点，开始倒查电路线。

好在电路线都是安装成明线，比较容易顺线追踪。电线从电表里出来，只有一根主线通往各个房间。大厅和右边空房里各有一盏电灯，且都是电灯泡。文斌找到开关，试了试，发现厅里的灯是坏的，右边空房间里的灯是正常的。左边卧室里共有两盏灯，一盏是吊顶上的吸顶灯，一盏是床头柜上的台灯。文斌在门框边找到一个开关，这是控制吸顶灯的开关，又在床头柜旁边找到了另一个开关，但却不是控制台灯的，台灯有自带的开关控制。文斌顺着这个开关倒查线路，发现正是通往屋外，与杨菊兰家延伸过来的线路相连接。

终于找到了，文斌长长地舒了一口气："原来如此！"

这时，郭弘从房里走出来，扬了扬手里的物证袋，兴奋地说："我这边完工了，提取到了一些指纹，但要回去做比对鉴定。"

陈旭东有些泄气地说："我这边也完工了，但一无所获，既没有发现可疑的毛发，也没有提取到可疑的生物检材。"

"那好吧，收工！"

说完，三人把接触过的东西按原样摆好，不露出一丝破绽，又把门锁按原样锁好，然后神不知鬼不觉地悄悄离开了。

回到专案指挥部，林云涛和鲁大明还在等他们。一见面，文斌便朝鲁大明使了个眼色，鲁大明心领神会，立即掏出手机给乡长打电话，告诉他王水生参加的学习会可以结束了。

郭弘和陈旭东一进会议室，便一头趴在桌子上，认真地比对起指纹来。

林云涛给文斌递了一瓶矿泉水，问道："情况如何？"

文斌接过水喝了一大口，稳了稳兴奋的情绪，然后一边把手机拍摄的视频给林云涛看，一边说："正如你所料，我们在王水生家的老宅子里，还真找到了与杨菊兰家卧室电灯相通的电表和安全闸刀"。

"呃，怎么回事？我没听明白，你说具体点。"鲁大明追问道。

"具体来说，就是从表面上来看，杨菊兰家的用电似乎很正常，有电表、有安全闸刀，也要交电费。妙就妙在只有她卧室里的电灯是没有连接到自家的电表上，而是连接到了王水生家的老宅子里的电表上。王水生在老宅子里给杨菊兰卧室里的电灯安装了一个双控开关，这样一来，杨菊兰可以在家里正常控制自己卧室里的电灯，王水生也可以在自己的老宅子里控制她卧室里的电灯。王水生应当就是通过这种亮灯熄灯的方式，给杨菊兰发联络信号的。当然，这盏灯的电费肯定是记在王水生家的账户上。"

"难道他就不怕被别人发现？"鲁大明还是有些不理解。

"怎么发现？无论是谁在杨菊兰家里开灯关灯，都不会感觉到有任何不正常的地方；而王水生在老宅子里开灯熄灯，则只有杨菊兰一人明白，只要她不说，谁能知道。"文斌解释道。

"果真如此！"说完，林云涛认真地观看视频，脸上露出了一丝微笑。

"耶！想不到这两人竟然是用这种灯明灯灭的方式进行联络，真是煞费心机啊！"鲁大明感叹道。

"可见王水生处事是多么的精明与狡猾啊！"文斌说。

正在这时，一直伏案摆弄指纹照片和检材的郭弘突然抬起头来，兴奋地大声说道："找到啦！找到啦！"

大家不知道他要说什么，便都一起望向他。

"你们猜我找到了什么？"郭弘还沉浸在兴奋之中。

"别废话了，快说吧。"文斌心里面其实已经知道答案了，但他还是希望通过技术人员的嘴巴来说出技术上的问题。

"指纹，杨菊兰的指纹。"

"说具体点？"文斌催促道。

"王水生家的老宅子里有一张藤桌，上面摆放了一套青花瓷茶具，我在茶壶的底部发现了杨菊兰的指纹，是左手中指和无名指的。老宅子里还有一张木制的贵妃躺椅，我在躺椅靠背的后面也找到了她的指纹，是左手食指、中指和无名指的。三枚指纹联成一排，应当是一次性形成的。"郭弘打着手势介绍道。

"茶壶底的两枚指纹也是一次性形成的吗？"文斌问。

"是的。"郭弘笃定地回答。

"奇怪，为什么只在茶壶底和躺椅靠背后面才发现杨菊兰的指纹呢？"文斌双眉微蹙，一边思索，一边自言自语地说。

"这只能说明王水生对老宅子进行了打扫清理，意图消除杨菊兰到过这里的痕迹。但由于打扫得不彻底，抑或打扫时未注意到茶壶底和躺椅靠背后面，所以才留下了她的指纹。"郭弘分析道。

"嗯，也许真是这样吧。"文斌点了点头，表示认同。

"你们想过没有，连王水生这么精明、谨慎的人，在打扫卫生时都会有忽视的地方，那杨菊兰又是怎么把指纹弄上去的呢？"林云涛一边把手机还给文斌，一边说。脸上露出了一丝高深莫测的微笑。

听到林云涛这么一说，大家都感到有些惊讶，但又觉得言之有理。于是，便都用探寻的目光望着他。

"这个问题我是这么认为的，"郭弘有些底气不足地解释道，"如果杨菊兰右手抓住茶壶把，左手托着茶壶底，是可以形成壶底上的指纹的。至于躺椅靠背后面的指纹嘛，那只能是杨菊兰在和王水生亲热时，双手乱抓，无意之中留下来的。"

"我看未必。"林云涛把烟蒂摁熄在烟灰缸里，别有深意地笑了笑说。

"未必？难道这指纹还有什么特别的意义吗？"文斌问。

"依我看，没有那么简单。"林云涛一字一板地说，"你们用过青花瓷茶具吧？"

大家都点头表示用过。

"用过的人都知道，茶壶最容易打碎的部位是茶壶盖。倒茶时，如果一不小心，茶壶盖就会掉下来被打碎。所以正常情况下端壶倒茶，一般都是一手握住茶壶把，一手轻按茶壶盖。这样，指纹通常都是留在茶壶盖和茶壶把上。"

说到这里，林云涛故意停顿下来，看看大家有没有异议。

"你是说茶壶底上的指纹是杨菊兰故意留下的？"文斌问。

"嗯。"林云涛点了点头。

"那躺椅靠背后面的呢，也是这样的吗？"文斌继续问道。

"刚才我看了你们拍摄的现场视频，发现贵妃躺椅的靠背是弧形的，但弧度不是很大。由于靠背的顶部是紧挨着墙壁的，所以人坐在上面或者躺在上面，不可能随意地把手掌从靠背与墙壁之间的缝隙中滑到背面去，除非是有意从躺椅的一头把手掌伸到靠背后面去，否则的话，指纹不可能留在后面。因此我断定，杨菊兰是在王水生不注意的情况下，故意伸手到靠背后面留下指纹的。"

"分析得有道理，从逻辑上还是说得通的。"大家纷纷点头表示赞同。

"可是她为什么要这么做呢？"郭弘还是有些疑虑。

"王水生的精明与霸道性格，在村里面可以说是家喻户晓、人人皆知，杨菊兰当然也不例外。有句古话说呀，'若要人不知，除非己莫为'。王水生与杨菊兰明明长时间保持着不正当男女关系，却能够做到神不知鬼不觉，而王怀仁与杨菊兰之间'八字没有一撇'，便是满城风雨、无人不知。这相比之下，王水生得有多么的精明和谨慎呀？！特别是两个人之间的联络，王水生竟然可以做到用灯亮灯灭来掌控杨菊兰，这不得不让人叹服啊！这一切说明了什么？说明杨菊兰的思维和行为已经完全被王水生控制了，在他们两人之间，她完全处于一个被动的角色位置。这种主导与配合、控制与被控制的关系，如果只是临时用来试验一下，也许会给男女双方带来莫大的惊险与刺激，但时间一长，作为配角的杨菊兰一定会在心里形成压力，从而产生不安，甚至是恐惧的情绪。杨菊兰不是傻子，她应该预见得到，像他们这种隐秘的男女关系，又如何能得以长久维系下去呢？总有一天是要翻船的。到了那个时候，自己又如何逃得脱王水生的魔掌。所以我猜想，为以防不测，杨菊兰故意在老宅子里的隐蔽处留下自己的指纹，好给自己留下一个申冤昭雪的机会。万一哪天自己出了意外，警察可以据此调查。"

听了林云涛的分析，大家用眼神互相交换了一下意见，然后纷纷点头表示认同。

林云涛从包里掏出一支香烟，正要点火，文斌快速地拿起桌子上的塑料打火机，打着火给他把烟点上。

文斌点完火，说道："现在看来，王水生和杨菊兰发生不正当的男女关系，并不是偶然的行为，而是王水生用十分隐秘的联络方式来维系这段关系。那个私生子也不是偶然行为的产物。"

"事实如此。"林云涛点点头。

"你看我们下一步该怎么办？"文斌征求他的意见。

"先把大家召集起来开个会，汇总一下其他组的工作情况，再作决定吧。"林云涛说完，深深地吸了一大口烟，然后轻松地、慢慢地吐出一缕缕的烟雾。

"是。"文斌顿了顿，接着说，"师父，我觉得我们现在有条件正面接触王水生了。"

"你有把握吗？"

"有那么多的疑点摆在我们面前，我觉得我还是有点把握的。"

"别急，你先梳理一下，看看他身上究竟有哪些疑点。"林云涛提醒道。

文斌掰着手指说道："第一，王水生与杨菊兰有不正当的男女关系，并有了一个孩子，也就是被彭招娣抱走的婴儿；第二，杨菊兰手机里的关系人中没有王水生，不排除他作案后，故意把侦查人员的侦查视线引向手机中的关系人；第三，勒死胡老太婆的电源线上有他和彭招娣的指纹，不排除他串通彭招娣故意用案后指纹掩盖案前指纹的可能性。"

"归纳得很好，我完全同意。既然你这么有信心，那就大胆地干吧。不过在正面接触之前，一定不能打草惊蛇。"林云涛冷静地说。

"嗯，当然。"

二十　老宅隐情

　　王水生从乡里开完学习会，正准备回家，突然心里一紧，冒出了一丝不安的情绪："奇怪，不就是一个学习会吗，虽说是学习中央一号文件，有这么重要吗，非得要晚上组织学习？又不是什么抢险救灾十万火急的事情，必需要紧急部署、紧急行动……不对，这里面可能有问题。"想到这里，王水生不禁警觉起来，立即跨上摩托车，匆匆忙忙地往村里赶，直奔村西头老宅子而去。

　　王水生在一棵百年大樟树底下架好摩托车，先是打着手电筒绕着老宅子查看了一遍，看看四周有没有异常的情况。自然什么也没有发现。然后来到老宅子大门前，就着手电筒光仔细地察看大门上的挂锁情况。但左看右看，也看不出被人触动过的痕迹。进到厅里后，他直奔安装电表的墙角，急急忙忙地搬开晒谷垫，仔细地检查电表箱上的插销。见插销的方向和位置没有任何变化，心里顿时安定了许多。接着，他又认认真真地检查了卧室和右边房里的卫生间，也没有发现什么异常情况。心想："是不是我多虑了，乡政府召开学习会与公安机关查案，这两者之间并没有内在的联系。退一步说，就算有联系，就算是警察搞调虎离山、声东击西的策略，故意把我支开到乡政府去开会，他们好到老宅子里来搞暗中搜查，但他们又能在这里找到什么呢？开关吗？不可能！就凭这几个警察，能想到我这里会有控制杨菊兰卧室里电灯的开关？绝对不可能！"

想到这里，王水生嘴角撇了撇，脸上竟然露出了一丝不易让人察觉的狡黠的微笑，原本紧张不安的心，一下子就松懈下来了。

心情松懈下来后，便有了一种仿佛刚从刀光剑影中死里逃生后的疲惫感。于是，他慢慢地走到藤椅边，虚脱般地跌坐在上面。

屋外开始下雨了。雨点打在屋顶上，啪啪作响。

听着雨点声，一阵孤独感袭来。王水生触景生情，禁不住长叹了一声："天作孽犹可恕，自作孽不可活啊！"

王水生靠在藤椅上，冷眼看着眼前的一切，不禁开始心猿意马、感慨万千。这床，这贵妃椅，甚至是这张藤桌，无不见证过他与杨菊兰卿卿我我、缠缠绵绵的美好时光。

起初，他尽力克制自己不去想杨菊兰，但终究抵挡不住内心深处对她的渴望与爱恋。他双眼逐渐变得朦胧起来，眼前就像放电影一般，不停地浮现出杨菊兰那风情万种、楚楚动人的可爱形象，随之，他的思绪便不断地升腾，升腾，再升腾，终于越过了两人缠绵缱绻的画面，游荡在爱与恨的时空中……

说句实在话，要说王水生对杨菊兰的爱恋有多么多么的深，那倒未必，因为在这份爱中，更多的成分是对她的美貌和肉体的欲望。

三四年前，因为王松柏痴迷于采茶戏，把电工的工作抛到九霄云外去了，无奈之下，作为村长的王水生只好替代他去收电费，帮村民维修电路等。

某天傍晚，王水生来到王包发家收电费，突然感到眼前一亮，只见一个少妇站在眼前。当时他心里想："奇怪呀，平时也见过这个女人，但从来没有感觉到她像今天这么漂亮和有女人味！哦，可能因为平时都是远距离看，今天是近距离接触吧。"

"是包发媳妇吧？"

"是。村长。"杨菊兰脸带微笑，甜甜地叫了一声"村长"。

"咦，你知道我是村长？"

"一村之长，谁不知道啊！"说完，杨菊兰笑得更甜了。

"我是来收电费的，顺便检查一下你们家的用电安全情况。"

"唉，以前不是王松柏来收吗，现在换成你了？"

"那家伙迷恋上了采茶戏了，哪有心思管这些事。"

"哦，是这样呀。村长，你请屋里坐！"杨菊兰热情地请村长进屋里坐。

"坐就不坐了，带我去看下你们家的电表。"

"好的，你跟我来。"

杨菊兰领着王水生穿过大厅，往屋后走去。

王水生经过大厅时，扫了一眼两间敞开房门的房间，见没有人，便随口问道："家里人都出去了？"

"婆婆带孙女外出走亲戚去了，明天才会回来。家里就我一人。"

"包发还没有回来？"

"他呀，要到过年才会回来。"

两人说着话，来到了屋后。

屋后墙壁上挂了一只木箱子，箱子门是关上的，但没有上锁。箱子挂得比较高，王水生一米六八的个子够不着。

不打开木箱盖便看不到电表里的情况。王水生跷起脚跟，想用圆珠笔去拨弄木箱盖，但还是够不着。他望了望旁边和周围，想找一件可以垫脚的东西，但没有找到合适的。杨菊兰见状，便从房里搬来了一张方凳子给他垫脚。

由于屋外地面尚未平整，地面显得凹凸不平，凳子不管怎么摆弄，都无法放平稳。

正是因为这地面不平、凳子放不稳，才上演了一出本不该发生的故事。

看到王水生拿着凳子在那里摆来摆去，怎么都搁不平稳，杨菊兰急忙走过去，一边伸手扶凳子，一边说："村长，我来帮你扶凳子，你扶着我站上去吧。"

"嗯,好吧。"王水生看了看杨菊兰,又抬眼望了望四周,见没有人,犹豫了一下,便扶着她的肩膀往凳子上站。

就在靠近杨菊兰时,王水生明显地感觉到有一股浓浓的女人味袭来,这女人味里面夹杂着淡淡的香味,甚至还有一丝甜味。他从来没有闻到过这么有诱惑力的女人味,仿佛具有魔性一般,让他心里面瞬间就产生了一种无法抑制的欲望。

王水生站在凳子上,被这股颇具诱惑力的女人味搅得心旌摇荡,禁不住低头去寻找。这时,杨菊兰双手扶着凳子,半躬着腰,侧仰着头往上看,两人的视线正好相交,她竟有些不好意思了,笑了笑,脸上泛起了两片绯红的彩霞,看上去越发显得妩媚动人了。王水生看得直发愣,心里一慌,身子晃了晃,便从凳子上摔了下来。

好在凳子不是很高,王水生摔下来时,只是左手掌在墙壁上擦了一下,擦伤了一点皮。

杨菊兰觉得很是过意不去,便进屋打了一盆冷水,请王水生去洗一洗,顺便搽一点碘伏消毒。

王水生清洗完伤口,杨菊兰拿来了药水和棉签帮他搽。

望着杨菊兰那微蹙着眉,一副细心、温柔的样子,王水生再也控制不住自己的情感,一把将她揽在怀里,双眼微闭,双手开始轻抚着她那柔软而又富有弹性的身体,仿佛是在欣赏一件珍爱的艺术品一般。杨菊兰先是一惊,抬头看了看眼前这个相貌平平的男人,本想拒绝,但想到这个男人不是一般的男人,他可是村长,而且是在村里说一不二的一村之长,于是就没有拒绝,任凭他在身上抚摸轻揉。心想:"也许他摸一摸就会走吧。"

可是,杨菊兰想错了。王水生当村长多年形成的高高在上的霸道性格,已经使他不再满足于对所喜欢的东西只是简单粗暴地占有,而是更热衷于享受那充满刺激的占有过程了。

王水生将杨菊兰轻轻地抱起来,缓缓地来到卧室,轻轻地将她放在床上,侧身躺在她身边，开始动作缓慢而又温柔地抚摸她的乳房。杨菊兰本已数月独守空房，哪里经得起男人的这般情撩爱抚，心中已是欲火难耐了，巴不得他省了那些可有可无的细节，直截了当做"正事"。可他却不着急，还在饶有兴味地欣赏艺术品般地欣赏着她的躯体。这样一来，她可受不了了，心里欲火不断燃烧，烧得她浑身难受，最后实在受不了了，只好变被动为主动，转守为攻。杨菊兰不顾一切地翻身上马，动作略显粗暴。王水生见状，满意地笑了笑，以柔克刚般地迎合着她。因为他心里追求的就是这种效果。

送王水生从后门离开时，杨菊兰提出要加他的微信，但立即被他拒绝了。

这个时候，王水生已经恢复了平时那种冷峻深沉的表情，与刚才在床上亲昵温柔的样子判若两人。他有些盛气凌人地说："你卧室里的电灯线路已经老化了，不安全，明天我会来安装新的。今后我们就用这电灯联络，约会地点就在村西头我的老宅子里。"说完，瞪着一双阴冷的眼睛等待着杨菊兰回答。

杨菊兰被他那阴冷的眼神震住了，心里不禁打了个冷战，只好顺从地点了点头。

接着，王水生又用更加严厉的口气与杨菊兰约法三章：第一，不准相互打电话；第二，不准相互发微信；第三，不准跟任何人透露他们的关系。杨菊兰虽然心里感到有些委屈，但还是点头表示一定遵守。

第二天，王水生肩扛一卷新电线、提着工具包，大摇大摆地来到杨菊兰家，在光天化日之下、众目睽睽之中，大大方方地帮杨菊兰家替换电线。还故意叫来邻居王怀仁帮忙，当然，他知道王怀仁对电线电路知识一窍不通。

在众人的眼里，杨菊兰家的电线确实是老化了，不安全，村长的行为完全是出于公心，是真心为民办好事、办实事。然而其中的奥秘，却只有他们二人知道。

从此后，只要王水生想和杨菊兰幽会，杨菊兰卧室里的电灯就会连续两次熄灭。一旦电灯连续两次无缘无故地熄灭，杨菊兰便会悄悄地溜到村西头老宅子里，与王水生幽会，行苟且之事。

王水生和杨菊兰的奸情虽然维持了三四年之久，但没有任何人知道，甚至连王水生的妻子都不知道。

他们的奸情之所以从来没有被人撞破和发现，不是因为村民们太蒙昧、太愚笨，纯粹因为王水生做事太谨慎、太精明。他与杨菊兰之间的联络，牢固地坚守着一个理念，叫"三约三不约"。

何为"三约"？月黑风高之夜可约；夜深人静之时可约；鬼魅传说之日可约。意思是说天气差、没有月亮的夜晚，村民们不便出门，这个时候可以与杨菊兰约会；半夜三更村民们已经睡了，不再出门了，这个时候只要安全系数高，可以与杨菊兰约会；村里面如果有妖魔鬼怪的传言时，村民们吓得不敢出门，这个时候安全系数高，不易出事，可以和杨菊兰约会。

何为"三不约"？皓月当空之夜不约；热闹动荡之夜不约；安全不保之时不约。意思是说，月明晴朗的日子，村民夜里走动比较大，比如串门呀、纳凉呀，去田间地头抽水、排水呀，等等，如果这个时候与杨菊兰幽会，保不齐会出现"走多夜路碰到鬼"的事情。所谓"热闹动荡"，是指节假日或村里发生了红白喜事等，在这样的日子里，村民喜欢互相帮忙、聚集在一起看热闹，容易对一些敏感问题产生兴趣和热议，如果这个时候去约会，万一被村民看到了，无论是否两人在一起，都会引起村民们疑神疑鬼、说三道四。"安全不保"是指心里感觉到安全系数不高，没有绝对的把握。针对这三种情况，无论欲望有多么强烈，都必须无条件放弃约会，决不冒险。

由于王水生把约会的条件掐得过于苛刻，所以他们两人虽然交往了三四年，但幽会的次数并不是很多，充其量也就十来次。

第一次在老宅子里幽会的情景，王水生记忆犹新。

那是在杨菊兰卧室里的双控灯刚安装好不久。那天，王水生一家吃完晚饭，两个女儿在做家庭作业，妻子在批改学生的作业，他打开电视看了一会儿新闻，看完后，便觉得无事可做了。无所事事之间，就想起了杨菊兰。一想到杨菊兰，心里的欲火就"噗噗噗"地升腾。欲火填胸后，便有些心神不宁、烦躁不安起来。

"这楼房太闷热了，还是老屋凉快些。"王水生故意在妻子面前自言自语地说。

"那是自然。反正没有什么事，你去老宅子里睡吧。"妻子说。

"好，你们也早点睡吧。"

王水生故意不慌不忙地离开家，出了门后，便急不可耐地来到村西头的老宅子里。

王水生小心翼翼地按了两次杨菊兰卧室里的电灯开关，然后耐住性子等候。可是左等右等，也不见杨菊兰前来赴约。"怎么回事？难道她不在家？不会的，傍晚路过她家门口时看到她在家里。是不愿意来？不可能，我的地盘我做主，谁敢违抗我的命令！对了，她一定是第一次和男人这样约会，还不习惯。看来我得上门去调教调教了。"

想到这里，王水生看了看手机上的时间，已是午夜时分，差不多要动身去了，否则太晚了她可能就睡得太沉了。

王水生急匆匆地来到杨菊兰家，轻轻地敲了敲杨菊兰卧室的窗户。杨菊兰听到后起来掀开窗帘一角，看到是他，便开门出来。月光下，王水生瞪着一双阴冷的眼睛望着她，质问她为什么看到信号不来约会。她解释说还不太习惯，看到电灯熄灭了两次，还以为是电路出了故障。正在这时，只听得邻居王怀仁家开门声响，又听到王怀仁大声的咳嗽声，王水生怕被他发现，便匆匆忙忙地逃走了。分手时，还狠狠地瞪了她一眼。杨菊兰被王水生那阴冷的眼神刺得心里发凉，一阵恐惧向全身袭来。她用颤抖的声音轻声说道："村长放心，下次一定赴约。"说完，急忙反身回屋关门，一颗慌乱的心还在怦怦乱跳。

第一次约会就失败了，王水生很恼火，但也很吃惊。他敏锐地感觉到王怀仁开门和咳嗽的动作声音，不是偶然的巧合，而是有准备的故意行为。这足以证明王怀仁在时刻关注着杨菊兰。

逃回到老宅子里时，王水生已惊慌得出了一身冷汗。待冷静下来后，他决定不再冒险，就有了"三约三不约"的规则。

大约过了一个多星期，这天下起了大雨，到了晚上几乎是风雨交加。屋外一片漆黑，伸手不见五指。正是幽会的好时机。

晚上十一点半钟，王水生估摸着杨菊兰家里的其他人都已经睡了，于是便按动了电灯开关，给杨菊兰发出了约会信号。

大约过了十分钟，一个黑影打着雨伞来到王水生的老宅子外。黑影轻轻地推开虚掩着的门，隐身到屋里，反身把门关上。

黑影正是杨菊兰。她轻轻地推开有灯光的房间，看到王水生端坐在藤椅上，面无表情，正用冷峻的眼神望着她。

杨菊兰探头看了看屋里，见没有别人，便对着王水生挤出一丝笑容，站在门口犹豫着要不要进去。王水生见状，朝她招了招手。她点了一下头，然后动作有些僵硬地把伞搁放在门槛边，脱下湿漉漉的皮凉鞋，赤足走进屋里。光滑的竹制地板上留下了一串湿漉漉的脚印。

杨菊兰小心翼翼地走到王水生身边。王水生伸手一把将她揽坐在怀里，开始仔细端详起她那漂亮的脸蛋。他犹如在欣赏一件珍稀品一般，不时地用手指在她的脸上轻抚。可能是觉得爱抚的情绪未能尽情表达吧，便又低下头，在她的额头、眼帘、鼻尖和下巴上温柔地轻吻了一遍，又深深地吸了一口她身上特有的女人气味，然后微闭上眼睛，开始轻揉抚摸她的躯体，并摸索着拉开她那连衣裙背后的拉链。动作极其轻缓、温柔，仿佛怀里抱的是一件价值连城的古董，生怕一不小心给碰碎了一般。杨菊兰被他的轻抚揉捏撩拨得欲火焚身，迫不及待地配合着他把自己身上的衣服一件件地脱下，希望他不再顾及这些细节，直奔主题。可王水生并不着急，他见杨菊兰已是欲火难耐了，便发出了一声轻轻的淫笑声，温柔地将她抱起来，慢慢地走到贵妃躺椅边，把她轻轻地放在上面，然后跪在旁边，像欣赏珍贵的艺术品一样，睁着一双贪婪的眼睛，在她的胴体上来回观看，最后，脸上竟露出了征服者胜利的微笑。

杨菊兰虽然每次幽会都被王水生折磨得欲生欲死一般，但却并不愿意去村西头的老宅子里，因为每次接着王水生的约会信号，她心里都会产生紧张和不安的情绪。说心里话，王水生并不是她心仪的那种男人，即使是在长期独守空房、情感枯竭的时候，她也对他提不起兴趣。之所以会去应约，纯属无奈，完全是迫于他那村长的地位和威望，不敢不去。每当想到他那严峻的面孔和阴冷的眼神，她的身体就会禁不住地战栗，并且心生恐惧。特别是王水生选择的幽会时机，都是月黑风高、鬼魅出没的暗夜，更增添了几分恐怖色彩。

随着幽会的次数增加，杨菊兰越来越不愿意去村西头的老宅子里了，但是，一旦王水生发出了约会的信号，她又不得不去。在这种矛盾心理的驱使下，她逐渐感到害怕、恐惧。她担心万一哪天没有顺从他的意愿或迎合他的趣味，恐怕会招来杀身之祸。于是就多留了个心眼，趁着王水生不注意，偷偷地在茶壶底下和贵妃躺椅靠背后面留下了自己的指纹，以防不测。万一哪天自己出了意外，世人也能据此破解其中的谜团。

好在王水生为人处事谨小慎微，把约会的外部条件拿捏得过于苛刻，致使约会的次数并不是很多，这让杨菊兰的心理压力减轻了一些。

不过，幽会的次数虽然不多，但最终导致杨菊兰怀孕生子却是客观事实。

在某一天晚上，杨菊兰如约来到村西头老宅子里，以满足王水生的猎色心态和发泄淫欲之行为。可不知怎么搞的，这次她竟然稀里糊涂地就怀上了孕。

事后，杨菊兰据实告诉王水生，并表示要去医院把胎做掉。但王水生坚决不同意。他以无可商量的口气命令她把孩子生下来。她哪里敢违抗，只得硬着头皮把孩子生下来。

在发现怀孕后不久，由于王水生不同意她去医院打胎，为了不暴露隐情，杨菊兰不得不费尽心机找了个借口，把丈夫王包发从打工的地方哄骗回家，用张冠李戴的方式，把孩子亲爹的帽子，强行扣在王包发的头上。王包发本是一个老实巴交的人，见杨菊兰帮他生了个大胖小子，王家从此后继有人了，心里高兴得不得了，哪里还有什么心思去辨别真伪呀。于是乎，一家子的生活，依然能够和和睦睦地过下去。可杨菊兰心里清楚，王水生心里也清楚，这个孩子实实在在是他们两人的野种。

　　"这个孩子呢？孩子现在在哪？不会真的被那个臭婆娘给拐卖了吧？"想到这里，王水生心里感到无比沮丧。他心神不宁地从藤椅上站起来，开始在房间里来回踱步，烦躁与不安的心使他眉头紧锁。

　　"不行，我得去找那个臭婆娘，搞清楚孩子的去向。可是到哪里去找呢？现在那个臭婆娘也失踪了。哼，臭婆娘，我让你跑，希望你不要落到我的手上，落到我手上，我一定要将你千刀万剐、碎尸万段。"想到这里，王水生眼睛里露出了阴冷、凶恶的光芒。

　　于是，王水生决定去寻找彭招娣和那孩子。

二十一　交锋

清晨的阳光，已照得大地一片金黄。一丝凉爽的风吹进窗来，吹散了林云涛眼前的烟雾，吹淡了一夜未眠的疲惫。他站起来伸了个懒腰，活动活动了头颈和手关节，然后坐下来开始整理工作日记。

文斌端了两盒已经泡好了的方便面从外面进来，把其中一盒递给林云涛，说："会议通知已经下达，开会时间定在上午十点。"

林云涛一边接过方便面，一边点头说："好，知道了。"

正在这时，王水生带着村委会几个干部急匆匆地来到派出所，说是有紧要事情找专案组的领导。于是，鲁大明所长就把他们带到了会议室。

林云涛和文斌刚刚坐下来准备吃早饭，见王水生带了几个村干部进来，便搁下方便面，一边招呼大家坐，一边询问他们的来意。

待大家坐下后，王水生看了一眼身边的几个村干部，然后对文斌说："今天早上我们几个村干部碰了一下头，大家一致认为现在至关重要的事情，就是要尽快找到那个失踪的婴儿，以免夜长梦多，出现什么意外。"

"那是当然。"文斌说。

"我们几个人讨论了一下，认为婴儿极有可能是被王包发的兄嫂彭招娣抱走了，或者被她拐卖了。"

"彭招娣？王家大儿媳妇？"文斌故作惊讶地问道。

"对，就是她。"几个村干部都点了点头。

"有什么根据吗？"文斌不动声色地问。

"王家出事前，彭招娣特别喜欢那个婴儿，几乎每天都要到王家去抱一抱，亲热得如同己出一般。出事后不久，这个女人就突然失踪了。这一定是作贼心虚嘛！"妇女主任李冬香代表全体村干部说。

"那你们知道她现在在哪里吗？"林云涛插话问道。

"不知道，所以来找你们专案组的同志商量，看看是不是可以让我们这些村干部协助去找？"王水生接过话来说。

"怎么找？"文斌问。

"我们想去她娘家看看，也许她回娘家去了？"王水生一本正经地说道。

"你们知道她娘家在哪里吗？"文斌明知故问地问道。

"我知道，好像是在山南县。"妇女主任李冬香抢着回答。

"我看还是算了吧，找人的事应该由我们公安机关来做，你们就不要操心了。"文斌用不容商量的口气说道。

"可是……"

"别可是了，王村长，你要相信公安机关，我们一定会把婴儿找回来的。"不等王水生把话说完，文斌便打断了他。

"文队长别误会，我们只是担心婴儿的安全，想尽点微薄之力协助公安机关。"王水生有点尴尬地解释道。其他村干部也都纷纷点头附和。

"你们的好意我心领了，但真的不用。我们有周密的工作计划，你们就放心吧。"文斌坚定地说。

望着村干部往外走的背影，林云涛心中不禁产生了一丝不安与郁闷。他再也没有心思吃早饭了，推开方便面，伸手从公文包里掏出一盒香烟，缓缓地抽出一支，一边点火，一边想着心事。

送走村干部，文斌回到会议室，见林云涛微蹙着眉，正在默默地抽着烟，便问道："你觉得有哪里不对劲吗？"

"你不觉得王水生今天的行为有些反常吗？"

"是呀，我正要跟你商量此事。"文斌也推开面前的方便面，点上一支烟后接着说，"王水生一贯冷静沉稳、谨小慎微，按他的性格，本不该主动到专案组来申请任务的。莫不是他有所察觉了？"

"对呀，我担心的就是这个。看来我们的行动要加快了。"

"好，当断则断！我立即通知专案组的同志，把开会时间提前到八点。"

"嗯，好。"

除了辛丹青在执行对彭招娣采取证人保护措施任务不能到场，还有陈亮一早就被文斌派去秘密监视王水生以外，其他专案组的同志都提前赶到了会议室。

待大家坐好后，文斌叮嘱鲁大明把派出所的大门关上，并安排一名正式干警在门口站岗，不许任何人靠近大门。

鲁大明应了一声，便交代民警李辉去具体落实。

文斌把写字板往会议桌旁边拉了拉，拿起水笔在写字板上快速地写下"王水生"三个字，然后转过身来面对着大家，说："王水生这个人，大家都熟识吧？"

"太熟识了，村长嘛！"大家纷纷点头，表示熟识。

"通过近几天的工作，案件侦查有了重大突破。"说到这里，文斌故意顿了顿，待大家兴奋的情绪完全调动起来后，再接着说，"王水生有重大作案嫌疑。"

"什么？王水生？王村长？重大嫌疑？这怎么可能？不会吧。"许多人都表示不理解。

也难怪，一个办事极其认真负责的好村长，乡党委、政府培养的优秀干部，怎么可能是杀人凶手呢。大家议论纷纷。不过会场秩序还是井然有序的。

林云涛微闭着眼睛，自顾自地吸着香烟，脸上的表情显得异常的沉着、冷静和淡定。了解他的人都知道，这是他三十多年以来养成的习惯，每当案件侦破到了决胜的关键时刻，他的表情都是如此。用他自己的话来说，这是"兴奋与紧张综合征"的表现。

文斌望了一眼林云涛，见他旁若无人般地只顾着自己吸烟，完全不搭理别人，便打着手势说："大家肃静，肃静。"待大家安静下来后，接着说。

"王水生身上的疑点有很多，概括起来大致有四点。第一点，王水生与杨菊兰有不正当的男女关系，并且有了一个儿子，也就是失踪的婴儿。假如他发现亲生儿子失踪了，是不是会迁怒于孩子的母亲，从而产生杀人意图，因此就有了作案动机。第二点，他们虽然从来不用手机联系，但他们两人之间有着独特的隐秘的联络方式，即通过双控灯来发送联络信号。这一点，正好与现场所反映出来的故意将我们的侦查视线引向杨菊兰手机中的联系人相吻合。第三点是王水生具有作案时间，即无不在场证明。据王怀仁证实，案发当天早上，他是在村西头王水生家的老宅子里找到他的。试想一下，独自一个人住在村西头自己家的老宅子里，是不是完全有条件做到神不知鬼不觉地窜到杨菊兰家行凶杀人呢？第四点，杨菊兰生前在王水生家老宅子里的隐蔽处，故意留下了自己的指纹，这似乎在暗示我们，如果有朝一日出了意外，一定与王水生有关联。"

"不对吧，上次你们分析认为是彭招娣伙同他人杀人盗婴，今天怎么变成了王水生发现婴儿被盗迁怒于杨菊兰，从而有了杀人动机？"冯江提醒道。

"对呀，上次讨论会上的确是这么说的。"大多数同志都点头证实。

"我补充一点，"林云涛直了直身子，把烟蒂按熄在烟灰缸里，慢条斯理地说道，"其实王水生的作案动机很复杂，不一定是因为亲生儿子失踪这个单一的因素，有可能与杨菊兰的其他情人有关。比如王松柏，柯星河等人。"

"此话怎讲？"冯江不解地问道。

大家也都用惊奇、探寻的眼睛望着林云涛。

"杨菊兰与王松柏的关系，在村里面还是有些传闻的，王水生那么精明的人，不会不知道吧。事实上，妇女主任李冬香就听到过这个传闻。还有邹虹反映的杨菊兰与柯星河的关系，既然邹虹心里已经怀疑到了他们两人有不正当的男女关系，那就不能保证她不会把这个秘密透露给德高望重的村长王水生。而王水生在知道竟然有人在与他分享自己喜欢的女人后，凭他的性格和地位，绝对不会去找情敌大动干戈、大打出手，或者胡搅蛮缠，如果他真想泄愤报复的话，一定会把怒气撒到杨菊兰的身上。因此，我们不得不考虑这个因素。"

"依照王水生的性格，不能排除这种可能性。"有些同志点头表示认同。

林云涛端起茶杯喝了一口茶，接着说："事实上，从彭招娣把婴儿偷走，到杨菊兰被人杀害，这中间的时间段是很短的，顶多也就两三个小时。在这么短的时间里，王水生要准确判断婴儿是否真的失踪了，还是出了其他什么意外，都是很难的。在无法判断婴儿是否真的失踪的情况下，就顿起杀机、大开杀戒，这是不是有点匪夷所思了？因此，我怀疑王水生的杀人动机，既与婴儿失踪有关，也可能与感情纠葛方面的因素有关。"

"分析得有道理。"冯江点了点头说。

有些同志点头表示赞同，也有一些同志摇头表示不认同。

"林支队，你的分析虽然符合逻辑，但都是建立在王水生是杀人凶手这一基础上，"吴良义站起来反驳道，"现在的问题是，王水生究竟是不是凶手。就凭他与杨菊兰有奸情，有秘密联络暗号，就认定他是凶手，这是不是有点草率了？毕竟与杨菊兰有奸情的不止他一个吧。"

"是呀，我们在之前排除柯星河、王松柏两人的作案嫌疑时，基本上是依据分析和推理，似乎也没有什么过硬的证据。"韩珂玉也提出了异议。

"事实上，犯罪现场还有一些疑点也无法得到合理解释。假如王水生一人作案，为什么现场会出现两种不同的杀人方法？为什么插座电线上没有血迹反映？"郭弘从犯罪现场出发，也提出了不同的看法。

"你认为是两人以上作案？"文斌问。

"确切地说，我认为是王水生与彭招娣合伙作案，王水生戴手套杀死杨菊兰和王梓琪，彭招娣勒死胡老太婆盗窃婴儿。只有这样，才符合凶案现场的实际情况。"郭弘解释道。

"你的意思是说，用电源线勒死胡老太婆的不是王水生，而是彭招娣？"文斌有意反问道。

"对，毕竟婴儿是睡在胡老太婆的房间里的，彭招娣要偷盗婴儿，就必须进入胡老太婆的房间，这难免不会惊醒她。一旦她醒了，拼了命也不会让彭招娣把婴儿抱走。在这种情况下，彭招娣只有把她杀了，方可成功偷盗婴儿。而当时彭招娣手上并没有携带行凶的工具，情急之下，只好就地取材，用电风扇的电源线把胡老太婆活活地勒死了，然后抱着婴儿仓皇逃离。"郭弘一边思索一边分析道。

"可胡老太婆是一个又聋又哑的人，怎么可能被轻易惊醒呢？"鲁大明插话说。

"有什么不可能的，我们不要忘了，在胡老太婆的眼里，这个婴儿可是她唯一的孙子，是她至爱至亲之人，是她每时每刻都关心和关爱之人，哪有那么容易从她身边把人偷走。"郭弘反驳道。

"好啦，你们都别争论了。现场的确是有一些疑点尚未破解，这是因为案件还未侦破，一旦案件侦破了，所有的疑点就都会不攻自破了。"文斌及时制止他们的辩论。

"说实话，柯星河和王松柏，甚至是王怀仁，都有作案动机，都有一定的嫌疑，但比较起来，王水生的嫌疑还是最大的。至少目前的情况是这样的。"说到这里，林云涛扫视了一圈会场，然后坚定地说："所以我决定，正面接触王水生，撕开他的假面孔，破解这盘死局！"

"我同意！"文斌立即表态。

冯江也表示同意。其他同志也纷纷点头表示赞成，有个别同志虽然有些犹豫，但最终还是点了头表示同意。

正在这时，被派去秘密监视王水生的陈亮打来电话，报告说有新情况，说是王水生有潜逃的迹象。

在陈亮的高倍望远镜镜头里，王水生头戴一顶军用软帽，眼戴一副风镜护目镜，脸上戴了蓝色口罩，正在把一只装满汽油的塑料桶捆绑在摩托车上。

听到这一消息，大家都有点紧张。但林云涛却笑了笑，说："狡猾的狐狸终于沉不住气了，要露尾巴了。"

"看来这只狐狸真的有所察觉，想要逃跑了。"文斌也轻松地舒出了一口气，说道。

"逃跑？如果真是逃跑，那他就算不得是狡猾的狐狸了。"

"不逃跑还带那么多汽油？难道是去自焚或者纵火？"大家不解地问。

"自焚、纵火？唔，我看不像。我认为他这是要去寻找彭招娣和那孩子，想要毁灭罪证啰！"说完，林云涛脸上露出了高深莫测的微笑。

"去找彭招娣也用不着带汽油桶呀，路上不是有加油站吗？"吴良义用沙哑的声音问道。

"这不明摆着吗，他是想避开人多车多的大路，抄小路，小路是没有加油站的吧。"林云涛解释道。

"原来如此。"大家恍然大悟。

"看来我们只有给他来一个前堵后追策略了。"文斌也笑了笑说。

"嗯，你安排吧。"林云涛点了点头说。

"好的。"说完，文斌转头朝向大家，大声说："关键的时刻到了，大家现在听我指挥。"

听到文斌简短有力的动员词，大家立刻打起了十二分精神，兴奋地望着他。

"吴良义？"

"到！"吴良义沙哑着嗓子回答。

"你带两个人，以最快的速度赶到彭招娣的娘家，在那里设下埋伏，守株待兔，等候王水生。"

"是！"

"郭弘？"

"在!"郭弘应声回答。

"你赶到证人保护点去支援辛丹青,一定要确保污点证人的安全。"

"是!"

"韩珂玉?"

"到!"韩珂玉站起来大声回答。

"你跟我一起去和陈亮会合,我们一路追踪,伺机抓捕。"

"是!"

"任务明确了,大家开始行动吧!"林云涛宣布抓捕行动开始。

　　吴良义一边驾驶着警车,往彭招娣的老家山南县赶,一边戴上耳机给当地公安同行打电话,请求他们派人潜伏在彭招娣娘家附近进行秘密监视,一旦发现可疑人员,先行扣押。

　　文斌和韩珂玉驱车赶往苍山下村,刚走到青龙河岸边,陈亮骑着一辆摩托车从树林里窜了出来,倏的一下把车横停在路中间。

　　陈亮跳下摩托车,把化装用的棒球帽帽檐往后一拉,再把眼镜上的墨色镜片掰开,动作娴熟地打开照相机,将所拍摄的照片放给文斌看。文斌快速地浏览了一遍,便准确地判断出王水生的行走路线。

　　"这样吧,你把望远镜和照相机留在车上,和珂玉骑摩托车沿线追踪,我驾车在大路上与你们同向行进,看看能不能在路上把他给截住。随时保持联系。"

　　"明白!"韩珂玉和陈亮异口同声地回答。

　　陈亮跨上摩托车,把棒球帽戴好,把眼镜上的墨色镜片打下来,然后动作熟练地发动车子。韩珂玉反身从汽车上也拿了一顶棒球帽戴在头上,坐到陈亮后面。两人回头跟文斌打了声招呼,便沿着王水生行走的路线,绝尘而去。

　　文斌没有急于盲目追赶,而是用手机里的电子地图进一步研究王水生的行走路线。

　　从地图上来看,王水生选择的是一条沿着青龙河河岸而行的古道,到山南县一共要经过三个乡镇。这三个乡镇分别是株木墩镇、荷树叶镇和白竹根镇。文斌打电话把这些情况告诉韩珂玉，并约定在第一个集镇株木墩镇会合。

当文斌驱车赶到株木墩镇时，韩珂玉他们也几乎同时赶到。

韩珂玉远远地便向文斌摆了摆手，示意未追上。于是文斌朝他们挥了挥手，指示他们不要停顿，继续往前追。他自己则启动车子沿公路往下一个乡镇荷树叶镇飞驰而去。

然而在赶往荷树叶镇时却遇到了一些麻烦，路上出了车祸，交警正在处理一起两车追尾的交通事故，把路面给封堵起来了。文斌打电话把情况告诉了韩珂玉，说是自己会直接赶往第三个乡镇白竹根镇，指示他们务必在去往第三个乡镇的路上追上王水生。

好在交通事故处理得比较快，只等了十多分钟就通车了。文斌不敢再耽搁了，只好加大油门，往白竹根镇疾驰而去。

文斌驱车赶到白竹根镇时，韩珂玉和陈亮还没有到。于是，他把车停在集镇上，然后沿着古道往回走。

文斌沿着古道往前走了大约两公里，便发现古道已偏离了河道，正蜿蜒地经过一片洼地，弯弯曲曲地伸向一片山林。

洼地是一大片冷水田，一条稍微宽一些的田埂与山林里的古道相连。

文斌急匆匆地走在田埂上，突然看到对面远处的一个斜坡上冒出了一辆摩托车，正沿着山坡急速地驶来。过了一会儿，山坡上又冒出了一辆辆摩托车紧随其后。文斌快速地扫了一眼周围的环境，见前面是一段约 500 米左右长的田埂路，虽然路面比较平坦，但有些弯弯曲曲。路的两边都是深水冷浆田。这里是一个拦截摩托车的好地方。于是，他果断地站在路中间，等待着王水生被韩珂玉他们追赶过来。

王水生在经过第二个乡镇时，就隐隐约约地感觉到有人在后面追踪，于是他用控制车速的方式试探了几次，果然判断出有一辆黑色的摩托车一直跟在后面。他心里一惊："完了，怕是被公安盯上了。"但又转念一想，"不对呀，他们没有任何证据，怎么可能怀疑到我头上呢？婴儿？难道他们找到了婴儿？不可能！婴儿现在应该还在彭招娣手上，只要先找到她，就可以先找到婴儿，然后就可以……"想到这里，王水生不由得加大油门，飞奔起来。

王水生刚刚骑车冲到斜坡下，远远地看到文斌侧身双手举枪站在路中间，乌黑的枪口正对着他，不由得大吃了一惊，急忙刹车。

王水生回头看了看后面正在快速逼近的摩托车，又看了看前方威风凛凛的文斌，然后绝望、狰狞地怪叫了一声，跳下摩托车就往路边的水田里跑。

文斌见他要逃，来不及多想，也顾不得脱掉脚上的皮鞋，直接就跳到水田里去追。

水田里的淤泥很深，一入水，皮鞋就陷入淤泥中了，再跑，袜子也陷进泥淖里了，文斌只好光着脚追赶。

淤泥深，跑起来就忒费劲。双足迈动时，带起来的泥浆甩得老高，身上、头上沾满了水渍、泥浆。

足足追出了两三百米，文斌才追赶上王水生。当还差两三米远时，文斌使尽了全身力气一跃而起，一把将王水生扑倒在於泥里。

王水生哪里肯就范，只见他腰一拱，右胳膊肘朝文斌猛击，再一翻身，便甩脱了文斌。他动作敏捷地从淤泥中爬起来，使用当侦察兵时学到的拳脚功夫，与文斌对打起来。可是，他哪里敌得过文斌的格斗术。

文斌动作灵活地躲过王水生踢过来的侧身踹，左手顺势抓住他的脚腕，使劲一拧，便把他掀翻在地。王水生不愧是侦察兵出身，动作快得惊人，还不等文斌扑上来，就已经爬起来了，趁着文斌尚未站稳，一记下勾拳击向文斌的下巴，文斌急忙后退一步躲过，紧接着，又一记直冲拳击向文斌的脸面，文斌侧身躲过，同时抬起左手掌进行格挡，并顺势抓住他的手腕，右脚朝前跨出一大步绕到他的侧后方，挥起紧握枪的右手，用手枪柄朝他背上肺俞穴处狠狠地砸了一下，只听得他噗的一声，急促地从嘴里爆喷出一口气，然后便全身无力地瘫坐下去了。文斌把枪插回腋下枪套里，从裤子口袋里掏出一副精制的拇指铐，动作麻利地将他反手铐上。

这时，韩珂玉和陈亮也沿着田埂路急匆匆地跑了过来。文斌拎起王水生，连拉带拖地弄到路旁，交给他们俩，说："把他拉到前面的水沟里去洗一洗吧。"

"哈哈，老大，你也快去洗洗吧，都快成了一只泥猴子了。"韩珂玉见文斌浑身上下沾满了泥巴，掩嘴笑着说。

听韩珂玉这么一说，文斌忙低头看了看自己身上，发现身上的白色短袖T恤衫已溅满了泥浆，竟找不到一块干净的地方。于是，便无奈地摇了摇头，苦笑了笑说："就当是做了一个泥疗浴吧。"说完，反身去寻找跑丢了的皮鞋和袜子了。

王水生的供述令侦查人员大失所望。

据王水生交代，他确实与杨菊兰有过不正当的男女关系，也知道那个孩子是他的血脉，但对于杀人行凶的事，却矢口否认。

当问到人是谁杀时，他竟一口咬定是彭招娣杀的，那孩子也是被她偷走的。又问他为何说是彭招娣杀人盗婴，他说彭招娣因为自己没有孩子，所以就特别喜欢那个孩子，视为己出。出事后，孩子不见了，没过几天她自己也失踪了，由此断定是她杀人盗婴。

听完韩珂玉对王水生审讯情况的汇报，文斌的脸色逐渐凝重起来。他停顿了好一会儿才开口说话。

"王水生真是这么交代的？"

"是的。"

"那他为什么要逃跑？"

"他说因为心里清楚那个失踪的孩子是他的血脉，现在突然发生了命案，自己怕是有口难辩、说不清楚，难以洗脱自己的嫌疑，所以要逃跑。"

"怎么可能说不清楚呢？杀人是杀人，偷情是偷情，这是性质完全不同的两码事嘛！"冯江插话道。

"是呀，这里面怕是有蹊跷吧。"林云涛点了点头说。

"你的意思是……"大家都用探寻的眼神望着林云涛。

"王水生何等精明，他可是一个头脑聪明、遇事冷静的鬼精！像他这样的人，岂会因为怕说不清楚就逃跑，从而自我暴露？再说了，他外出的打扮和装束也不像是要逃跑的呀。"林云涛一边思索一边说。

"虽然头脑聪明、遇事冷静，但到了关键的时候，恐怕也难免会做出一些弄巧成拙的事情来。"韩珂玉好像是在自言自语般地说道。

"难道王水生是狗急跳墙，企图抢先找到彭招娣和那个孩子，然后杀人灭口，以此消灭证据？"文斌思索着说。

"王水生为什么要消灭证据呢？难道仅仅是因为那个孩子是他的血脉吗？"林云涛反问道。

"就正常情况而言，还不至于，虎毒不食子嘛！毕竟这种偷情耍奸的事情多了去了。"文斌回答道。

"所以他消灭证据的目的，恐怕正是为了掩盖自己行凶杀人的事实吧。"林云涛瞪着一双犀利的眼睛说。

"王水生又是如何解释杨菊兰卧室里的双控电灯的呢？"冯江突然想起"双控灯"，便若有所思地问道。

"王水生的解释显得有些轻描淡写，说那是为了和杨菊兰幽会方便而故意安装的。"韩珂玉回答道。

正在这时，吴良义和辛丹青急匆匆地走进会议室。

"彭招娣被关押到看守所去了？"一见面，文斌就朝辛丹青问道。

"是的，办了刑拘手续。"辛丹青回答。

"审讯结果如何？"文斌又朝着吴良义发问。

吴良义一边解下缠在手腕上的毛巾擦拭着流到脖子上的汗水，一边说："彭招娣否认了和王水生合伙作案，她一口咬定自己就是一个人，没有同伙，并且只偷盗了婴儿，绝对没有参与杀人。"

"她怀疑王水生，对吧？"文斌问。

"呵呵！岂止是怀疑，简直就是在指证啰！"吴良义笑着说。

"如果是指证就好了，只可惜那不过是她的猜测而已，毕竟没有什么依据呀！"冯江用感叹的语气说道。

"王水生一口咬定人是彭招娣杀的，自己并不知情；彭招娣又一口咬定人是王水生杀的，自己只偷盗了婴儿，没有参与杀人事件。这对男女，狗咬狗的，还真把人给搞糊涂了。这下难办了。"韩珂玉有点泄气地说道。

"难道我们又走入了一条死胡同？"吴良义也有些气馁。

这时，坐在旁边一直默不作声的鲁大明所长突然站了起来说："依我看啦，我们怕是犯了方向性的错误！"

"此话怎讲？"冯江问。

"就算王水生与杨菊兰有不正当的男女关系，但我坚信他不可能是杀人凶手。"鲁大明的语气有些激动。

"你先别激动，坐下来慢慢说。"冯江打着手势要他坐下来说。

"王水生是一村之长，在村里的地位和威望至高无上，说一不二，他如果想要办什么事的话，完全可以随心所欲，根本用不着使用杀人行凶的手段。"鲁大明解释道。

"我看悬，这事恐怕与他脱不了干系。"辛丹青一边用右手三个指头旋转着一支笔，一边说。一副苦思冥想的样子。很多同志都点头表示赞同她的观点。

"呃，有没有可能是他们两人合伙作案呢？"吴良义突然睁大眼睛问道。

"事实上，他们已经是合伙作案了，只不过究竟是合伙偷盗婴儿还是合伙杀人，目前还难以定论。"辛丹青说。

"证据呢？就目前的情况来看，既没有这两人共同偷盗婴儿的证据，也没有他们共同杀人的证据。"韩珂玉说道。

"是啊！在案件没有侦破前，各种可能性都会存在。可是，我们破案还得要讲证据！"冯江点了点头说，脸上的表情充满了凝重和担忧。

"可是，时间不等人啦！如果再找不到证据，王水生就要被无罪释放了。"韩珂玉有些着急地说。

"还剩多长时间？"林云涛问。

"如果延长到四十八小时的话，满打满算也还不到二十个小时了。"韩珂玉一边掐着指头计算，一边说。

"我觉得，我们可以以涉嫌共同拐卖儿童的罪名，对他先行刑拘。"吴良义建议道。

"这怎么可以呢！现有的证据显示，婴儿是彭招娣偷盗的，似乎与王水生无关。他们之间既没有实施偷盗孩子的共同行为，也没有主观上的共同故意。"冯江从证据学的角度否定了吴良义的建议。

大家也都纷纷点头表示赞成。

"那下一步该怎么办？"吴良义有些担心地问道。

听到吴良义的提问，大家你看看我，我看看你，一下子就都不吱声了。会场里顿时变得鸦雀无声。

"对王水生家里的搜查有什么进展吗？"林云涛打破沉寂地问道。

"没有实质性的进展，顶多能证明王水生与杨菊兰之间有不正当的男女关系，对于杀人案件，并没有找到任何蛛丝马迹。"郭弘有些沮丧地回答道。

"在我看来，其实王水生和彭招娣两人都有作案动机。"文斌高深莫测地说。

"你是说……"大家都用探寻的目光望着他。

"很显然，王水生具有因奸情而杀人的作案动机；彭招娣具有因偷盗婴儿而杀人的作案动机。"

"可是他们都否定自己杀了人，又都指认对方杀人……我们又没有掌握到过硬的证据……"

大家你一言我一语的，七嘴八舌地议论开了。

林云涛一直坐在那里不停地抽着烟，眉头微蹙，表情凝重，一副苦思冥想的样子。待大家稍微安静下来后，他一边把烟蒂使劲地摁熄在烟灰缸里，一边自言自语地说："我看他们是阎王奶奶害喜病——心怀鬼胎！"

"你是说王水生和彭招娣都在撒谎？"冯江问。

大家也都把探寻的目光集中在林云涛身上。

林云涛不慌不忙地端起茶杯，小啜了一口，然后扫视了一遍会场，说："你们还记得那根勒死胡老太婆的电源线吗？"

"当然记得，你已经多次提到过。"郭弘代表大家回答。

"以前我们总是把注意力放在彭招娣留在电源线上的指纹，分析她有可能用案后形成的指纹来混淆作案时的指纹，所以怀疑是她伙同他人作案。我想，我们可不可以换一种思路来看问题呢？"林云涛别有深意地说道。

"你是指王水生留在电源线上的指纹？"文斌惊讶地问。

"对。我说的就是这个。"林云涛重重地点了点头。

"不可能，王水生的指纹应当是案后解开电源线时形成的，因为如果是他作案的话，他一定戴了手套，电源线上只会有死者的血迹，不可能会留下他的指纹。"林云涛的观点立即遭到了吴良义和郭弘等同志的反驳。

"你们还记得杨菊兰的手机吗？"林云涛笑着问道。

"这电源线上的指纹跟杨菊兰的手机能有什么关系？"大家都不理解林云涛为什么要问这个问题。

"问题就出在这里。凶手在杀死杨菊兰和王梓琪后，把杨菊兰手机里的一些数据删除了，并对手机外表进行了擦拭。请问，你们谁戴着棉纱手套能够做得到？"林云涛高深莫测地问道。

"是呀，凶手必需要把手套脱下来才能滑动手机屏幕呀。"大家都恍然大悟。

"你是说凶手一开始并没有打算杀死又聋又哑的胡老太婆，凶手在杀死杨菊兰和其女儿后，放下凶器，脱下手套处理杨菊兰手机里的相关数据，这时，胡老太婆突然醒了，想坐起来，凶手来不及再戴上手套，只好直接冲过去，顺手拿起电风扇的电源线，将胡老太婆活活地勒死了，因此，凶手的指纹便留在了电源线上了。"文斌顺着林云涛的思路分析道。

"所以我认为，凶杀案件就是王水生一个人所为，与彭招娣无关。"林云涛一板一眼地说道。

"难怪案发后王水生要去帮胡老太婆解开缠在脖子上的电源线，原来是想用案后指纹去掩盖作案时留下的指纹。"郭弘如醍醐灌顶一般。

"那又如何解释彭招娣留在电源线上的指纹呢？"吴良义提出疑问。

"这就是王水生的精明之处。他之所以要叫彭招娣一起去解开胡老太婆脖子上的电源线，其真正的目的就是要以案后的指纹掩盖作案时留下的指纹，同时还可以把杀人的罪名推到彭招娣的头上。"林云涛分析道。

"既然凶杀案件与彭招娣无关，那你刚才说彭招娣也在撒谎，这又是怎么一回事呀？"冯江问道。

"记得有一天，为了实地适时地去体验凶杀案案发时的客观环境，午夜过后，我到村子里各处转了转，发现了一个奇怪的现象。"林云涛回忆着说。

"什么奇怪的现象？"有人问。

"安静！"

"一个偏僻的山村，显得安静些，这有什么奇怪的？"鲁大明摊了摊双手说。

"不，太安静了，安静得有些诡异。既不见人影，也不见灯火，就连犬吠声都没有听到啊！"林云涛微眯着眼睛，似乎在思索一般。

"这样的情况恐怕不单是苍山下村才有吧？"冯江说。

"也许吧，但这一直是我心中没有解开的一个结。后来我仔细研究了村里的乡规民约，终于找到了答案。"

"答案是什么？"大家都探头倾听。

"在乡规民约中，竟然有两条奇怪的规定：'户不养犬，以避伤人；夜不串户，以免猜忌'。"

"听你这么一说，让我想起了一件事，"辛丹青调整了一下坐姿，有些兴奋地说，"这些乡规民约都是由王水生亲自制定的，他就是靠这些东西来治理村庄的。"

"那又怎么样？"冯江说。

"对呀，这与凶杀案件又有什么关系呢？"吴良义和鲁大明等人都附和着问道。

"我理解林支队长的意思，这个问题还是由我来回答吧，"文斌接过话来说，"从表面上来看，乡规民约与凶杀案件确实没有什么关系，但是，如果仔细研究分析制订这两条规定的理由，就会发现这纯粹是毫无根据的霸王条款。你们看，'以避伤人'，能成为禁止农户养犬的理由吗？荒谬！对于一个偏僻山村来说，村民养犬不是再正当不过的事情吗。'以免猜忌'，能成为禁止村民晚上串门的理由吗？荒唐！"

"可是，你还是没有说清楚这究竟与凶杀案件有什么关系呀？"吴良义满脸疑问。

"这不明摆着吗，王水生故意制订两条毫无理由、完全多余的乡规民约，其目的是什么？是为自己偷情提供方便。"说到这里，文斌点上一支烟吸了两口，接着说，"我前面说的还不是重点，重点是什么呢？重点是看与谁偷情。如果只是与杨菊兰偷情，犯得着花这么大的精力吗？我看未必。因为杨菊兰家里是有其他人的，偷情幽会的地点只能是村西头的老宅子里，只要用双控灯向杨菊兰发出约会信号便可，无需他出门溜达。所以我们有理由怀疑他与别的女人有染。"

"别的女人？是谁？"冯江问。大家也都竖起耳朵来听。

林云涛接过话来说："你们难道还听不出来吗？文斌所说的别的女人，实际上就是指彭招娣。"

"对，说的就是她。"文斌点了点头说。

"啊？是她？……原来他们俩也搞到一起去了？……难怪……"大家都感到十分惊讶。

"大家请注意，"林云涛打断大家的唏嘘声说道，"大家还记不记得彭招娣突然离家出走时家里的情况？"

"当然记得，屋里打扫得非常干净，但浸泡在水桶里的衣服没有洗。"郭弘迅速作出回答。

"还有搁放在橱柜里的剩菜剩饭也没有作处理。"韩珂玉予以补充。

"对！一方面感觉这人爱干净；另一方面又感觉这人邋邋遢遢。你们有没有想过，为什么同一个人会出现这两种自相矛盾的性格表现？"林云涛高深莫测地问道。

"说明她走得匆忙呗。"吴良义沙哑着嗓子说。

"什么走得匆忙，压根儿就不是彭招娣打扫的屋子嘛！"文斌接过话来笑了笑说。

"难道是王水生打扫的？"冯江问。

"对！我认为就是他打扫的。"林云涛重重地点了点头说。

"难怪当时我们对此不理解，原来是彭招娣匆忙离家后，王水生为了清除他留在那里的痕迹，而对那里进行了打扫，这样就说得通了。"郭弘抚了一下手掌笑着说。

"怎么就能确定是王水生打扫的呢？难道不可以是别人吗？"吴良义问。

"因为这更像是王水生的做事风格。"林云涛果断地说。

"看来我们要组织第二轮审讯了。"冯江松了一口气似的说道。

"对。第二轮审讯应当兵分两路，一路对付王水生，一路对付彭招娣，两边同时进行。"林云涛表情严肃地说。

"我来对付王水生，吴队副去对付彭招娣。"文斌充满信心地说道。

"好，我来对付这个女贼，我就不相信治不了她。"吴良义也信心满满地说道。

"还有我呢，审讯女犯罪嫌疑人不能没有女同胞呀！"辛丹青举手主动要求参战。

"量体裁衣，吴队副对付女人最有经验。"郭弘故意开玩笑，把大家引得哈哈大笑。

"你这个同志呀，我要批评你。什么叫对付女人最有经验？我那是从事伟大而又神圣的工作，懂吗？年轻人，饭可以乱吃，话不可以乱说……"

吴良义正准备用批评的口气对年轻人进行教育，但被文斌打断了。

"呃，你们还嫌时间有多吗，还有时间在这里闲扯淡？都起来，干活去！"

"时间已经不多了，要紧张起来，大家一定要快马加鞭地干。"冯江一边起身，一边说。

林云涛站起来，指了指郭弘，说："请郭秀才陪我去一趟王水生家的老宅子里，我想再去那里看看。"

"是，明白。"郭弘应声站起来。

二十二　真相

林云涛带了郭弘急匆匆地往村西头王水生的老宅子赶。路上，郭弘一边开车，一边打电话通知村妇女主任李冬香前来做见证人。

郭弘用开锁工具动作麻利地打开了房门。

进到里面后，他把前一次来搜查的情况向林云涛一一做了介绍。林云涛随着他的介绍，逐个房间进行巡查，对每一件物品都认真仔细地察看。

"这一间，是卫生间兼洗漱间。我们对里面的毛巾、洗漱用具都进行了检验，没有发现杨菊兰的 DNA。空的晒衣架和鞋架也都进行了检验，但由于被清洗得非常彻底，没有检验出血迹和 DNA。"

郭弘对卫生间兼洗漱间做了重点介绍。

林云涛一边查看，一边应和着点头。突然，他指着混凝土地上的一大块暗灰色印迹问："这是什么印迹？"

郭弘忙上前用棉签擦拭了几下，干干净净。便分析道："这可能是王水生以前在地上烧过什么东西，所以就留下了这块印迹。虽然已清洗得一尘不染了，但这块印迹却无法清洗掉。"

他们来到中间这间房，郭弘介绍说："中间这间是大厅，里面放的都是一些农具。我们对这些农具也进行了检验，既没有发现可以形成杨菊兰和其女儿头部创伤的作案工具，也没有检验出死者的 DNA。"

"如果你们能在这里找到作案工具，那这个案件就不一定是王水生干的了！"林云涛神秘地笑了笑说。

"那是，王水生那么精明的人，如果是他作案的话，他一定不会把作案工具放在家里。"

郭弘又把林云涛引导到卧室里，说："这间房是王水生休息的地方，据他妻子说，每年到了天气炎热的季节，王水生一般都会在这里住上一段时间，因为这里比楼房更凉爽一些。平时他有时候去乡里、村里开会或处理公务太晚了，也会到这里来住宿。但是，他从来不准家里人来这里住，说是这里阴气太重，别人镇不住，只有他才镇得住。"

"哼，好一个'镇得住'啊！"林云涛眼里露出了轻蔑的目光。

"在这里虽然没有检验出杨菊兰的 DNA，但提取到了她的指纹。"郭弘介绍道。

林云涛戴上手套，对这间屋子里的每一件物品都仔细地检查，不放过任何一个细节，但依然毫无结果。

这时，村妇女主任李冬香来了。

"哦，你来得正好，我有一些情况要向你了解。"林云涛微笑着对李冬香说。

"领导，你问吧，我一定知无不言。"说这话时，李冬香看上去有些紧张。

"王水生平时的穿着如何？"

"王村长平时穿着比较正式，就像乡政府的领导干部一样。"

"能具体说说吗？"

"好，唔，夏天一般都是穿浅色的衬衣或 T 恤衫，冬天一般都是穿深色的夹克衫。裤子一般都是深色的。脚上夏天喜欢穿黑色皮鞋，冬天喜欢穿一双棕色翻毛皮鞋。"李冬香思索片刻后说道。

"还有吗？比如帽子、眼镜、手表、皮带等。"林云涛提醒道。

"这个嘛……噢，对了，他有一顶草绿色的军用软帽，但平时很少戴，只有带领村干部去山林巡逻时才会戴。他好像有一副风镜护目眼镜，因为我看他巡逻时戴过。手表……唔，以前他办工厂当老板的时候戴过手表，据说还是比较高档的名贵表，但自从当上了村长，特别是被乡政府列为后备干部培养后，他就再也没有戴了，不但自己不戴，还号召其他村干部也不戴，说是戴着手表不仅会影响干活，还会疏远干群之间的关系。至于皮带嘛，我没太注意，好像是一条黑色的皮带。"李冬香一边回忆，一边说。

"看来你对王水生的情况还是比较了解的嘛！"林云涛笑了笑说。

"那是自然，一村之长嘛，谁能不熟悉，更何况像他这么优秀的村长。"

"为什么这么说？"

"他不仅是我们村班子的领头人，还是我们村干部学习的榜样、行动的楷模。"李冬香说话快言快语，说到后面简直有点眉飞色舞了。

"我看你这是麻子照镜子——个人观点罢了。"郭弘喜欢用歇后语来挖苦讽刺人。

"咦，这不仅仅是我个人的观点，大家可都是这么认为的哟。真的，不是我有意要恭维他，事实如此。"李冬香用调皮的表情笑着说。

正在这时，林云涛发现沙发床的靠背是用两块仿制红木板拼接起来的，中间用一块长方形的弧形木板予以固定。他敲了敲两块木板，觉得声音有所不同，一块发出"噗噗噗"的声音，一块发出"咚咚咚"的声音，似乎这块木板后面设计了暗格。于是，他仔细地研究起来，试着用劲一按，木板竟然弹开来了。

"呵呵！果然有暗格。"林云涛笑着说。

林云涛招呼郭弘拿手电筒过来照明。

暗格里有一个长方形的铁盒子和一条卷起来的军用皮带。打开铁盒子，里面有士兵的帽徽、领花、肩章以及王水生的退伍证，还有一个皮带扣。

看到军用皮带和皮带扣，林云涛立即问郭弘："王水生身上系了皮带吗？"

"系了呀。"郭弘很肯定地回答。

"是什么样的皮带？"林云涛又问。

"是一条黑色的牛皮带。"

"新的还是旧的？"

"半新旧吧。我问过他，他说平时系的就是那条皮带。"

"做检验了吗？"林云涛追问。

"做了，但没有发现可疑的 DNA。"

看着皮带扣，林云涛突然想起大厅右边那间房地上的那块暗灰色印迹，眼前仿佛浮现出了一帧流动的画面：王水生准备作案前，故意换了一条军用皮带，作完案后，为了毁灭证据，又故意取下皮带扣，把皮带连同作案时穿的衣服、裤子和鞋子进行焚烧。然后把灰烬倒入下水道里进行冲刷，再把地面清洗干净。

随着画面在脑海里一一闪过，林云涛心里豁然开朗，似乎一切都明白了。于是，他表情严肃地对郭弘说："你把这个皮带扣提取回去，火速检验！顺便把这条军用皮带也带上。"

"是，明白！"

说完，郭弘招呼妇女主任李冬香过来，在她的见证下，先是拍照固定，然后用物证袋将军用皮带和皮带扣分别装好，贴好标签，做好标注，再小心翼翼地放进勘查箱里。

检查完古宅，郭弘开车把林云涛送到苍山乡派出所，然后便驱车赶往县城，把证物送到理化实验室。

吕玫接过证物一看，是一条旧军用皮带和一个已有锈迹的旧皮带扣，便问道："就这玩意儿，能有检验价值吗？"

见吕玫满脸失望的表情，郭弘就说："我也不知道有没有检验价值，反正这是林支队长亲自下的命令，要我以最快的速度把这些证物送到你这里来做DNA 检验的。"

"哦，是林支队长的指示呀，那一定是非常重要的证物。我马上开始做。"

说完，吕玫开始忙碌起来。

"要多久出结果？"郭弘有些不放心地问道。

"大概四到五个小时吧。"

"那好，结果出来后，请你直接向林支队长报告，并把检验报告书送到办案中心去，交给文大队长。"

"好的！"吕玫一边低头忙碌，一边回答。

彭招娣被刑拘后，心里非常纠结。一方面觉得事已至此，应当心安释然了；另一方面，又担心警察深究下去挖出老底，于是又提心吊胆。

正当她躺在硬邦邦的通铺上忧心忡忡时，监室的铁门被缓缓打开。

看守人员大声地叫了一句"彭招娣"，她条件反射般地惊坐起来，瞪大一双惊愕的眼睛望着看守人员。

"你出来，有人来提审。"

"嗯，哦。"彭招娣一边轻声应着，一边颤抖着爬起来往外走。感觉有些心惊肉跳。

审讯室里，吴良义和辛丹青身穿制服，威严地坐在审讯桌旁。

彭招娣缓慢地走进审讯室，望了一眼栅栏那边的警察，便低下了头，一言不发地坐在铁制的审讯椅上。看守人员把椅子前面的挡板合上，咔嚓一声上了锁。

待看守人员出去后，吴良义开始提问，辛丹青伏在键盘上打字做记录。

"说说吧，为什么要隐瞒事实？"

听到警察的提问，彭招娣心里一惊："这真是哪壶不开提哪壶呀！他们怎么知道我隐瞒了事实呢？难道王村长也被抓了？不可能啦！王村长是一村之长，警察怎么敢随便动他呢？更何况他做事一向滴水不漏，不可能被警察抓到把柄。对，警察一定是在诈我。"

想到这里，彭招娣心里反而镇静了一些，脸上还露出了一丝狡猾的笑容。

"我做的事情都已经交代清楚了，没有什么要隐瞒的了。"

"别再演戏了，你和王水生之间的那点破事瞒得了别人，难道还瞒得过警察？"

听到审讯人员点出她与王水生之间的"破事"，彭招娣心里着实吃惊不小，"看来王村长做事也有马失前蹄的时候，我们之间的丑事可能曝光了。完了，一切都完了。"

彭招娣在心里挣扎了半天，终于敌不过审讯人员的轮番攻击，彻底崩溃了。只见她重重地叹了一口气，自言自语地说："我真是鬼迷了心窍啊！"

接下来，彭招娣给审讯人员讲述了一个离奇的故事。

自从因不能怀孕生育而被丈夫王全发抛弃后，彭招娣深感命运不济，伤心过，哭泣过，甚至还有过轻生的念头。但好强、不服输的性格，又促使她不愿意就此低头，总想着会来日方长、青山依旧。

彭招娣为了改变现状，一方面到处寻医问诊、求神拜佛，希望能怀上一个两个的；另一方面，又多次找村干部喊冤叫屈，请村长为她做主。

也许是命该如此。折腾来折腾去，彭招娣既没有添丁进口，也没有挽回那个破碎的家庭，反而把自己给搭进去了。

要说王水生与彭招娣的不正当男女关系，远发生在杨菊兰之前，只不过在他与杨菊兰扯上关系后，就基本上不与彭招娣苟且了。

一开始，王水生并没有要与彭招娣扯上关系的想法。彭招娣多次找村干部告状、诉苦，要求解决家庭矛盾问题，王水生都是推给妇女主任李冬香去处理。

李冬香很热心，多次找王全发做工作，要求他与妻子和好，夫妻俩好好地在一起生活。但王全发是油盐不进，铁了心要与妻子离婚。李冬香没辙了，只好把问题上交到了德高望重的村长王水生那里。

王水生非常同情彭招娣，于是就摆起个官架子来对王全发训话。别说，还真管用。王全发迫于村长的威慑力，不得不答应再也不提离婚的事了。可谁知王全发是一个口是心非的人，嘴里虽然答应不离婚，行动上却背道而驰，他背着妻子和村干部，一个人偷偷地跑到外地打工去了，谁也不知道他夫了哪里。

王水生是何许人也？一村之长呀，能丢这么大的面子吗。于是，他非常恼火，在心里面暗暗发誓，一定要找机会教训王全发，给他一点颜色看看。可是，王全发一走了之，杳无音信，想报复也找不到人啦。怎么办？想来想去，只有拿他的女人出气了。就这样，王水生把王全发的女人占有了。

王水生与彭招娣扯上关系后，与后来和王家二媳妇一样，也有约法三章，不一样的是，这个约法三章主要是约束王水生自己的，与和杨菊兰的约法三章不同，那是约束杨菊兰的。这个约法三章是：一是幽会地点只能在彭招娣家；二是约会时间只能是夜深人静或风雨交加的晚上；三是约会方式严禁使用手机，由王水生临时决定、亲自上门。

虽然有约法三章，但他们的幽会次数却非常少。一般只有风雨交加的深夜，并且在绝对安全的情况下，王水生才会去彭招娣家幽会。而且每次去相聚的时间都很短，都是一进门就直奔主题，完事后，提上裤子就走，决不逗留。

两人虽然一直保持着不正当的男女关系，但他们平时几乎没有来往，从来不打电话、发信息，也从来不互相串门，甚至在路上碰到，都像陌路人一般走过。因此，这么多年以来，还从来没有谁发现过他们有私情，就连妯娌杨菊兰也不知道。

同样的，彭招娣也一直不知道王水生与杨菊兰之间的私情，因为他们之间的幽会，与王水生、杨菊兰之间的幽会方式不同，途径不同，地点也不同，从来都不会出现有任何交集的情况。

彭招娣真正发现王水生与杨菊兰之间的私情，是从那个孩子身上开始的。

孩子出生后，长得白白胖胖，十分可爱，谁看了都会喜欢。特别是彭招娣，可能是因为自己没有孩子的缘故吧，对这个孩子那是喜爱有加，如同己出。

彭招娣每天傍晚都要到杨菊兰家去转一转，抱着孩子又亲又哄的，简直是爱不释手。有时候杨菊兰去镇上赶集，她便自告奋勇代劳，心甘情愿地留下来，协助婆婆带孩子。

孩子一天天地长大，长相轮廓也一天比一天分明。有一天，彭招娣抱着孩子，左看右看，突然，头脑中竟然冒出了一个惊奇念头——这孩子怎么一点也不像他爸爸王包发，难道……不过这个念头只是在她脑海中一闪而过，她并没有完全放在心上。

直到有一天，彭招娣突然感觉到婆婆胡美英也在怀疑孩子不是自己的亲孙子，并且开始以聋哑残疾人特有的方式，表现出对这个孩子的感情疏远时，她就坚信杨菊兰也红杏出墙了，这个孩子应当是别的男人的野种，只不过这个男人究竟是谁就不知道了。

看到婆婆越来越不喜欢这个孩子，彭招娣心里非常难受，但又不好意思跟杨菊兰说。其实她也知道，杨菊兰不可能看不出婆婆对孙子的情感变化，只是因为她心里有鬼才不好作声罢了。于是，彭招娣就决定去找村长告状。

在案发前一个星期左右的一天中午，彭招娣估计王水生正在村西头的老宅子里午休，便去找他。

彭招娣虽然与王水生有一腿，但她这是第一次去王水生的老宅子。因为王水生从来都不让她去。

王水生看到她找来，不但不感到愉悦，反而眉头微蹙、表情愠怒。

彭招娣把孩子如何不像他爸、婆婆怀疑后如何对孩子不好的事添油加醋地说了一遍，说到心痛处，还捶胸顿足、哭哭啼啼地煽情。

王水生听完后，阴沉着脸说："杨菊兰是孩子的亲娘，难道她就不管管？"

"管？她怎么管？怕是她心里有鬼，不好意思管吧！"彭招娣故意添油加醋地说。

"你为什么要跟我说这个？"

"唉，你不知道这个孩子有多可爱、多可怜啊！"

"那你想怎么办？"王水生问。

"我也不知道怎么办，我只是太喜欢、太心疼这个孩子了，不忍心让这个孩子将来在他们家受苦受难，真想把他抱回家去自己带。"彭招娣自言自语地轻声嘀咕道。

王水生阴笑着说："就你那个家也算是家？一个人独守空房这么多年，有意思吗？换作是我，早就回娘家了！"

"那我应该怎么办啦？"

"这是你们的家事，外人不好插手。你回去吧。"

离开老宅子后，彭招娣再也无心做其他的事情了，坐在家里一门心思地琢磨起抱养孩子的事。

琢磨来琢磨去，觉得只要有王村长撑腰，这个险还是值得去冒的。

带着这个念头，彭招娣回了一趟娘家，谎称准备领养一个孩子，要暂时寄养到妹妹家里，并让妹妹、妹夫在家等电话通知，接到通知后，就按照她的要求去苍山下村接孩子。

行动计划制订好了后，彭招娣便着手实施。但她不敢再去找王村长了，因为心里对他一直有一种恐惧感。

8月27日下午，彭招娣给妹妹打了电话，约她夫妻俩驾驶摩托车于晚上十点之前赶到苍山下村，潜伏在河岸边的树林里等候。

傍晚时分，彭招娣像往常一样，又来到杨菊兰家里。杨菊兰一家人正在吃饭，于是她就帮忙带孩子，逗孩子玩。晚上离开时，故意将房门锁开启。午夜过后，她又悄悄地潜入杨菊兰家，趁着一家人都在熟睡之际，偷偷地把那孩子抱走，直接交给前来接应的妹妹、妹夫，然后若无其事地回到自己家中睡觉去了。

第二天早上，当听说杨菊兰家里死人了，彭招娣既感到震惊，又觉得不可思议。心里想："自己明明只是抱走了婴儿，怎么就死人了呢？"待到了现场看到血腥的场面后，她被吓得当场昏厥过去了。

此后几天，彭招娣就像丢了魂儿似的，精神恍惚，疑神疑鬼。杨菊兰家里的血案总是浮现在眼前，她百思不得其解。"真是活见鬼了，自己明明只是偷盗了婴儿，并没有做杀人越货的事呀，怎么就死人了呢？难道是自己在梦游中把人给杀了？如果真是这样的话，我自己怎么会没有一点印象呢？"

彭招娣吃不下、睡不着，每天把自己关在家里苦思冥想，企图寻找答案。

尽管其搜索枯肠、绞尽脑汁，也没有想明白杨菊兰家里究竟发生了什么事。

直到有一天，她突然想起王水生冷峻的脸庞、阴郁的眼神，便全明白了。原来那孩子是王水生的野种，人也应该是他杀的。

在判断出人是王水生杀的后，彭招娣非常害怕，一方面害怕王水生冤枉她，把杀人的罪名推到她头上，毕竟婴儿是她抱走的嘛，纵使她有千张嘴也难以辨清啦；另一方面，又害怕王水生杀人灭口，坐实她杀人盗婴的罪名。于是，她只有远走他乡，隐姓埋名。她之所以不敢逃回娘家，是因为担心王水生找上门去伤害自己和那孩子。

彭招娣的供述虽然还不能作为直接指证王水生行凶杀人的证据，但还是为侦查人员提供了许多有价值的信息。文斌获得这些信息后，对王水生展开了强大的心理攻势。

文斌旁若无人一般地走进办案中心审讯室，将一本黑色软皮笔记簿重重地摔在审讯桌上，转过身来面对着坐在审讯椅上的王水生，屁股靠在桌子边上，双手抱于胸前，眼睛直视着他，一言不发，一动不动。

跟在后面进来的是韩珂玉。他身穿制服，看上去更加精神，更加帅气。

王水生一开始还勉强能与文斌对视，但仅一会儿工夫，就被他那犀利带芒刺的眼神压得低下了头。

见王水生的眼神里有示弱的表现，文斌便抓住机会开始提问。

"王水生，你真以为天底下有天衣无缝的事？"

王水生抬起头来看了一眼审讯人员，便又低下了头，一副爱搭不理的模样，嘴角还露出了一丝轻蔑的笑意。

"在你这一亩三分地里，你一直高高在上，把自己当成了土皇帝，一手遮天，说一不二。但那是过去，你现在面对的是神圣的、至高无上的法律，到了该清醒的时候了。"

"我一直很清醒，从来都不做违法犯罪的事情。你们一定要相信我。"说这话时，王水生依然是低着头，似乎有些底气不足。

"别自作聪明了，现在的科学技术有多发达，是你想都想不到的。你的那些狡诈、欺骗、伪装，在科学技术面前都已原形毕露，哪里还有什么天衣无缝？分明是天不藏奸嘛！"

"我承认我违反过纪律，与杨菊兰发生过不正当的男女关系，但那是以前的事了，后来我改了，没有再跟她来往了。"

"哼！你不觉得你这种避重就轻的把戏，演得太拙劣了吗？谁会信呢？恐怕连你自己都不会相信吧。"

"我真的只是与杨菊兰有不正当的男女关系，别的什么也没有干。"王水生脸上恢复了往日的冷峻、阴沉。

"你以为就你和杨菊兰之间的这点破事，我们就摆这么大的阵势把你请来？吃饱了撑的吧。"文斌步步紧逼，穷追不放。

"反正我没有杀人。你们破案不是要讲证据吗，证据呢？你们有吗？"王水生摆出一副很自信的样子说。

"好，那我就跟你讲证据。"

说完，文斌从韩珂玉手上接过一个文件夹，从里面抽出一份资料举在空中，示意王水生看，说："这是彭招娣的供述，你想知道她是怎么交代的吗？"

听到审讯人员突然提到彭招娣，王水生先是一怔，然后故作镇静地说："我晓得那个孩子是被她抱走的，所以我怀疑人也是被她杀害的。"

"可她却不是这么说的。"文斌直视着王水生说。

"她还能怎么说……"王水生咽了一下口水，一副欲言又止的样子。

"她说，你为了不暴露你们之间的奸情，曾跟她约法三章。"

"这……这……"

这个问题是王水生事先没有料到的，被审讯人员突然提出，他一时反应不过来，所以脸上的表情显得有点滑稽。

"她又说，在决定去杨菊兰家偷抱孩子之前，她曾去找过你，你并没有表示反对。"

"我……我……"王水生语无伦次，紧张得额头上开始冒汗了。

"她还说，只有你知道她会去偷盗那个孩子，只有你会知道当天晚上杨菊兰家的房门是没有上锁的。"

"她是在胡说八道，是栽赃陷害！"

王水生不愧为精明老道，只经过短暂的紧张和不安后，便立即冷静了下来，开始转守为攻。他既不解释，也不辩驳，而是直接否定，以形成一对一的证据。

"既然你不愿意交代，那我来代你说吧，"文斌点上一支烟，吸了两口，优雅地喷吐出一串烟圈后接着说，"案发前的某一天，彭招娣到村西头你的老宅子里找到你，向你表露出想把那孩子抱回家自己抚养的念头，你听到后，不但没有制止，反而说'这是你们的家事，外人不便插手'，言外之意，就是暗示她可以自作主张。同时，你觉得彭招娣的这个计划，正好与你一直在寻找机会实施的杀人计划不谋而合，完全可以把自己的杀人计划偷偷地融合到她的盗婴计划之中，在神不知鬼不觉的情况下，暗中借助她的行为，来帮助自己完成杀人计划。你心里是这么想的，但表面上却不流露出半点痕迹。这就是你十分狡猾、阴险的一面。更为阴险的是，你虽然表面上没有明确支持她去实施盗婴计划，但故意把偷盗婴儿这种犯罪行为，淡化为外人不便插手管的家庭琐事，从而促使彭招娣更加坚定实施盗婴计划的决心。"

说到这里，文斌故意停顿下来，想看看王水生的表情变化。看到他那张阴沉的面孔开始流露出了几分尴尬和不自信，于是便继续说下去。

"从这天起，你便在暗中观察彭招娣的一举一动。8月27日晚，午夜过后，你发现彭招娣偷偷摸摸地潜入杨菊兰的家里，你立即判断出她是在实施盗婴计划。于是，你携带着事先准备好的杀人工具和作案用的手套，悄悄地尾随其后，潜伏在杨菊兰家的附近，等待下手的机会。当彭招娣熟门熟路地潜入到杨菊兰家里，顺利地把婴儿偷抱出来，匆匆忙忙地离开后，你便合着她的节拍，开始实施自己的杀人计划。由于彭招娣离开时并没有把房门锁锁上，于是你很顺利地进入了房屋。你先是进入女主人的卧室，对准熟睡中的杨菊兰直接挥刀砍杀。响声惊醒了睡在旁边的小女孩王梓琪。王梓琪吓得从床上滚落下地，连爬带滚地躲藏到了床脚边。你担心王梓琪认出你来，干脆一不做，二不休，把她也杀了。为了转移侦查人员的视线，你对杀人现场进行了伪造。你本来可以不去老太婆胡美英的房间的，因为那不是你要侵害的目标，但你对自己的亲骨肉实在放心不下，想去看看那个孩子是否真的被彭招娣抱走了。你把血淋淋的刀和手套搁在门口，打算离开时再带走，空手走向那间房。不巧的是，当你来到这间房间时，不知什么原因，又聋又哑的胡老太婆竟然醒了，并且从床上坐了起来。情急之下，你来不及回去戴手套、取凶器，就顺手拿起床头柜上的电风扇的电源线，将她活活地勒死。做完这一切后，你带了凶器和手套，按原路离开现场。离开时，没有忘记把房门锁强行锁上。第二天早晨，当王怀仁来向你报告凶案时，你突然想起勒死胡老太婆的电源线上留有你的指纹，于是就匆忙赶到现场，一方面假装积极保护现场，一方面找理由进去解开缠在胡老太婆脖子上的电源线，这样电源线上有你的指纹就是合理的了。你之所以叫彭招娣跟你一起进去解开电源线，其目的有二，一是让她做个见证人，证明你案发后接触了电源线；二是让彭招娣也在电源线上留下指纹，为日后栽赃陷害于她埋下伏笔。怎么样，我说得没错吧？"

听完文斌的描述，王水生的表情由惊讶转为诡异，然后突然"哈哈"大笑起来，态度狂妄地说："精彩！太精彩了！可惜你说的这些都只是推理。你们破案不是要讲证据吗，证据呢？"

看到王水生狂妄、嚣张的样子，韩珂玉忍不住地拍了一下桌子，站起来说："王水生，你不要太自信了，你以为你做得滴水不漏，我们就拿你没有办法了吗？我告诉你，'雁过留影，蛇过留道'。只要你犯罪，就一定会留下犯罪证据！"

"那好，你们有证据，就把我关进去，我二话不说；如果你们拿不出证据，我便无须多说。"王水生摆出一副"死猪不怕开水烫"的架势来。

客观地说，审讯人员的审讯还是十分精彩的，只是苦于没有掌握客观证据，无法达到预期的效果。至此，审讯工作再次陷入僵局。

文斌看了看手机上显示的时间，心里不禁产生了一丝焦虑的情绪。

就在审讯人员一筹莫展之时，身穿白大褂的吕玫匆匆忙忙地走了进来。只见她面带微笑，把一份检验报告轻轻地放在审讯桌上，然后侧头附在文斌的耳朵旁悄声说："林支队长派人送来的检材，检验结果出乎意料，你一定喜欢，请你过目。"说完，吕玫朝文斌和韩珂玉挥了挥手，走了。

文斌刚要看吕玫送来的检验报告，只听得手机"叮咚"一声响，收到了林云涛发来的一条信息。他急忙打开看。信息的内容为：经查，王水生平时系的是一条黑色皮带，送检的是从他家里提取到的皮带扣，据吕玫报告，铁扣上有死者的血迹。看来一切都将真相大白了！

看完信息，文斌兴奋不已，赶紧拿起吕玫送来的报告看。

这是一份对皮带扣的检验报告，上面清楚地写着："在铁扣的侧面发现一滴针孔大小的血迹，经检验，与死者王梓琪的 DNA 相吻合。"

文斌看完检验报告，长舒了一口气，心想："这真是瞌睡遇到枕头——来得正是时候啊！"不过他脸上依然表现得非常沉着冷静，心里面则在琢磨着如何对王水生来一个一击制胜的策略。

王水生虽然一直低着头，但时不时地偷眼观察着审讯人员的一举一动。见文斌看完女法医送来的报告后长长地舒了一口气，心里不免开始紧张起来，随之，一丝恐惧与不安感迎面袭来，他不由得打了个冷战，但他表面上依然强装镇定，摆出一副很自信的架子。

王水生的表情变化，没能逃过文斌那犀利的眼神。他断定王水生已是强弩之末了，尽管表面上强装镇定，其实心里的防线已经到了快要崩溃的边缘了。

"王水生，你口口声声说彭招娣冤枉你，那我问你，你去过杨菊兰家吗？"

"还是很多年以前收电费和安装双控灯时去过她家，后来再也没有去过，我可以对天发誓。"

"你与杨菊兰家里的人有过接触吗？"

"除了以前与杨菊兰有过接触外，与她家里的其他人从来没有接触过。"

"你确定？"文斌故意加重语气地问。

"千真万确！"王水生信誓旦旦地回答。

文斌扬了扬手里的检验报告，说："那为什么我们在你家里提取的皮带扣上，发现了杨菊兰的女儿王梓琪的血迹？"

文斌的话音刚落，王水生"啊"的一声，惊讶得目瞪口呆。顿时，只觉得脑袋里"嗡"的一下，便出现了一片空白，呼吸也骤然变得困难起来，唯有怔怔地望着审讯人员，张着嘴巴半天说不出话来。

过了好一会儿，只见王水生狠狠地抽了自己一个嘴巴，然后整个人就像被抽空了一般，瘫坐下去，头也无力地垂下了。口里喃喃自语道："原以为把衣服、鞋子和皮带都烧掉了，就万事大吉了，没想到竟栽在这个皮带扣上。真是该死，千算万算，还是遗漏了一个细节啊……"

"说说吧，为什么要下此毒手？"韩珂玉打断了他的自言自语，一边给他戴上手铐，一边接过话来问。

"为什么？还能为什么？不就是因为男女之间的那点破事吗。"王水生十分沮丧地说道。

"你既已劫色，又添了儿子，为何还要夺命？"韩珂玉回到座位上后继续问道。

"唉！现在说这些还有什么意义。"王水生重重地叹息了一声，似乎不愿回忆过往。

"天底下哪有什么无缘无故的爱和无缘无故的恨。你是个聪明人，不可能无缘无故地大开杀戒，其中一定是有原因的吧？"韩珂玉开导他。

"要怪就怪这个女人水性杨花、朝三暮四，否则，我也不会走到今天这个地步。"王水生瞪着一双阴郁而又空洞的眼睛，望着手腕上的手铐轻声说道。

"你所说的'水性杨花'和'朝三暮四'是指什么？"韩珂玉明知故问地问道。

"她在跟了我以后，又出轨别的男人，这口气我实在是咽不下去啊……"

"你是她什么人？能管得着？"

"我大小也是个村长，平时说话做事，从来都是说一不二，没有谁敢反对，她怎么可以背叛我，暗地里又与别的男人来往呢？这绝对不行。"说这话时，王水生的眼神里又充满了阴冷的光芒。

"杨菊兰出轨于别的男人也不是一两天的事了，很早以前就有，你为什么要等到现在才来报复呢？"

"那是因为以前没有找到合适的机会。"王水生眼睛里喷射出了凶狠的光芒。

"这次呢？"

"这次正好彭招娣有了偷盗婴儿的企图，于是我就借机行事，使用了'暗度陈仓''瞒天过海'的计谋。"

"为什么要这么做？"

"这不是明摆着吗，一方面，我可以借助彭招娣的盗婴计划，暗中实施杀人的计划；另一方面，又可以将杀人的罪名推到彭招娣的头上，自己可以全身而退。"说完，王水生脸上又露出了狡诈、阴险的表情。

二十三　尾声

侦查人员根据王水生的指证，在苍山山上的一片坟地里，挖出了一把用塑料布包裹得严严实实的砍柴刀。

经过技术人员仔细检验，在砍柴刀上发现了混合型血迹，上面有死者杨菊兰和王梓琪的 DNA。

会议室里，文斌看完检验报告后，如释重负地对林云涛说："'8·28'专案总算可以结案了。"

"是啊，从证据学的角度来看，的确可以结案了，但从侦查学的要求来看，似乎又还有一些瑕疵。"林云涛一边思索，一边像是在自言自语地说道。

"你是说还有其他的疑点？"

"怎么说呢，还有两大疑团，一直萦绕在我心中，百思不得其解啊！"

"什么疑团？"

"与杨菊兰有关系的另外两个男人，一个疯疯癫癫，一个自杀身亡，你不觉得有些奇怪吗？"

"也许是巧合吧。"

"我查过王松柏服用的药，是一种精神类药物，适量服用可以治病，但如果长期超量服用，不仅治不好病，反而会加重病情。"

"这一特性，倒是与他发病的症状很相符。"文斌突然想起辛丹青曾经汇报过，说是精神病医院的医生认为王松柏的症状与别的病人有所不同。

"你注意到了没有，柯星河因睡眠不好，也在服用安眠药。不可思议的是，竟然与王松柏服用的是同一种药物。"林云涛伸手弹了弹烟灰，说。

"对，我想起来了，确实是这么一回事。也许这真的是巧合吧。"文斌回忆道。

"可万一不是巧合呢？"

"不是巧合？那与凶杀案件又有什么关系呢？"

"所以我在想，我们是不是忽视了某种可能性。"

"什么可能性？"

"王松柏服用的药，都是杨菊兰帮助买的；杨菊兰要买药，只会去找当卫生院院长的柯星河。而柯星河出于妒忌心理，故意给王松柏加大用药量，导致他病情加重。杨菊兰被害后，柯星河又迫于王水生的压力，自杀身亡。"

"你是说王松柏的精神病是柯星河所致，柯星河的自杀又是王水生所迫？"

"三个龌龊的男人，为了一个漂亮的女人，还有什么龌龊的事情做不出来的呢？"

"我觉得你前面的推理应当可以成立，的确不能排除柯星河出于妒忌的心理，在杨菊兰帮王松柏购买安眠药时，故意加大用药量，导致王松柏病情加重的可能性。但是，要说柯星河迫于王水生的压力，服药自杀身亡，这个推理恐怕有些牵强了。"

"你还记得柯星河笔记簿里夹藏的纸条吗？"

"记得，纸条上面打印的是：若要人不知，除非己莫为。善恶必有报，只是时未到。"

"我们一直以为这张纸条是柯星河自己打印的。可是，如果这张纸条不是他自己打印的，又会是怎样的一种情形呢？"

"不是他自己打印的？……对呀，如果这张纸条是王水生打印好后给他的，那一切就都说得通了。"

"对！大胆假设，小心求证！"

说完，师徒二人相视而笑。